情绪发泄馆

周如钢 著

广西师范大学出版社
桂林

情绪发泄馆
QINGXU FAXIE GUAN

图书在版编目（CIP）数据

情绪发泄馆 / 周如钢著. -- 桂林：广西师范大学出版社，2024.5

ISBN 978-7-5598-6883-1

Ⅰ．①情… Ⅱ．①周… Ⅲ．①中篇小说－小说集－中国－当代②短篇小说－小说集－中国－当代 Ⅳ．①I247.7

中国国家版本馆CIP数据核字（2024）第076148号

广西师范大学出版社出版发行

(广西桂林市五里店路9号　邮政编码：541004)
(网址：http://www.bbtpress.com)

出版人：黄轩庄

全国新华书店经销

珠海市豪迈实业有限公司印刷

（珠海市斗门区白蕉镇城东金坑中路19号4栋（厂房）二楼　邮政编码：519125）

开本：880 mm×1 240 mm　1/32

印张：10.875　　字数：200千

2024年5月第1版　2024年5月第1次印刷

定价：49.00元

如发现印装质量问题，影响阅读，请与出版社发行部门联系调换。

目 录

孤岛 　　　　　　　　　1

流霞 　　　　　　　　　25

情绪发泄馆 　　　　　　109

鱼能在天上游么 　　　　157

浮生惑 　　　　　　　　181

华盖 　　　　　　　　　211

离岸 　　　　　　　　　237

清明上河图 　　　　　　258

孤　岛

现在想来，儿子拥有绘画的才能并不一定是好事。

一直以来，庄守城对儿子在画画方面有着自然盈溢的自豪。用老师的话说就是儿子天赋异禀。庄守城回想过祖宗三代，从未听说自己的家族有绘画方面的才华和学识。而儿子庄继业三四岁时拿起笔的涂涂画画，就让他觉得已经勾勒出未来能成名成家的雏形了。

儿子的画法算不得什么绘画艺术，没有经过专业的训练，所以，在他看来，不过就是信手涂鸦。幼儿园老师却说，这可是简笔画。他不懂什么简笔工笔，让他惊喜的是，这纷乱的笔画在儿子的笔端唰唰几下，马上就能呈现出形象的轮廓，动物植物各有气象。

从千岛湖回来后，庄继业的画明显有了变化和突破。他的想象力既飞向苍穹，又明显与人物贴近，各式或大或小的岛屿在他的画里形式多样，细看却能发现岛屿的变化似乎都是人物的变幻。相依相偎的，相互眺望的，大小拥抱的，牵手的……即便是蓝天上滑过的白云或水中的游鱼，也有着互相依恋的姿势。幼儿园老师说，庄继业的画里充满了温馨与人情。这与其他孩子完全不同。一般孩子的想象力都很丰富，天马行空，但大多数都没有落脚点。而庄继业却总有他的落脚点。就像风筝，摇摆在天，却有根看不见的线。末了，又跟庄守城说，还是要适当多带孩子出去，开阔眼界是培养孩子艺术细胞的重要手段。庄守城点点头，如果不是老师一再地提醒，他其实从来没想过要带儿子出去。旅游两个字，于他而言，过于奢侈。

而这次去千岛湖，是他在儿子的画里看到了儿子对山水的向往和期待。几年下来，孩子的笔端多是小树林边上的湖，灌木丛边上的小河，或者是水流蜿蜒而过的公园。虽然还算形象逼真，但总归单一了些。老师一语点破，说孩子能够观察身边的事物，并把它画下来，这已经有记录事物的能力了。只是，毕竟孩子接触的面不广，没有见过名山大川，也没见过大漠海岛。

从儿子的角度出发，再考虑尽量不影响自己太多的工作时间，思来想去，能在一两天的时间里打个来回的，也就是千岛湖了。

那一天的儿子是水中的鱼岛上的兽，在湖泊转弯的瞬间，在岛屿牵手放手之间，儿子眼神里的光亮带动了手脚。有那么一刻，他甚至后悔来晚了。因为他掏遍脑中的记忆，都没有搜索到孩子在此之前眼神中的那道明晃晃的光。随后在画作里，儿子庄继业把大岛与小岛都变成了父子。老师说，你看看，一般的孩子画人就画人，但继业不是，他画的还是岛，但每座岛又都是人，多棒啊，这是个爱父母爱家的孩子啊。

他的脸微微发红，好在脸黑不太容易被察觉，他有些紧张地说，嗯嗯，老师过奖。

儿子的表达，老师能看出来。他当然更明白。孩子对他这个当父亲的描摹可以说是越来越真切，虽然五官不足以确切，但走路、吃饭，以及更多的动作与姿势都极具神韵。所谓的神似，用在庄继业的画作里恰如其分。

他是儿子最真实最自然的模特。这个模特的举手投足都出现在庄继业的画里。而现在，这个模特已经走出了儿子庄继业的画。

八岁的庄继业用一支画笔给了庄守城一个惊喜，还无意间帮庄守城在这个小城市里树立了形象和英气。

以前也留意到了，只是不承想儿子的心思如此细腻。自己差点都忘了。离租房百米远的小河边，一个姑娘用一生的气力从河沿跃下。他的瞳孔里溅起了一片水花，这一大片水花把他也轻易地拽下了河。

每天一大早，他都会环村来河边走一走。这是一片离市区略远的城郊村，一边连着城市，一边连着一大片水域湿地。据说政府准备重新命名，有沿袭以往叫南水村的方案，也有说法是准备改成南水岛，又说现在流行湿地，应该叫南水湿地。反正换着名设计，又换着法子说要重新规划，却几十年没有动静。虽是半岛型的湿地，但这里的空气与城市的一样并不新鲜，河流浑浊，草木也没有生气，留存的只是活着的气息。与他一样。他熟悉这里的一草一木，甚至熟悉每一株草旁不一样的坑。他的脚印穿插在草木边的鹅卵石上，印象很深，他的鞋子踢起过一颗颗鹅卵石。在一个月黑风静的深夜，他从工友那里借了钱回来，怀里揣着三千块钱和两斤同山烧酒，钱是红的，在口袋里抖动着，酒也是红的，在胃里翻滚着。最后，他一个趔趄，倒在地上，再爬起来的时候，他发现脚下一颗鹅卵石被踢出去老远。第二天早上，天蒙蒙亮，他回到原地，发现那个被踢飞的鹅卵石留下的坑很突兀，深深地，像一只深不可测的鬼眼望着他。

从那天开始，他养成了寻找鹅卵石的习惯，每天早晚两次，他希望能寻找一块大小方圆恰到好处的鹅卵石来填补这个空缺。现在，他仅仅是还有这个习惯。那个坑至今没有被填平，也没有被新的鹅卵石填补。

在这个习惯里，他跳下河救起了那个姑娘。

这个姑娘出现在画里的时候，没人知道。就像他看见姑娘呛了两声，吐了水出来，又对这个世界呼了口气一样，他转身就钻出了一众人围着的圈子。所以，他看到儿子的画时是惊喜的。那时候孩子才五岁。用现在的眼光看，那时儿子的画还很不成形，还很稚嫩。但嫩得真切，嫩得真实。他悄悄地对儿子说，嗯，嗯！目光里除了惊喜，他还听见自己的心动了一下。他想鼓励孩子来着，却愣是没有说出一句话。当然，儿子也没有说话，他只是专注地看着自己的画笔在纸上游移。

从此以后，岛上，桥上，江边，或是接了儿子放学的路上，或是偶尔带着孩子买菜的当口，都有他的身影。画作上，有从桥上跃起，有从江岸纵身，还有助跑一段再跃至河面的。先是邻居的表扬从四面八方追过来，再是幼儿园的老师，一次又一次地满怀着巨大的惊喜似的表扬他，你这儿子怎么会这么棒啊，你一定要好好培养啊。看，他画得多漂亮！

那时，他们不知道画上的人是他，他们只是知道了一个小孩子居然能够画出一幅又一幅跳水救人的画。一开始他还扭捏着，总感觉怪怪的。他从来没有想过，自己随便一个动作会入了儿子的眼，当然，更没想到的是，儿子的画一下子让他鹤立鸡群，成了万人瞩目的对象。而如今，瞩目的对象渐渐从儿子身上转移到了他的身上。

一开始，他是紧张的，面红耳赤，拒不承认。普通人做普通的事罢了。于他而言，最欣慰的还是在孩子身上。如果非要说点自豪的，那就是庄继业的画中的自己。你看，那么多姿势，跳，跃，扑，转，旋，托，举……他从来不曾想过，儿子眼中的自己会有如此多的变化，他也不知道自己在水中会有这么多的姿势。事实上，他不止一次想象过自己在孩子心中的形象，一个打工仔，一个挑夫，一个扛包者；一个顶日头的人，一个黑皮汉，一个回家就喝酒喊累一睡下就打呼噜的人。或许还不止，但儿子从没跟他交流过。你问他，他点头或摇头，惹急了，张嘴骂他，他的眼泪就如天上开启的雨幕，声音不响，但雨量充沛。

但现在，一切都值了。身体的表达胜过百倍的言语。每一个跳跃入江的姿势，到最后化为托举的动作，都是儿子庄继业对他敬意的内心表达。

这不经意的发现，让庄守城觉得上天终于开了眼，在让这个家庭经历了一系列打击之后，总算不忘在这扇寒门里注入了一针强心剂。

事实上，被媒体描写为拥有最美姿势的他，并不得意。从偏远山村来到这座城市打拼，好不容易有了一个家，父亲中了风，前后折腾了三年多，走了。彼时，家里已陷入绝望的境地。都说这年头一场病足以掏空一个家庭。何况是来自农村的他们。儿子出生时，父亲有所好转，看着似乎否极泰来了，却发现孩子有腿骨弯曲畸形的症状。虽然不是特别明显，但硬是扒拉着钱跑杭州上海的医院，跑着跑着，儿子的腿还没跑正，妻子却跑没了。

这个时候说是家，也就是口头上的家。房价高得已经让他对家这个字无法产生多少好感。家的概念于他而言，就是老婆孩子热炕头，就是回屋有人等，出门有人惦记。现在的家就是他与儿子相依为命。看见儿子就能看见温暖，看见儿子的画作就能看到希望。

只是，充满希望的儿子深得他的亲传，比他还寡言少语。平时基本不说话，你跟他说话，他多半以点头或摇头来表示。在家里他习惯了，刚上学那阵，老师经常趁放学时间与他沟通，甚至还特意在学校开放日时邀请他了解整个学校与孩子们的情况，也跟他沟通孩子存在的问题。老师说孩子很聪明，但他总有心事似的，跟他说话也不太吱声。他只能尴尬地笑笑，说随我随我。言语外却分明有根刺深深扎进了心里，小小的儿子以异于常人的腿脚正承受着他人无法承受的东西。他不说，就像他沉默一样。

末了，老师再一遍遍地关心时，他不得已，说，我们是单亲家庭。这一句总算总结了孩子的问题。老师一句哦，再也不问左问右。放学迟去接，老师不会多说，偶尔犯点错，老师也不怪。他心里偶尔会有点小庆幸，庆幸完了，忍不住又会叹口气。叹了气之后，无名火就会上来，从脚底蹿到头顶。如果不是那个女人，也许儿子即便腿脚有点问题，也不至于这么内向木讷，不至于如此寡言少语。差点，儿子差点就被定义为自闭症了。

这一晃便已三年。三年前的儿子还撒着欢呢。可是女人却要撒到外面去了。没有任何征兆，突然跟他说，她要出去透透气。女人说，自己一心从大山里跑出来，没想到又跑进了这个岛，这座岛看似与外面连着，却是封闭的，封得她透不过气。

他听不懂她在说什么，以为她魔怔了。那一天，他刚从搬家公司回来，陷在椅子上半天回不过神。透气？透什么气？这两天给一家图书公司搬家，这是他有史以来觉得最沉重的一次。比起家电，比起家具，这些成箱成箱的书，几乎把他的肩膀都给压垮了。知识就是这么沉么？都说知识就是力量，现在这些知识就像大山，压得他这样没知识的人喘不过气来。

但一想到以后儿子上幼儿园的费用，一想到儿子的营养费，半坐在台阶上的他狠狠呼出一口气，蹲下身，拉紧连捆了五箱书的绳子，往背上奋力地拉了一下，还是站起来了。从七楼到一楼，装上车，再从一楼上六楼。他用想儿子的这口气硬是铆足了劲。但一歇下来，他才发现，自己的骨头差点散了架。

而现在呢，骨头没有散，心中那口气力却散了。

要透什么气呢？父亲卧床三年，屎尿在床，三个人都苦。有时一进门，闻着臭味，他的气就像气球呼呼地膨胀，劈头盖脸冲她就是一顿骂。她也不回嘴，实在被骂得凶了，便吱一声，今天已经洗了三遍了。这下，他便垂下头，像个戳破的气球。对父亲，他从不说不字。一手带大他的人，他没有任何资格说不。所以，闻着味道，他一边往肚子里扒饭，一边就着数落她的声音，扒一口吞一口，囫囵而下。

那次回到家，发现家中没人，厨房里的冰冷像是一道激光一下子把他肚子里的火点了起来。他倒了酒，在柜子里摸出一把生花生，才剥了两颗，一杯酒却已下肚，一通雷霆就从肚子里生生冲出喉咙。老人在床的一角，灰暗里连声音也是暗淡的。才两岁的儿子则用明亮的大哭叫回了女人。女人披着一身的疲惫，深一脚浅一脚地出现在门口，手里是满满的一盆床单被套。他伸出手就是带着响亮的一道弧线，床单被套全部撒在地上。女人说，为了省点水费，我特意跑去河边洗，这下好了。他不依不饶，你想饿死我！

从门口到河边，百来米远。下雨天的泥泞全沾在女人的鞋底。几年的时间里，房子没有搬，而鞋底却再也沾不上泥了。城市化进程的速度跟女人离开的速度一样快，快得让他怀疑自己有过这么一段经久泥泞的历史。

现在这里已经不像城郊村了，那个大大的拆字已经从远远的地方蔓延过来，房东笑眯眯地说，来了，终于等来了，拆字已经写在河对岸了，马上就要写到我们的房子上了。说这话时，房东的笑是从心底扶摇直上的，那是他见过最可怕的笑。

有时他也盼着这个地方改头换面，毕竟高楼大厦才是一个城市的脸面,这么一个半岛,如果拆了旧房,扩展绿植,治理污河,建成公园,这个岛会是这个城市最出彩的一个景点。或者建起高楼,那岛上的大厦是不是会像杭州上海的那样,璀璨夺目?而目前这一块区域每次看都觉得是城市的伤疤,似乎不痛不痒,却非城非农,尴尬难看。这样的地方,也总会令人想起城市的过往。城市跟人一样,有些记忆并不是好事。不是所有历史都是涂了油彩的,或者即便涂了油彩的也掩饰不了曾经的创伤和苍白。

不过,更多时候,他还是有着不一样的念想。伤疤虽然难看了点,但多少还有些温馨,一如小和杂有时是温馨的代名词一样。而且,小和杂,更多是代表了廉价。相对于闹市堂皇体面的高楼新房,那边一年,这边可以租三四年了。这些钱,有多少可以还债,又有多少可以花到儿子身上?廉价有时也意味着是一种积累和投资。这样想,他的心里就安定了。

马上,儿子将要参加一场大型的绘画比赛。据说这场比赛是一种与电影般蒙太奇式的绘画。他当然不懂什么蒙太奇,他理解的比赛就是通过发挥想象力完成一个多场景的故事。说白了,就是自己年少时看过的连环画一般。从开头到结尾,用多幅画串连起一个故事。只不过,学校的老师把它描绘成了蒙太奇画作。时代变了,内容没变,只是叫法变了。

对儿子的画作他不担心，但对于要编一连串的故事他的心是晃荡的，多多少少有些不踏实。因为，自小缺乏沟通的儿子，有的只是用自己的眼睛来看事，或是用心感悟事。他的画作总是以父亲跳水救人为中心，在想象力方面终归是有些枯燥和单薄。千岛湖之行，虽然让儿子有了明显的改变，但在赛场上到底能体现多少，一切都是未知数。再者，老师也说，想象力不是靠一次旅行完成的。要多启发他，多鼓励他，多给予他新鲜的灵感源泉。

对于这样的话，有时他听着听着就蒙了。一个大老粗什么时候能跟灵感跟源泉扯上边啊。

如果一定要说灵感，一个大老粗，最大的灵感源泉来自床上。一大堆糙汉子们，卸下担子，席地而坐，拍开啤酒瓶盖时，看到有女人从眼前晃过，在起哄声里，每个大老粗都灵光乍现。

他也会跟着起哄，但他总是缩在人群里。所以，大家的起哄有时会转移，没有征兆地扑到他身上。他也只能干笑。你是不是喂不饱女人，人家才跑了？他没有接，也不知道怎么接。起哄声冲上天时，他就砸碎了酒瓶子。渐渐地，工友们的玩笑少了，偶尔互相转移时，他会喝上一口酒，硬巴巴地说上一句，男人也不能太强，太强容易把女人干怕，干怕也跑。

这话为他挣回了面子。

柔软的时光总是有的。虽然是莫名其妙结的婚，但在农村，有多少人又是互相热恋个几年再结婚的呢。到了年纪，胡乱相个亲，不是特别歪瓜裂枣样就凑合了。说是自由恋爱，这年头哪怕是在城市，哪怕是高学历，相亲的那还不照样成山成海。

没有特别多的感情，但也不是没有感情。洗衣做饭，日子能过。唯一让他感觉有点怪怪的是，女人长得还可以，与他一样，各自跑在外地，见过一些世面，还会写诗。在山里农村，这也是稀苗子了。女人偶尔拿个笔会写个几句话。他看不懂，偶尔笑她。她也不理。而这，却一度成为他的心病，村子里传言，她是失恋后一气之下嫁给他的。他在一次酒后摔过碗，把她的一沓纸撕了个粉碎。什么无光的人生，什么流水的日子，什么一个人就是一座岛，神神叨叨的，没有一点踏实过日子的样子。他把钱塞进父亲药罐子里煮都来不及，她倒好，居然还趁出去买药的工夫买书。那以后，她就不写了。父亲卧床的几年里，屎尿的味道不仅碾烂了她那些涂涂抹抹的纸张，也撕碎了房子里仅有的温馨。刚结婚那两年，女人充当着保姆的角色，而且只会吃不会生。他一度怀疑是之前哪个男人把女人的肚子弄坏了，接盘的他又怀疑是她吃了药，再后来差点去算了命。直到孩子出生，他总算吃进石头落进胃——踏实了心。在农村，谁都认为，再漂亮再远嫁过来的女人，只要生了孩子，就放心了，拴女人的线就攥在男人手里了。可是，谁又会知道，这根线说断就断呢？

已经记不清床上生活是怎么没有的。一开始如狼似虎的他总是唤不醒她的快乐，他多少有些闷有些恼，渐渐地，曾经的传言便侵入他的骨髓。每次爬上她的身体，脑子里就会晃过村人嬉笑着说她与谁谁私会时被发现的场景。有时莫名便败下阵来。而白天的体力到了晚上，能苟活残存的并不多。搬家这活轻松时还好，给个人或家庭搬家，大件无非是冰箱与拆装空调这些。给一般单位搬家，大件的也就是办公桌或文件柜什么的，可拆可组，虽然看着是大块头，但并不费多少体力。最怕的就是那些书呆子的家，杂志书籍一装就是一箱，每一箱都有七八十斤，甚至上百斤。而碰到那些杂志社或是出版社，看看架子不大，一般几十箱几百箱，有时真就要了老命。这个时候，即便心有余还真是力不及，回家上了床恨不得一夜不翻身。

那次，女人开口要三千块钱。他说没有。女人说，我这辈子就向你开这一次口。他问原因，她就坚持说这一句话。扒完面他又抽了根烟，在屁股大的房子里挪来挪去挪了半天，还是出了门。工友问他要钱什么用，他没说。工友递给他五百，他坐了会儿。再出门。找到搬家的工头那里。工头正坐在简陋的桌子前,与两三个人嚼着花生米。看见他,便笑着把酒杯递过来,说,就算是去高档会所也只要千把块,如果是路边摊,怕是几百块几十块好了,怎么要这么多。他不吱声,却坐了下来,把杯里的酒一下倒进脖子里。等几个人把酒喝饱了,他踉跄着深一脚浅一脚地掂着心事走。再过两个月,七岁的孩子上了幼儿园,白天的时间,女人可以和他一起打工了。每个月至少可以多出一两千块钱,虽然孩子只上一年幼儿园,但这个钱省下来,一年就可以还个一两万。欠债的生活是布满窟窿的地面,只有把地面填平了,踩在上面才会舒服。女人一天到晚无精打采的样子,还不是生活所逼么。自打跟着自己起,从来不曾给过她好日子。想着想着,便想到了刚结婚时,女人有过浅浅的笑,模样还是动人的。新婚之夜爬到她身上,他一触即泄,脸一下子烫得不行,好在她没有反应。所以,没有反应有时也是好事。

酒气罩着身子,有股气由内而外地怂恿着他。他突然发现,今晚的自己有了些感觉。他想着一会儿是先给钱再做,还是做完以后再给钱呢。这样一想,感觉像是做买卖的。他心里一惊,满足她的借钱的想法让她高兴一回,或许晚上的表现也会不一样。当然,或许她还是"死猪"一头,或许还是不同意。他脑子里闪过爬上她身子她冷冰冰的毫无喘息的样子。脚一下子踩进了坑里,浊水四溅,他提起脚,抖了抖,水渍哗啦,哼,给钱的才是大爷,管不了那么多了。

门斜闭着，露出一条一拃宽的缝，正要抬脚进门时，他发现不远的小河边有女人的声音。他循声而去，树荫蔽月的地方，声音有些熟悉。女人似乎带着哭腔，有泣声夹杂在话语里，不管怎么说，身体要紧，爱与不爱又能怎么样呢。四周漆黑，但清冷的月在头顶移动的时候，他分明看到了自己胸腔里的血正冲出头顶，他一个箭步往前，啪的一声，女人的手机落了地，整个人都倒在了地上。我去苦苦拼命，苦苦借钱，你却拿去给野男人用。他甩出两道弧线，伴随着声响，女人的哭声一下子四散溅开。他狠狠地撕开了女人的衣服，又粗手粗脚地撕破了女人的裤子。看着他张牙舞爪的样子，女人的两只脚狠狠地踢向了他。他大叫了一声，捂了一把下身。女人从来没有反抗过，今天居然敢如此反抗。他充血的眼睛睁成了豹眼，却发现对面的女人一片模糊。不知是酒糊了他的双眼，还是夜色隐藏了她的容颜。只听得她嘴里不规则的救命声从地上冲天而去。这声音太不像她平时的声音了，她居然敢这么叫，他一下跃起，使出了浑身的力量。扑通一下，她的叫声马上就被河水的惊叫声淹没了。而且，很快，河水的叫声也在浮浮沉沉晃晃荡荡中渐行渐远。

  前后十几分钟的时间，一切归于平静。他瘫坐于泥地，身边的草丛一片混乱。他摸了把脸，发现自己浑身是汗，另一只手撑在地上，五指全是污泥，他双手互相拍打了一番，伸进胸口，还好，钱似乎还在。他伸出手又在地上四散摸了下，发现草丛边铺就的鹅卵石堆里露出了一个坑。

推门进去，儿子脸上挂着两道泪痕，眼神里布满惊恐地躲躲闪闪。他的怒气像被戳了个洞，一下子有点漏了。一把抱起儿子，说，怎么了，从床上滚下来了？他看了看儿子的脚，随着渐渐长大，症状不再像小时候那么明显，只是心里的症结却一点也没有消失。他下意识地摸了摸他的腿，儿子往回缩了一下，却仍然没有说话，只有哭声在房子里四处乱撞。他抱紧儿子，轻轻拍打着，儿子哭着哭着，渐渐没有了声音。他斜歪着身体，轻轻地把他放进被窝，在床头又靠了一会儿。然后，起身打开门向远方望了望，又悄悄地出了门。

手电筒的光柱很亮，但只是照出了草丛里的乱，河面如镜面般平静，电筒的光柱没有撕开它一点一滴。一阵冷风吹过，他的心里却开始汹涌起来。往上游走了一段，查看了半天。又朝下游走了一段，依然没有发现任何动静。有些寒意裹了他的身子，弄得他的心怦怦狂跳。过了一会儿，他又安慰自己，她可能或许应该会游泳。这时，河对面冷不防传来一声鱼跃般的声响，他的手电迅速循声而去，河面啥也没有。这个夜，太黑了，再是睁大双眼，却愣是什么也看不清。

三天后，他把借来的三千块钱给了工头，不是还，是赔。

先是把胶带胶上了桌椅，在桌椅搬好时拆下发现，胶带一撕，桌椅的光面全被撕了下来。他想怪客户的桌椅不是实木油漆。可是工头一句话就把他堵死了，人家的桌椅用的什么材料是你管的么？你管的是搬家前后是否完好无损！

然后又把橱柜的轮子压扁了，好好的四轮柜子成了瘸子柜。再就是安装时少了螺丝少了钉子，组装得歪歪扭扭。如此种种，不同的客户给了工头不同的脸色。甚至于谈好的价钱里不断地被砍去几分之几。工头在憋足了一肚子的气之后，终于发了飙。看着工头的火气像团乌云在天上飘，他气咻咻地并不示弱，不就是钱么，我赔就是了。一开始，工头只当训话，没想让他赔。都是大男人，谁又愿意轻易说出自己不如意的事儿呢。尤其是他，几年下来，偶有出错，但从不至于如此。因而就想让他歇歇，而他偏偏又不愿意。

只是，这次，工头没有办法再饶他。他背着一台双开门的大冰箱从四楼下来，两个工友从一楼上去，中间碰头时，工友们正说着话，话里长着麻利的手脚，轻易就钻进了他耳朵。你知不知道，这两天听说死了个人，报上都登了，好像是城郊南水村边上的那条小河附近有一具女尸，现在还在查。话音未落，他的冰箱就脱了手，直接从四楼的楼梯扶手上轰一下倒向了三楼的楼梯。

工头说，如果这次压到人的话，估计没有几万下不来，但现在，这台上万的冰箱，虽然不是崭新的，但房东要求，至少要赔三千。

后面的几天，他请了假。工头巴不得，说好好休息，你肯定是太累了。虽然我们人手不够，但还是你身体重要。

只是一回到家，他就后悔了。心里有事就不能让身体闲下来，一闲下来，脑子里满满的全是当天晚上的场景。甚至儿子哭闹了半天，他都没有反应过来。他在报警与不报警之间犹豫徘徊。这间三十来平米的旧房塞满了从他喉咙里经过的烟味。他查看了去云南去青海去东北甚至去新疆的车票。他想到了小时候玩过的某座山上的防空洞。他把柜子里的衣服找出来打成了包。

急急的一下午，他把一切都准备好了。这时，他突然发现，儿子一直盯着他看。就是这一看，他傻了。

他一下子定了主意。不报警不自首。他去了小河边，草丛的乱象还在，他拿了把小锄头去梳理了一下，该修剪的修剪，该平整的平整。当然，不能只是那一块，至少整个河边几十米都要修整一下。修整完了以后，再看看河面，他的心里稍稍平静了些。如果万一有人找上门来，那天晚上，就是女人与自己吵架，自己跳的河。

看了几遍四周，似乎只有那个大大的鹅卵石留下的坑还在。他用泥抹了抹，一堆鹅卵石边上的坑虽然不见了，但那一块地面依然显得突兀。

几天过去，啥动静也没有。连着下了几天雨，他发现心里的焦灼似乎被雨冲刷得有一些淡去了。早上去河边，傍晚去河边，他发现，草丛也像极了河面，像是啥也没发生。只有那块鹅卵石空出的地面，又成了坑。看来，这一个坑靠泥是抹不平了。他知道，他必须找一块合适的鹅卵石填补这个坑了。

儿子的比赛在八点半开始，到十二点结束。要求画作是三到五幅，前后要有连贯的画面，传递出一条故事线。他有些生气，这么小的孩子能编什么故事呢。要在短时间内画好一幅图都不容易，何况要画三到五幅图。他对儿子画一幅图是有信心的，但要一下子画上几幅，还要有脉落线成就一个完整的故事，他着实没有信心。况且很多孩子年纪都比他大，他怎么能胜过他们呢。

这个让人心烦意乱的清晨，在去儿子的赛场前，他仍然沿河边走了一圈。那个坑还在，合适的鹅卵石依然没有找到。其实这中间，他从其他地方找来过不少大小差不多的鹅卵石，但郁闷的是，放一块进去，过个一两天，便会不翼而飞。而他，也总是极有眼力地不论何时路过，都能一眼看到那一个坑。好在时间是一块磨刀石，在把人的个性磨得棱角全无脾气不再时，时日里的油彩和斑点也会被磨得一干二净。

现在，他的重心已经被儿子的画作填满。儿子的画作上，是他真实的写照。前段时间拗不过各路记者的夹击，媒体还是报道了他，报纸用《以最美姿势谱写大写的人》为题，对他做了整版的宣传。看着报纸，他才发现，他成了这个城市的英雄，他破了救人的纪录。而且在救人的图谱里，在故意跳水的、不慎落水的、在水里游泳抽筋的等一系列落水者被救的人里找到了一条规律，那就是被救者是清一色的女性。记者问他是不是有意只救女性时，他的脸唰一下就红了。他说没有没有，从没想过。工友们就笑话他，肯定是故意只救女性的。那一刻，他发现自己拿着报纸的手是颤抖的，甚至嘴唇也有些颤抖。几个工友一脸坏笑地接着说，毕竟是单身汉嘛，英雄救美，搞不好就变成自己老婆了呢。

他一个激灵，眼前闪过女人的模样。迅速丢下了报纸，转身而去。工友们倒是笑坏了，看看，孩子都要幼儿园毕业了，他还搞得像个纯情小男生似的。

他出门戴上了帽子。虽然不可能每个人都认识他，但世界有时很小，更何况在这么个小城市，认识他的人只会越来越多。他莫名有些惴惴不安。尤其是站在儿子的考场门口，他似乎比谁都紧张。一些兴趣班和幼儿园的家长看见他，都向他道贺，既是佩服他的见义勇为，又羡慕他儿子的横溢才华。而且，他们都非常期待他儿子庄继业将会画出什么样的作品。

看到作品是一个星期后。与儿子获大奖的消息几乎是同步的。

老师在电话里用高八度的声音宣告庄继业摘得大奖,并且用不可思议的口吻和语气描述了儿子画作的内容。同时,还给他的手机发来了画作。

一共五幅画,第一幅,一个女子在河边小树林打电话。

第二幅,一个男子拎着酒瓶子由远而近,靠近了女子。

第三幅,男子把女子摁倒在地,互相打斗。

第四幅,男人把女人推下了河。推下河的画面很夸张,河面上溅起了很大的浪。

第五幅,男人救起了女人。

庄爸爸你在听么?庄继业太优秀了,整个故事脉落清晰,一个醉酒男子骚扰在河边打电话的女子,女子不从然后打斗在一起,女子被男子打翻在地并且推下河。最后男子良心发现,又救起女子。庄继业简直是画坛上的童话家小说家了,太棒啦!

耳旁还是老师兴奋的声音,他却一句话都说不出来,他扶了扶桌子却没扶住,腿骨绵软,瘫倒在地。

儿子领奖那天,他只是把儿子送到了幼儿园老师那儿。他说,今天搬家公司很忙,有三家大公司要搬家,一刻也没得闲,只能拜托老师了。

老师非常高兴，说，这是我们幼儿园的荣誉啊，我非常乐意呢！只是，庄继业这么重要的时刻，爸爸不去，他会遗憾的。他笑了笑，说，没事的没事的。他还想说点什么，张了张嘴，却再也说不出来。他不会忘记得知画作内容的当天，他一直盯着庄继业看，直到把庄继业盯得一脸恐惧涕泪横流。但自始至终，父子两个人愣是没有说一句话。他没有问他怎么想到画这样的内容，他也没有告诉他自己为什么会画这几幅画。

搬家的工头打来电话问他怎么没去上班时，他咬着嘴唇说，我没有请假么？工头说，没有啊，你什么时候请过假？他说，那、那我现在补请吧，我告、告诉你，我儿子的画得了大奖了，今天，今天领奖。

电话里，工头一下子高兴了，声音比他响亮得多，连说好好好，你这家伙这么快就熬到头了，听你声音都激动成啥样了，说到底，你比我们活得有意义啊，你都可以啃小啦。他没有回话，他拿着手机的手像弹着钢琴。手机掉在地上的时候，他看见自己正蜷缩成一团，腿曲着，像极了儿子小时畸形的症状。整个身子瑟瑟发抖，他的脑子里出现了一幅天寒地冻的画面，画是儿子的手笔，那是在冰天雪地里的一只狗，眼神空洞，毛皮全湿，四爪无力。

过了一会儿，儿子的高光时刻出现在幼儿园老师发来的信息里。只是儿子的脸上并没有多少笑容，似乎获奖与他并没有太大的关系，似乎他只是个配角而已。而边上的主持人和老师的脸俨然笑成了春天里最艳丽的花。他的眼神躲过儿子，盯着老师和主持人，主持人很漂亮，老师也很漂亮。

他不敢看儿子，刚才仅仅那一瞥，儿子那目视前方的坚定的眼神，怎么看都像一把刀，深深地扎进了他的眼窝。事实上，在得知儿子画作的内容后，在那一次充满怒气的彼此凝视之后，他再也没有正眼看过儿子，他心中的那股劲和气像被谁戳了个洞，一直漏着，漏到气力全无浑身瘫软，漏到他根本不敢看儿子，更不敢与儿子对视。

他的视线匆匆忙忙中就移到了儿子的身上，从衣服到裤子，这一下，他的眼睛直了，他发现，儿子的腿笔直地站着，看不出任何畸形的样子。他的眼睛一下子就模糊了。

第二天的报纸上，儿子与他一齐成了关注的焦点。《虎父无犬子》《父亲救人儿子画》《绘出故事的小天才》《跳水英雄和他的故事小画家》等，一系列夺人眼球的标题把他整得奄奄一息。他的高烧如从远方赶来的一场暴雨，在他身上一发不可收拾。这一次，他整个人像被抽空了的球，瘪得千沟万壑，不像样子了。而那些纷至沓来的祝贺电话，就是一颗又一颗有着无限威力的炸弹，炸得他再也不敢打开手机。

几天后一个阴雨绵绵的黄昏，他蹒跚地走出家门，环岛挪步。河边，一晃三年了。像梦一场。儿子获奖后，他没有

孤岛　23

一天睡过好觉。附近挖掘机和打桩机的轰鸣一阵又一阵,每一阵都是噩梦,像突然刺入脑髓的针。天上淫雨,河面却依旧波澜不惊。他的思绪在几年时间里飞速穿梭,这时,河上突然溅起一朵水花,他浑身打了个激灵。后面的声音洪亮而亢奋,老庄,这下没办法了,正式要拆啦,市里命名文件下来了,以后这里就叫南水岛,要造成一个花园式的岛。对了,再过两个月,你就该搬家啦。

他转过头,房东一脸的灿烂,而房东身后,他看见,两个人正拎着一桶红油漆将一个大大的拆字立在他的租房墙上。这一团红色,触目惊心。

搬家的人要搬自己的家了。他蹲下来,看着草丛的颜色,墨绿得没有一点生气,就像根本没有活着一样。他掏出手机,准备给幼儿园老师打个电话,顺着手机的方向,他看到一块鹅卵石正卡在两丛灌木之间。他眼前一亮,委下身子,探手进去,摸了半天,却还是够不着。他不顾地上的泥泞,趴在地上,努力往前伸,半晌,总算够到了。然后,他听见一口粗气从自己的喉咙里跑了出来。

他用几个手指刨了刨那个像鬼眼的泥坑,把这块鹅卵石放进坑里。似乎略微高出了一点点。踩上去,有点硌脚。于是,他抬起脚,用力地碾了碾,鹅卵石深深地扎了进去,刚刚好。

流　霞

多数时候人们问起我的姐姐，我总是讳莫如深。可是憋久了，又似百爪挠心。我那充满斗志的姐姐，是冬天里的一把火，更是冬天里的一池水。

一

事实上，与我们的斗争，我的姐姐王彩霞从小就开始了。而阿嬷，则首当其冲。

阿嬷信佛，每逢初一、十五总要上香，一是出门口，敬天地菩萨。二是进厨房，敬灶君菩萨。三炷清香，三跪拜。一次阿嬷刚刚上完香，我姐正起床从梯子上爬下楼，她看着一脸虔诚的阿嬷，揉了揉眼睛，说，阿嬷，你说菩萨能造出电视机来么？阿嬷转过头，狠狠地白了一下眼。双手依然合十，闭目，嘴上念念有词。

那时我们喜欢玩一种叫"时间停止"的游戏。在我们看来，"时间停止"是一种神力。所以，我姐每次在"时间停止"的时候都要问阿嬷神仙长菩萨短。阿嬷不理她，或偶尔嗔怪她，再就是佯装发怒。每每此时，姐姐却扬扬自得，嘴里的声音盖过阿嬷，迷信迷信。

那时的姐姐几乎是我的偶像。虽然我听阿嬷跟阿嬷，但每次姐姐振振有词地说，即便"时间停止"也改变不了真正的世界，菩萨神仙再灵验终究造不出电视机时，我的头总是慢慢地仰起，脸上不由自主地流露出从心底升起的敬佩。

姐姐说话做事干脆利落，在学校是招牌，在家里是智慧与美貌并存的小钉子。只是谁也没想到，姐姐这么厉害的人物，居然也有马失前蹄的一天。

现在想来，那一天，是姐姐与阿嬷两人精神信仰决裂的一天。

在砚村，阿嬷小有名气。孩子有个病痛不好养，老人出门不吉鬼附身，都来请阿嬷。阿嬷便急急赶去，"施法"驱魔。

阿嬷的名气一传十十传百，到我记事时，已是方圆几十里的顾客络绎不绝。吞香灰，喝香灰水，清香一炷酒水一盏便是"灵丹妙药"。

面对如此盛景，姐姐越来越坐不住，她翻着《十万个为什么》《破除迷信建立新世界》来回大声读，她用各类书本上的知识有意无意地告诉上门的人。甚至在门上刻了小小的"迷信"两个字。可是这一切，终究没人注意。

那一次，阿嬷正给人做小法事。她拎着一小碗茶叶米，用纱布扎好，反转，然后在昏睡的孩子头上来回转动，并不时念着经语。边上一干人，都一动不动地盯着。孩子的奶奶正双手合十，闭目祈祷。孩子的父亲正跪在地上，全神贯注。

谁也没想到，就在这时，满满一盆冷水哗一下就泼到了阿嬷脸上。正在做法的阿嬷打了个激灵，脸上的水迅速淋到身上，浑身湿透的她似乎灵魂出窍，一下子怔在那里。我姐却单手拎盆，一边向后退着一边大喊，醒来醒来！

村里人说这是阿嬷几十年来唯一失灵的一次。当天晚上，姐姐被我父亲吊在了竖梯下的猪圈里，鞭子声声，身上抽出了一道道血痕。猪声拱拱，脚丫晃动的地方，便是小猪抬头之处。只是，除了猪拱的片刻，任由鞭子抽着，她却愣是没出一声。

最后，还是阿嬷一边抹着眼泪，一边偷偷地解开了绳子。事后，我姐也就成了天上的星——扫把星。

那家的孩子不久后夭折。于是，我家就欠了一个比天还大且永远还不起的人情。永远需要低头顺目地跟人说话。我姐也出了门。村里人都容不下这颗来自天上的星。

几天没去学校的姐姐惊动了老师，老师上门了解原委后，齐齐地指责我爸的心狠手辣，然后再齐齐地指责阿嬷的封建迷信，以及齐齐地指责全村人的愚昧无知。但指责也没追回我的姐姐王彩霞。据说，在解下绳子的当天深夜，我的姐姐王彩霞背上包就淹没在了漆黑的夜色里。

老师们干脆利落，直接就报了警。这个孩子是学校的希望，在这一天我们才知道，学校已经准备保送她去市里最好的高中入学。最关键的是她可以绕过区管乡镇的学校直接入市中。这是我们砚村破天荒的头一次。在我们的记忆里，成绩最好的学生都需要从砚村到乡中，再到区中，才有可能到市中。但一般到区中后，怎么都没有我们的好事了。而姐姐却不一样，用老师的话讲，她是多少年来砚村最出彩的一个学生。

就是这个最出彩的学生，果断来了一出破除迷信的大行动。多年后，我们终于明白她的行为与她名号是相符的，因为当年的她不仅是学校的学习能手、行动能手，还是反迷信旗手。

在半年后，去学校里给她整理书籍书包时，我在她的书包里看见了一张纸，上面是红通通的五角星和红旗，以及一排手写字：兹因王彩霞同学的优异表现，特评王彩霞同学为反迷信旗手。

这张纸的最大作用就是摧毁了阿嬷建立的砚村信仰，同时也把姐姐赶出了砚村。

那段时间，学校鼓励举报封建迷信行为，要求学生与迷信的家长划清界限。但整个砚村，从小到大，受过阿嬷恩惠的人不在少数，不要说儿时驱鬼怪散鬼魂，就是有个小病痛都是靠阿嬷弄好的，更多的则是长辈亡故时，是阿嬷帮着穿衣送行。所以，大多数人与阿嬷有着不一样的情愫，说着说着便过了场。

只有我的姐姐王彩霞，在书本的作用下，在老师刺激下，她背着大刀，向阿嬷发起了进攻。

事实上，有着倔脾气的姐姐不仅进攻阿嬷，甚至连爸妈也看不上。她总觉得我们砚村的人没文化没知识，在迷信蔚然成风的年代，她甚至面对我咬牙切齿地说，她一定要扭转砚村的局面，把迷信彻底铲除。一边说一边还对着我挥了挥拳头。

看到她的拳头，她的江湖事迹便像电影一般浮到眼前。

从六七岁记事起，姐姐一向在前大踏步，而我一直在后猫着小步。逢到与人吵架，我话还没出口，眼泪便已跑出眼眶。姐姐恨铁不成钢，干脆不再叫我的真名王彩强。看见我，她一脸不屑，软，过来！

我成了软，便愈发成了同学眼中的笑料。要命的是，不仅懦弱，在学习上，我也难望其项背。

姐姐大我三岁。我六年级时，她初三。初中小学都在一个院里。所以，我的哭哭啼啼总影响着她的声誉。要知道，我的姐姐王彩霞，那是学校里的一块大招牌。这个尖子生，年年当班长，学校有任何比赛，出场的第一人都是她。从一年级上到六年级，再到初中。凡有外地师生来比赛或参观，发言也好，领奖也好，都少不了她。外校老师来听课，每每要做准备的也是姐姐所在的班。而老师的所有提问，都是等着姐姐那字正腔圆铿锵有力的回答。后面一排排听课老师的眼神，更是紧紧粘在那双一次又一次高高举起的小手上。

这双小手，为我童年无数次的哭泣争回了面子。

被初中年级同学打的那次，我大哭着执意要回家找妈妈，却被姐姐拦住了。她先问了是谁，当得知那个同学长得牛高马大后，她返回了身。趁着体育课的时间，她偷偷溜到校后的竹林里，折了两根又细又长的小竹鞭。等到下课，她便领着我往那班级门口走，瞧着那个牛高马大的同学，她毫不惧怕，大声嘶喊着，谁欺负我弟弟，出来道歉。连叫几遍，没人应。最后大家的目光都朝向那个牛高马大的男生时，姐姐把我护在身后，又把背在身后的手唰一下伸出，小竹鞭便呼啸着落向男生。

这一战，我胆战心惊，唯恐姐姐落败。好在，不等我反应过来，姐姐已大战告捷。一直准备还手的男生在小竹鞭的威力下，节节败退，丝毫没有反抗之力。而上课的铃声又恰到好处地响起。姐姐不费吹灰之力就灭了男生的志气，打了个威风凛凛。

后来我问姐姐，万一打不过怎么办，叫爸妈不是更保险么？

姐姐说，你已经被打了，痛的是你。如果叫了爸妈，他们来了顶多是说理，跟老师说理，跟打你的人说理，最后呢，他不痛不痒，你却白白痛了一场。而且，你叫爸妈一定会被同学笑话。

那万一我们打输了呢？

不会输！姐姐头一抬，气势磅礴，骄傲地说，我们攻其不备呢。后来我明白，姐姐确实不会输，一是赢在理，二是赢在出其不意，三是赢在她是老师眼里的好学生。

打赢了的姐姐盛气凌人，把我拖到一边，俯在我耳朵边却悄悄地说了一句风马牛不相及的话，阿嬷，阿嬷就知道相信迷信，你信不信？

我惊讶于她的跳跃性，摸了摸脑袋，说那不是迷信，那是菩萨和神仙。姐姐就笑，说，那菩萨为什么不保佑你打架胜利，或者保佑你有金刚不坏之身？

见我低下头不吱声，姐姐又说，阿嬷说菩萨一脚十万里，腾云驾雾呢，这么厉害的话，能造出米饭来，能造出房子来？

我当然回不了她，那时我们全家六口人挤在一间三十多平米的小矮房里，用梯子架起的阁楼根本直不起腰。而碗里盛的是番薯玉米粥，偶有几颗大米粒出现，便像是银子出现在了黄黄的汤里，我们都舍不得吃。

对于我的懵懂状态，她翻着书本，你去问老师，这是不是迷信，老师都说了，这都是封建迷信，全是骗人的。说完，她还神秘兮兮地压低声音说，老师还说呢，如果我能与迷信势不两立，我还能得一个奖。我问，什么奖？姐姐志得意满地晃了晃脑袋，却啥也没说。我的脑子里就浮现出了阿嬷慈祥的神情，想了半天，我犹豫地说，我喜欢阿嬷，她不是迷信。姐姐唰一下站起来，眉头倒竖，你喜欢阿嬷她就不是迷信了？喜欢归喜欢，迷信归迷信！说完，她头也不回地跑向了操场对面的初中教室。

这件事后，姐姐对我总是爱理不理，动不动就揶揄我。她的言语里装满了各种表情，各种表情里都是看我不顺眼的样子。因而，对于十三岁那年的七月初七，我跟着阿嬷到东白山仙姑殿做靠山，这个短短的一天一夜，她讽刺了好多年。

二

七月初七，东白山上仙女节。

姐姐说，这天是牛郎织女的相会日。阿嬷说，这是七仙女的节日。我相信前者，更相信后者。

这一天的东白山上，人山人海。要进仙姑殿觐拜，需要从山脚一直排队，排到山顶或许已是子时，也或许是凌晨三四点。所谓的靠山，就是在山上靠着过一夜，如果能在仙姑殿前后左右自然最好。这一夜就算是与仙姑结了缘，此后人生便有了靠山。

而阿嬷这一天带我前去做靠山，是为了找回姐姐王彩霞。

姐姐自从那次出门，便音信全无。老师的报警也只是让百里外的民警来砚村走了一圈，回去至今没有任何消息。

父亲的牙是铁长的，他一张开嘴就说最好死在外面，永远不要回来。这个让他在人前能抬头挺胸的孩子，断了一家人大部分的收入来源，更关键的是人家的孩子夭折了，这便是大逆不道的事了。似乎不以身赴死，便不足以赎罪。那时的砚村还很穷，家家户户都憋屈在自己的一亩三分地里，但山多地少的砚村，光靠山吃山的日子并不好过。而我们家相反，比一般人家要出挑些。尽管阿嬷的法事从不收钱，但人家终归不会空手上门，即便空手上门，事后也会送几个鸡蛋或给斤米啊什么的，偶尔也有送肉的。要知道，我们家三十多平米的矮房并非祖传，而是阿嬷用若干年的法事收入换成钱，然后点点滴滴积攒起来，最后从太公太婆那里独立出来。太公养了几个儿子，最不喜欢的就是大儿子我爷爷。而妯娌间的争夺更是硝烟不断。阿嬷受够了乌烟瘴气的生活，终于在凑齐了六十五块钱时为自己置办了这一间不动产。

只是虽然有了自己的立足之地，但生活依然千疮百孔。因而，阿嬷的法事是家里的重要收入来源。姐姐这一闹，便是炸弹丢进鸟雀窝，门庭一下子冷落了。

母亲则与父亲截然不同，从姐姐离开那天起，她终日以泪洗面。父亲烦了便破口大骂，说都是被母亲宠坏的，不然，哪里敢如此无法无天。只是骂着骂着，他的声音慢慢就弱了。到后来，老爸也开始怀疑自己出手是不是重了点，那天他自言自语了一句，学校的老师说，孩子也有什么自尊心，真他妈的。

而阿嬷，去了东南西北四个方向的外村，也进了城，却一无所获。她做了一场法事后，又掐指刻课，最终得出孙女王彩霞不愿意回来，即便找到了，她也不会回来的结论。她甚至已经掐出了方位，说，北方。

可是北方无限大，我们又该去哪儿寻找。父亲的心态慢慢开始变化，从一开始要打死她天王老子都不要管她，到渐渐寡言少语。而母亲则由一开始的臣服阿嬷，渐渐出言不逊，动不动就冲着阿嬷骂，都是你，搞这些封建迷信，把我的孩子逼走了。而最疼我和姐姐的阿嬷，则每天长吁短叹，她沉默的最明显的标志就是，渐渐少了与村人的法事来往。

而这次上东白山做靠山，阿嬷认定，这个坚硬的孙女只有靠求，才能求回来。

她带着我排了足足一整夜的队，在凌晨二时左右才排到仙姑殿门口。而那时的我，早已睡虫上脑困得不行，阿嬷几乎是背一会儿抱一会儿再请人照看一会儿地带着我拜完仙

情绪发泄馆

姑，然后又走了十几里地，才在人山人海的山上找到一角落脚的地儿。而我，一直呼呼不醒。在呼呼的时候我梦里是人山人海，在睁眼后映入瞳孔的，依然是人山人海。

姐姐便取笑，那又怎么样？求了有用么？

父亲的眼球突出，狠狠地剜了她一眼。母亲一看，嘴里带些戏谑地附和，是啊，迷信有什么用。

阿嬷不回话，她把自己埋在舂香叶的捣臼里。除了冬天，她都会翻山越岭去寻找一些香叶，有些叶子宽大像树叶，有些窄小条状像树根。我没见过她在山上的劳作，但她的工具似乎是连砍带挖都带齐了。背着扛着一袋一袋的香叶回家时，总是满头大汗。她的汗珠里能照出我的兴奋，因为阿嬷每次上山归来，必定会带给我山上的野果，桑葚、野柿、猕猴桃……

把不同的香叶归类后，晒干，再放到捣臼里舂成粉，最后再碾成末。无数个白天和夜晚，我不是帮着阿嬷舂粉，就是帮着一起碾末。甚至，我还能帮她做几根香出来。阿嬷与众不同的地方是她的香都是不同颜色的。这就更加吸引我了。

阿嬷说，强子，明天跟阿嬷一起去集市上卖香可好？

我大声应着，好。我就喜欢闻阿嬷做的香。还有，每次去集市，阿嬷都会用卖香的钱换回我最爱吃的小糕点。吃上小糕点的那一刻，我觉得跟过年没什么两样。

流霞　35

姐姐也去,去了也帮着卖,还帮着算账。阿嬷只上过一年私塾,几近于文盲。所以,姐姐在这个时候就起了非常大的作用。她可以帮着算钱,还能帮着写广告。最关键的是,她有一腔的才华可以用到嘴边。她可以让无人的摊前,几分钟内就挤满人。她喊着走过路过不要错过,她喊着再好的香不如自家做的香,她喊着拜天拜地拜祖宗,好酒好肉不如有好香。

那时我便再一次崇拜起姐姐来,如果姐姐要是信菩萨信神仙的话,她的事业一定比阿嬷做得大。有文化的人说起话做起事来有着别样的魅力和风采。

后来我渐渐明白,再聪明的姐姐,那一次的离家出走还是给她未来的生活埋下了深深的伤。

大半年的时间太漫长,漫长得让我的父亲母亲以为姐姐自此不再属于这个家。

母亲的脸在那半年的时间里一直是黑的,比浇过水的炭还黑。

而无数个夜晚,我躺在阿嬷旁边,将睡未睡之际,将醒未醒之时,都听到了阿嬷时断时续的啜泣声。甚至,突然翻身时,我的手就碰到了阿嬷一脸的潮湿。

三

谁也不知道这半年里姐姐经历了什么，回到家的那一刻，阿嬷搂着她不放。又黑又瘦的姐姐像是去了一趟非洲。父亲看着她的模样，哼了一声，有本事别回来！话音却是不大的，说完默默地转过了脸。母亲则一把推开父亲，狠狠地骂了声，都是你！然后从阿嬷怀里一把夺过她的女儿，抱得紧紧的。那一刻，阿嬷一下子傻了，眼神里的愧疚和无奈比泪水还要放肆。

这半年带来的最大灾难是，姐姐的保送资格被取消。此时，中考的时间早就过了。学校的校长、班主任以及几个任课老师一得知姐姐回家的消息，齐齐上门来，晓之以理，动之以情，希望姐姐能够复读，参加中考。班主任说，咱们砚村的学校，很多年没有出过这样的人才了，只要她参加中考，不要说全乡全区第一名，全市第一名都是不稀奇的。这是个保送的料啊。

我就看着熟悉的脸庞一个个出现在家里，出现在姐姐的面前。看着母亲感激涕零地一遍遍给他们泡茶倒水，看着父亲干笑着递烟抽烟，用火柴的微光小心翼翼地把所有人送进一阵阵的烟雾里。

在一干老师的苦口婆心面前，姐姐红着脸，点着头，她似乎明白了自己曾犯了众怒，但她没有向任何人道歉。她只是低着头，两只手一直拉着衣角磨着裤边。直到所有老师都出了门，她才站起来，对着门外以九十度的样子，毕恭毕敬地鞠了一躬。

谁也没想到，在老师们心满意足地走了一个月后，在这个闷热的暑假快速地冲破三分之二后，姐姐再次离家出走。

不同的是，这一次她留下了一封信。信里写了几个字：一切都晚了。

一个只有十六岁的孩子居然说一切都晚了。父亲再一次暴跳如雷，却又无可奈何。这一次，父亲不再寻找，他知道，女儿的心已经野出去了，谁也管不了她。而母亲，完完整整撕心裂肺地哭了一场，又跟父亲歇斯底里地大吵了一场，把为什么要搞迷信，为什么要把她吊起来打的历史重新火热地温习了一遍。最后复归到父亲的那句"有本事别回来"。

而阿嬷躲在直不起腰的阁楼上，跪在小小的菩萨面前，一遍遍听着母亲口口声声的"不是你娘弄迷信，不是你娘搞迷信……"泪如雨下。

那一刻，我突然就不相信阿嬷的菩萨神仙了，我开始相信姐姐嘴里不断讨伐的"迷信"两个字。因为如果菩萨灵验的话，他断然不会让一个尊敬他的人，一个一直在跪拜他的人伤心难过成这样。

村里没有人知道姐姐是怎么走的，只有我。

是个暗沉的黄昏。天正裹着墨洒着雨，整个村子在墨滴里密不透风。我伸出舌头，舔了舔沾在嘴唇上的雨水，有一股泥土的气息在我舌头上跳跃。我第一次如此兴奋却又心怀忐忑地跟在姐姐的后面，看着她漫不经心的表情和三脚并两脚的步伐。

村口大樟树下，姐姐在口袋里翻了翻，掏出五块钱给我，说，软，以后自己要硬气点。

我的脸一下子有点烫，半响，问姐姐为什么又要走。姐姐就倚在大樟树下，突然侧过身哇哇地吐了半天，面红耳赤着。我怀疑这几天姐姐回家来吃坏了东西，说，你身体不好为什么不在家里待着呢？姐姐慢慢地侧过身，伸出右手，摸了一下我的头。我说，我们回去吧。姐姐顿了顿，抬起头，看了看村外延伸出去的路，顺着她的目光，我发现，现在这条路已经沾满了墨汁，看不出去，也不看明白。姐姐叹了一口气，拉回了远方的目光，她的手又摸到了我的头上，来回转了个圈后，我听见有三个字掉在我头上，你不懂。

回到家，我心里空落落的。姐姐的来与走，像一场梦。在姐姐的枕头下，我翻到了一张纸条。五块钱的约定是第二天或第三天才说。但我突然觉得姐姐身体不好，又要坚持出远门，心里惴惴不安。

在父亲的万钧雷霆里，我怯生生地递上纸条，说，不知道是谁写的。

纸条粉碎的时候，家里的空气瞬间就凝固了。

四

阿嬷还是上香，初一、十五的时间仍然不变。但不再跪拜，只是叩拜。

似乎是度过了低谷期，村人找上门的又开始多起来。但阿嬷渐渐以身体欠佳为由开始拒绝。只有刻课，总也回不掉。刻课是由我外太公传给阿嬷的，本来是传男不传女，但他的子嗣只此一人，阿嬷成了唯一的人选。

刻课在砚村总是很受欢迎。阿嬷可以通过刻课帮人找到丢失的东西。前提是你还记得丢失的时间。所以，全村人丢这丢那，都会找上门来。最多的是鸡鸭，偶还有钱包、锄头，甚至还有剪刀斗笠之类。大到走失孩子，小到丢失针线。最大的案例并引起轰动效应的是离我家百米远的王大虎。彻夜未归的王大虎，不仅惊动了父母，也惊动了邻居。阿嬷是怎么也推脱不掉了。毕竟，人命关天。

阿嬷神情肃穆，掌心向上，五指弯曲。大安、留连、速喜、赤口、小吉、空亡。掐指，脸上的眉头绽开，说，东北方向，近在百米，吃饱喝足，不用寻找，酉时自会出现。这时的我才知道，当时阿嬷算姐姐不会回来，应该也是这样的方法。

只是，大家都不敢信，尤其是大虎的父母。这像一个玩笑。因为村里该找的地方已经找遍了。更何况，阿嬷遭遇过被泼水失灵的事件，有些人对如此无为的处理方法表现得几近愤怒。所以，我们砚村的村主任考虑再三，发号施令，不能相信迷信，全村人动员起来，本村找不到就去外村，沿着进山和出村的道路四散寻找，三人一组，一个村一个村地摸过去，一座山一座山地翻过去。

众人分散回头，回头又分散，头绪皆无。天空由亮堂复到渐趋暗淡，从上午九时到午时，再到下午三时四时。大虎的父母如热锅上的蚂蚁，村人也全都垂头丧气。甚至于一些村人已经开始往坏里想，而这一想，又带动了更多人活跃的思路。这条路，晃晃悠悠地指向无尽的变化和远方，而在指向远方的同时，他们都已经准备好了如何讥笑我的阿嬷。

直到傍晚六点左右。这个时间就是酉时的核心时间。这个叫王大虎的孩子，歪头歪脑地进了家门。这一下，大虎的母亲抱着他失声痛哭，哭声砸碎了砚村的天空，惊得整个砚村都晃动起来。

不仅他们一家人喜极而泣，全村人也是松了一大口气，所有村人脑子里可能的变化与远方到此都转了个向。阿嬷不仅算准了大虎酉时会出现，还算准了在百米之内，更算准了饿不着肚子。因为大虎在头一天偷了家里的一瓶烈酒，悄悄躲进隔壁邻居家的小柴房喝了个精光。结果，醉在里面睡了一天一夜。

阿嬷的刻课技法被再次神化。有不少人送了礼品来，准备向阿嬷求教。甚至学个一招一式也好。阿嬷婉拒着，说这是家族秘传的技术，以前传男不传女，所以，到我这里，最多也只能传给儿子。

但我的父亲，一个老实巴交的农民，一个对内鸡蛋挑骨头对外鸡蛋可以连壳吃的男人，并没有学到什么。令人意外的是，多年后，这门技法居然与我姐发生了关系。

五

再次回到砚村是三年后，我的姐姐王彩霞抱着一个孩子站到了村口的大樟树下。夕阳的余晖罩在大樟树的树梢，也把姐姐罩在一团流动的霞光里。

看着她在樟树下来回挪步，所有人都不敢确定是她，直到她踌躇着跨进我家的大门。那一刻，我爸的雷声从天上劈下来，声音如同秤砣砸在西瓜上，又像酒碗砸在水泥地里。但劈醒的不是我们，而是睡梦中的孩子。

孩子的哭声一下子把阿嬷的双手拉了过去，阿嬷抱起他，脸上的慈祥与心疼伴随着震惊一步步放大，转过身咿咿呀呀地逗着走到了门口。

母亲还怵在父亲的雷声里半天没有回过魂，她站着又像蹲着，嘴巴张着又像闭着。半晌后，母亲终于回过神来，她把阿嬷从门口拉进家里，关上门，然后一言不发。这一次她没有站到女儿这边，在父亲恶语不断的旋涡里，母亲走到姐姐的面前，狠狠地甩过去一个耳光。啪的一声，清脆得让我的心跳到了嗓子眼。

姐姐咬着牙，硬是没有吱声。她吐出一口血，眼睛睁大，直愣愣的，让人看着害怕。半晌，她的眼神又黯淡下来，然后突然跪下，说，借我一点钱，我要带孩子去医院。

父亲扬手就是一个巴掌，你这个败坏门风的家伙，你还知道来讨钱！对父亲而言，整个家族已为此蒙羞，所以，他是怎么也接受不了此时的姐姐居然还有要钱的请求。但母亲拉住了父亲，说，给她点钱，让她走，走了永远不要回来。

母亲之前从来没有说过这样的话，但这话，确确实实出自母亲之口。

母亲去翻柜子，几乎所有柜子全翻遍了，愣是没有找到钱。这个时候，还是阿嬷当家，习惯了在大家族中受欺负的阿嬷，已经学会了把值钱的东西藏在他人无法找到的地方。

母亲望着阿嬷，姐姐也看着阿嬷，阿嬷带她们俩爬上阁楼，移开床底下的钵头，下面露出一个小红纸包，翻开了一层又一层，摊开，数了数，仅有三十来块钱。

姐姐一下子瘫在了地上，但她没有哭，铁青的脸上，冒着血的嘴角肿了，顿了顿，她冲地上用力吐了一口，那红色的唾沫砸在地上,让地都凹陷了进去。

父亲的骂声停了,孩子的哭声却几乎没有停。烦不胜烦的父亲把吃中饭的碗砸了,骂骂咧咧地出了门。母亲却掩面而泣。自己这个刚刚成人的女儿,这个只知道拗气的女儿,这个优秀得聪明绝顶的女儿,又一次给全家人带来了磨难。只是我的母亲没有想到,我的姐姐,我瘫在地上半天不说话的姐姐,在吃了家里这一顿中饭后,居然也出了门。

来时两人,走时,她又是独自一人。

而我家自此多了一个人。逢年过节都要拜的菩萨神仙,年年都要祭祀的祖宗,祭拜时希望家族人丁兴旺的话,在我家成了咒语。在母亲祭拜时依着惯性脱口而出的这几个字,会让父亲破口大骂,脸都丢光了,要狗屁的人丁兴旺!

但再怎么骂,也改变不了现实。外甥就这么突然留下了,这个孩子成了我们全家人的心病,更成了父母亲和家族的一大耻辱。

那几天,阿嬷一声不吭,抱着孩子,躲在阁楼上。我去看过几次,阿嬷有时在包茶叶米,有时正在烧经纸,有时正点着香,有时正念念有词。

这个突然到来的孩子像极了我姐硬邦邦的样子,他躲过一劫,三天后,烧退了,成功加入了我们这个极不欢迎他的家庭。如果不是阿嬷的细心照顾和她的神仙庇佑,我真怕父亲恶狠狠的咒骂成真,父亲说,我要把这个讨债的丢到番薯洞里去。

而此时的姐姐正在几百里外，寻找着抛弃她的男人。她说，既然让她回不了家，她也要让那个男人家破人亡。她不知道，她的孩子在阿嬷的帮助下活了下来。

也就在那次，我才醒悟过来，为什么我们砚村的人得了病都来找阿嬷，而不去医院。因为大家都没有钱。要去百里外的医院，几个小时的路程，病被耽误不说，即便到了，仍然会被钱困在那里。所以，我们村里一下想不开喝了药的人，是没有一个能幸运地被救回的。

而我的阿嬷，就成了村里唯一可能给大家带来幸运的人。

六

姐姐出去时，我还在砚村念初三。

说来也怪，姐姐的行为像是一种号角。自姐姐往外跨出的第一步起，与她一起变化的不仅仅是我们家，还有整个砚村。之前全是憋憋缩缩躲在砚村的男女，像是看到了旗手得到了某种启发，不约而同地开始向外跑。他们从一贫如洗的砚村开始铆着劲地比赛，看谁跑得远，看谁的口袋里装下的钱多。也难怪，穷了那么多年，我们砚村的人都憋坏了。

看着出去的人越来越嘚瑟，留下的人也不甘示弱。我们砚村的人是安分的，也是有劲道的。市场经济的大潮把大批砚村的男人女人卷出去的同时，也送进来很多织布机，一开始是木机，接着慢慢变成了铁机。

看着家庭工厂一家一家开起来，听着织布声此起彼伏，母亲坐不住了。母亲思来想去，凡事要趁早，家里有三个人，买个两台织布机，应该可以照应。

主意一出，父亲吓坏了，坚决反对。在父亲看来，除了他手上的木雕手艺以及山上的农活，其他都是深不可测的。母亲说，你看看，你做了这么多年的木雕，给家里添了几个钱，现在咱村里的房子都开始变成砖头房了，木头房子老的老拆的拆，房里还有多少木雕？就你们做着看的台屏壁挂又有多少人买？

母亲说的都是事实。就在这两三年里，父亲所在的木雕厂已经人去楼空，最后留着的那几个人也是三天打鱼两天晒网，主要的心思都在农活上。可农活怎么干都是不值钱的。市场经济的大潮突然从外面打进来，把父亲打蒙了，父亲说，这这这怎么办，万一，万一……

母亲扎进了这波大潮，而且扎进去没有再回头。半个月后，母亲叫人想方设法从外地运来了全新的织布机，也轻而易举地运来了婆媳之间最重的矛盾。

自家的房子放不下，租房需要钱，机器拆装更需要钱。在那个万元户昂首挺胸的年代，借了钱的母亲踌躇满志，父亲却被几千块的借款吓得斗志全无。而阿嬷天地不管，她的心思都在拜佛念经与做香上。要管的时候，阵线永远与父亲站在一起。

这一天，机器到家，六七个人忙得一身黑。母亲跟阿嬷说好，中饭与晚饭的饭菜需要阿嬷帮着做好。同意了的阿嬷却在两个小时后出了门。

知道原因的那一刻，不仅母亲，父亲也是火冒三丈。我虽然还小，但也选择站了母亲的队。白莲婶家的老爷子刚刚走了，第一时间就想到了阿嬷。面对着六七个人的饭食，阿嬷居然两手一擦，丢下自己的家就走了。

这一次，母亲与阿嬷大吵了一架。阿嬷也凶得要吃人。她们俩的唾沫与声音一直在空中碰撞，那种碰撞是我多年没有见过的。我夹在几个大人之间瑟瑟发抖。那几天，我突然很羡慕姐姐，我希望有一天我也能早早地出去，哪怕是逃出去。

这一架，给母亲与阿嬷再次留下难以消除的隔阂。

那两年的砚村，家庭工厂发展得很快，有房子的地方便是机杼相闻。而让城里人最咋舌的风景是，我们砚村，上到七十岁老人，下到上学的孩子，都会换纡子，都会织布。就连抱在手上的孩子，都会去扳开关。

而我的阿嬷，从不插手。哪怕是叫她帮忙看下机器，她也是拒绝的。这事母亲一直不能释怀，我们心里也多有不爽。有时母亲就骂,你这个老不死的,你把我女儿赶出去了,还在家里白吃白喝。

但阿嬷我行我素,很多年后,阿嬷回忆起这些,曾跟我说,那时她的所有心思都在姐姐的身上。姐姐虽然不是她身上掉下的肉,但绞痛匍匐在她心里,时时咬她一口,撕她一口。她没有任何心思去做其他事,要做的也只能是忏悔。而这种发着轰鸣的机器,让她总是头晕脑涨,她不敢伸手。有一次,她路过那间房子,看见父亲扳了一下开关,再启动时,梭子突然没能正常穿行,而是夹在了布与筘之间,原先清脆的织布声一下子变得沉闷,齐整的布沿一下子被挤断了很多经丝。而筘板的正常摇动似乎一下子成了疯狂的恶魔。机杼声里感觉吞进了一个挣扎的生命。就这一次,她感觉自己的魂魄都飞了出去。她一度认为,是她的晦气带动了机器的疯狂。

我问,那为什么不把这些告诉母亲?

阿嬷的脸哆嗦了下,我说了她会信?你妈就是母老虎,恨不得把我吃了呢。那时候,我们家里的关系就像数九寒天里的冰块,很冷,很僵。偶有不冷的时候,便是他们声音急剧碰撞的时候,三天一小撞,五天一大撞。撞出的不是火花,而是火山上的岩浆。岩浆不断从房内喷涌,灼烧着家里的一切,我感觉自己从头到脚都是焦的。

那一两年里,母亲与阿嬷彼此不说话,形如路人,甚至连路人都不如。好在，家里还有一个孩子。这个孩子给我们带来无限困惑无限烦恼的同时，多多少少也给生活增添了一抹小小的光。

七

尽管没有靠近织布机，阿嬷却越来越忙。做香的活计她一直没有停，卖香的活计渐渐停了下来，慢慢就变成了送。

但她很少再占卜算术，每年东白山上的靠山，只要还能走得动她也照样去。但现在的她，最忙的，是给人穿寿衣。

没有人愿意干这项活。看着老人走前的样子，有人吐了，有人哭着，有人吓着，手忙脚乱。只有阿嬷，门口一声喊，谁家的婶婶没了，阿嬷手上再急再忙的活就丢下了。母亲说，她就从来没有顾过这个家，一天到晚是迷信。

这时的我仍然不太懂，但我总觉得这不是迷信。和平年代，没有那么多的救人一命。但送人一程，却是人人需要的。我觉得这也是胜造浮屠的事。这一程，有多少人能做到呢。撇除家人，外人呢？临走前的样子，我至今也就见过一人，那是我爷爷。而我爷爷的样子在我童年已留下阴影，更何况其他人。听着母亲说的一个又一个故事，我就知道了这事有多恐怖。而阿嬷则全然不顾。在那些年里，忙完这家忙那家。听说最多的一个月里，阿嬷就像走亲访友一样，没回过家。

有些个，前半夜就冷了身，却到上午才知道，让阿嬷去穿衣服时，根本无法穿进了。

有些个，挂在了梁上，等发现时，即便穿上了衣服，吐着长长的舌头终是吓着人，阿嬷就拿着热毛巾一遍遍地敷喉咙，直到舌头慢慢缩回。

有些个，淹了水塘，捞上来，全身已溃烂……

姐姐说，阿嬷也不嫌腥气啊。谁不嫌呢？逢了这样的事，亲戚朋友都避之不及，丧事到场，只是送礼，有谁愿意做这种晦气的事儿？阿嬷却从不吱声，似乎所有的污言秽语与她无关。从丧事起，到葬礼落。所以，这个时候，阿嬷的声名越来越大，她从刻课算卜驱鬼魂的师傅转行成了送行师傅。

而我的姐姐王彩霞，这个时候正风头正劲地陷在赌博的泥潭里。我总是用谁也不知道来形容她。是的，没有人知晓她是什么时候开始的，就像她的儿子一样，莫名其妙地成了我家的外孙。只是，这个时候的她开始不再讨厌阿嬷，甚至她总是想方设法地靠近阿嬷。

那年她没有找到那个男人。

就像她的生命中从来没有出现过一样，如果不是我外甥的存在，她一定一定无数次怀疑过自己。

也就是在找那个男人的途中，她把自己当作赌注，输光了衣服，据说差点还赢回了给孩子看病的钱。但她终于还是输了，把自己输给了另一个又胖又黑长得野猪般的男人。

跟着这个男人的四五年里，她回来过几次，这几次，孩子不认识她，我们也不认识她。而她却是漫不经心地回来，心事重重地离开。而且，每次来只跟阿嬷聊。而阿嬷听她说着说着，眼神会慢慢绽放光亮，听着听着复又陷入黯淡。她从没想到过，有一天，她的亲孙女会让她弄迷信，保佑她在赌桌上赢钱。

她当着姐姐的面去上香，去念经，去烧经。但姐姐跟我说，没有一次灵验过。

在很多年后，我问过阿嬷，我说迷信终归是迷信，不灵的。阿嬷看着远方，轻轻地说了句，如果我拜菩萨要让赌桌上的霞子赢，那她永远回不了头。我希望她输，输到一定的时候她会清醒。

我的心里一颤，五味杂陈。

事实上，那几年里，姐姐的日子真是过得惨淡。母亲见她这样，每次总是忍不住掉泪。有一年过年，她一直待在阁楼的床上，三天没有下来。三天后下了楼，就一直躲在大灶后，从来不在家里帮忙烧柴火的人，在这个大年三十的夜晚整整坐了一宿。事后我们才知道，除了自己，她又输光了一切。

阿嬷说，赌博是永远没有赢家的。

我惊诧于文盲的阿嬷说出这样的话。她说，输掉的全是血汗钱，赢回来的钱又不当钱。

想想，太有道理。她不劝姐姐，却私下跟我说，让我去劝。那一次，我去劝姐姐，却差点被姐姐带上赌博的道路。

我用阿嬷的话把赌博的坏处说了万万千，姐姐却冷不防地还是那句，你不懂。

我说，你都输成这样了，还不明白么？听人说，杭州上海那些城市里放的香港电影里就有出老千，你老是输是不是也是被人出老千呢？你怎么知道人家不是团伙，不是暗中商量好的呢？

姐姐不吭声，顾自勾着手指在算，算来算去，突然说，软，其实你这两天应该适合去的，能赢钱。

我一听，有点晕，这是什么逻辑啊。半响后，姐姐突然从嘴里蹦出来一句，你知道么，我为什么会输？就是因为阿嬷在施弄迷信，被阿嬷害的。

这话把我吓了一跳，我说，你不是不信迷信么？再说了，阿嬷怎么会弄输你？姐姐的脸一下子严肃了，说，反正都是见不得我好。她没有说出怎么回事，但我的心里咯噔一下。

大半年后，姐姐又回过一次家。这一次，正逢北京开亚运会，彼时，我们砚村人都感觉是在自己家开运动会一样，兴奋得不行。而这个时节，姐姐给全家人买了礼物来，简直是给家里添了一大喜。她给母亲买了毛皮大衣，给父亲买了高档酒，给阿嬷买了一个上好的香袋，我的则是一条漂亮的领带。而她的儿子，这一次拥有了一大堆漂亮的玩具。

母亲说，你不用买东西回来，在外面自己照顾好身体，但要多回来看看野路。

野路是我外甥的名字，是父亲取的。我说太难听，父亲就瞪着我，有这样的孩子门风都败了，看见就是耻辱，还怕名字难听。那时的父亲狠，他发脾气时我连多看他一秒的胆量都没有。

现在母亲对着姐说，你看看野路，你们两人都不太有感情。说着，母亲的眼圈便红了。而我的姐姐王彩霞却把头一抬，来，过来，给你巧克力。看着小家伙怯生生地过来接了糖又跑开，姐姐说，只要有钱，怕什么。顿了顿又说，我要出去挣钱，孩子拴在裤腰带上怎么挣？

母亲说家里织布难道不能挣啊，一边带着孩子一边看着机器，村里的女人不都是这样过来的。姐嗤了下鼻子。说着，母亲把目光从姐姐身上挪到外孙身上，叫了声，小路，来来，告诉婆婆，这糖是谁给你的？

野路跑到母亲面前，晃了晃脑袋，转过头看了看姐姐，轻轻地说，是那个姐姐。

我们一下子都笑开了。那是妈妈，不是姐姐。笑声落了，心里却一阵翻涌。

流霞 53

一开始,父亲坚持不喝姐姐买的酒,母亲坚持不穿姐姐买的毛皮衣。我明白父亲的意思,而母亲,她是舍不得穿这么好的。阿嬷的香袋倒是用上了,她背着它走南闯北拜菩萨。去任何寺庙都带着它。阿嬷很少有这么喜欢的东西,我跟姐姐说,你买对了。姐姐一脸的骄傲,她还算计我。母亲恨恨地说,你不要给她买,人都老了,还一天到晚不着家,还算计你!

我知道阿嬷当然不会算计她,后来姐姐又骄傲地说,阿嬷那点本事还算计不了她。

那段时间,她又向阿嬷学刻课。阿嬷倒是毫不隐藏地一五一十全教给她了。

但奇怪的是,阿嬷的这一手绝活,姐姐似乎没怎么用上。用姐姐的话说,这些都是小儿科,挣不了钱。而现在的姐姐,貌似已经在挣大钱了,所以,织布这种需要把时间、精力填埋进巨大轰鸣声中的活计,她根本看不上。

后来的姐姐不仅买东西,偶尔还带钱回来。有几次,厚厚的一沓又一沓,把父亲都惊住了。那段时间,由于织布机是租住在他人房子里,父母亲一直谋划着择地自建新房。而此时姐姐带回的钱无异于雪中送炭。在这样的情景里,父亲的声音越来越轻,母亲的声音越来越软,而姐姐的声音则越来越响。只有阿嬷,什么也没变。

从这时开始,稍有不顺心的事,父亲的矛头就指向了我，骂我不出息，不能挣大钱。可是，我还在念书，我能怎么挣大钱呢。

于是，在姐姐回来的某一次，在她又一次向我灌输生辰八字适合哪天上赌桌时，我心动了。现在想起来，如果不是阿嬷叫我跟她上山，那天的我一定跟着姐姐上了战场。年少时的战场是打架，现在的战场是赌桌，同样的硝烟弥漫。姐姐说，有我在，我们会输么？我便又想起了上小学时姐姐那一脸的霸气。

后来的我，突然发现一个问题，姐姐怎么会用我的生辰八字对算时日，从而断定我可以上赌桌呢？

姐姐的回答是，你属马，那天是未日，午未合，晚上那个时辰正好也是未时。说白了，就是相合之中"有神仙护佑"。这句话，把我惊呆了。我一度不相信自己的耳朵。甚至我开始怀疑年少时那个反迷信的旗手王彩霞，根本就不是我的姐姐。

八

"野猪"的出现把我们吓了一跳。从幼儿园开始到姐姐生孩子前，即便是到现在，我一直认为我漂亮的姐姐一定可以嫁一个白马王子。不是骑着白马戴着皇冠，也至少是玉树临风一表人才。因为，姐姐除了人尽皆知的聪明和机灵，身

流霞 55

上透出来的秀气和洋气直逼电视上的明星，一头如瀑长发，瓜子脸，高鼻梁，樱桃嘴，哪哪都是美人模样。毫不讳言，那时的姐姐，甚至比电视海报上的美女差不了多少。

但是这个胖黑男人呢？肚子大得像装了几个篮球，塌鼻梁，八卦眉，大宽嘴。一身的黑像是一堵刚砌成的水泥墙。我直接把他跟野猪对上了号。

对于这样的男人，我内心一千一万个反对。父母亲也着实不喜欢。阿嬷也提出了疑议，说，我这么漂亮的孙女，跟这个总不般配吧。

阿嬷从不轻易说这些左右人思想的话，尤其是在她放手不再当家之后。但这句话，其实代表了全家人的心声。放在以往，母亲肯定是要跟阿嬷唱反调的，但这一次没有。

为了让姐姐与野猪分开，母亲就跟姐姐谈话，但姐姐什么也听不进去，虽然嘴上不反驳，但第二次仍然带来。野猪走了，她便开始一个劲地说他好。在我们听来，那都只是一个男人应该做的。会做饭，能熬夜，肯吃苦。但所有这些里，她忽略了男人也会打她。

几个月后的一天，姐姐半夜突然回家来。那时我已经睡熟，但越到了半夜却越是清醒，黑夜的静谧把楼下的抽泣声衬得奇响无比。我心里一惊，仔细听，居然是母亲的声音。我的心里一下子被压了块石头，翻身下床。尽管还不能替这个家挑大梁，但我不能让母亲受外人欺负。下了楼，我却怔住了，我那么漂亮的姐姐，眼圈成了熊猫眼，脸上已经破了相，东一块西一块的紫黑色补丁瞬间让我明白，姐姐被人打了。

一夜没睡，母亲起了早就往外村赶。在离砚村十几里外的纸村，母亲找到了野猪。野猪没有吱声，他像一坨屎一样瘫在沙发里，眼皮也没抬一下。面对母亲咄咄逼人的警告，野猪嘴里挤出一句话，老子根本不要她，是她非要跟着我，你跟我说不着，自己的女儿自己管好。

就是这句话，把母亲气得差点当场吐血。回到家后，看着姐姐一脸的伤，母亲几乎是跪在了地上，跟姐姐说，咱家人多少有点骨气，妈拜托你，天底下的男人多的是，你无论如何断了他。

那一天，我亲眼所见，姐姐的眼眶里蹦出了大颗大颗的眼泪，她不断地点头，妈，你起来，你起来。

我不敢想象，那天若是父亲在家会是什么样子。

在家待了三天，父亲自然是看见了姐姐脸上的伤。父亲说，你去把他叫来，我要跟他谈一谈。母亲在一边赶紧说，这种事让孩子自己去处理。父亲就火了，说，都把我女儿打了，还让她自己处理？她能处理好就不会回来了！

姐姐就自己去处理了。处理的最终结果就是，半年后，她挽着野猪的胳膊有说有笑地踏进了家门。

看着姐姐与这个野猪无法分开,母亲哭了几次,慢慢开始妥协。但她还是给姐姐敲了警钟。那句话是这样的,如果有一天他还打你,我们谁都帮不了你。

不知道是不是为了这句话,姐姐再也没有明确表态,与野猪同吃同住同赌博,但没有要结婚的意思。而我们全家,却为她急得不行。

母亲的顾虑很多。诸如女人年纪大了不好找,加上女人单身总是比较辛苦,还有最大的问题是,野路以后上学怎么办,而且等孩子长大了让他接受一个继父会很难。母亲晓之以理,动之以情,劝说姐姐,姐姐似乎也听进去了。

不得不说,母亲的这些考虑都有道理。父亲虽然嘴上不说,内心一样着急。而阿嬷,除了上山采叶,每天上香的时间长了些,烧的经纸也多了些。在某一个傍晚,阿嬷烧完香特地对姐姐说了一通话。但她没有催她结婚的意思。阿嬷的意思是婚姻要慎重。

只是等我们知道她有行动的时候,我的姐姐王彩霞,再次给了我们全家一个目瞪口呆。

这一次彻底把父亲激怒。

激怒父亲的同时,把母亲与阿嬷的关系也推向了极端。在母亲看来,一定是阿嬷与她的谈话起了作用。而现在这个男人还不如野猪,野猪被人笑话,而现在这个比父亲年岁还大的男人则可以让人崩掉大牙。

几天后，母亲从别人那里听到消息，说是砚村人人都在传父亲要与女儿断绝父女关系。母亲一下子泪如雨下，她三天不出门，面对父亲，她还是那一句，不管怎么样，她都是你的女儿，你想断是断不了的。

父亲一下就把碗摔了，我没有这样的女儿！

九

有时想想，人真的是有命运的，你怎么拗气都没有用。有时想想，人生又是充满戏剧性的，你在你的前半生怎么也不会想到你后半生将会过什么样的日子。

姐姐用她的行动，一步一步诠释了这样的人生哲理。

也就是在这个时候，我才知道，姐姐的生命开始与迷信二字正式相连。从赌桌上的野猪移情到老男人，仅仅是老男人懂些迷信和手段，并告诉姐姐，用了这些，她口袋里的钱会越来越多。我猜想，姐姐到现在也不会明白，老男人做的局是一个得到她的死局，而她，到现在也没有解开。

我终于明白，姐姐有意无意地靠近阿嬷的原因，也终于明白，她学着弯手指掐时辰，学着背天干地支星宿十神的原因。

其实，姐姐在让我跟她上赌场时，她已经与老男人搭上了线。

在所有人面前，他是甄师傅，姐姐也叫他甄师傅。

甄师傅最伟大的地方是在不久后成功将姐姐从笔村那个赌博的泥潭里拉起，他一开始让姐姐赢钱，完全取得姐姐的信任。然后一次又一次地让姐姐输光，在姐姐输得身无分文时，得到了姐姐的身子，然后他也对姐姐说了一番阿嬷说过的话。之后他把姐姐带离了赌场。他跟姐姐说，只要跟着我，后面的日子要多红火就有多红火。

后来我发现他说的有一定的道理，因为他在一个偏僻的小山村供了一尊佛像，而被熏得漆黑的房子每天都有蜡烛点着，时不时地还有人来点个满堂红。

从这一天开始，姐姐就帮着他收钱，香客来往，买烛买香买经纸。在我们完全不知道的情况下，姐姐走到了她口口声声反对的迷信的那一面。

足足有一两年的时间，父母亲都没有与姐姐联系。姐姐偶尔会联系我，说几句家长里短的话，我会告诉她家里的一些情况和我自身的情况。这个时候我已经大学毕业，在外地工作。实话说，我自己的这一切还算顺利，这或许也与我的性格有关。我努力但不极端，我奋进但不苛求。学习上是这样，在工作上我也这样。包括我的女朋友，我没有刻意拼命地去追，虽然长得没有姐姐漂亮，但善良温婉，彼此心有灵犀，话露半句就知道彼此想说什么想要什么。唯一的缺点就是杭州与武汉隔了七八百公里。

而这个时候，我与父母一样，全家人的心思都在我姐身上。野路已经上了小学，背着骂名的父母在机器的轰鸣声中已经渐渐麻木，但他们希望野路有朝一日能出人头地，希望他能为他的母亲争口气。

只是这个成长的环境让人怎么说呢？姐姐的所作所为，我们一直都瞒着。在外甥眼里，他的妈妈是一个全世界最好的妈妈，为了挣钱养家，连过年都没时间回来。

在全村都知道父亲要与姐姐断绝父女关系的那段时间，父亲看野路是一千一万个不顺眼。吃饭时，野路不专心，父亲就会开骂。玩玩具时在地上摊成一堆，父亲有时一脚就把玩具踢飞了。每每这时，母亲就骂父亲，孩子是无辜的，怎么能乱撒气。但父亲依然故我。我也劝父亲，并对野路视如己出，百般对他好。只是野路的脾气像极姐姐，动不动就发脾气，不吃饭，或者跑到外面不回家。

有时他会捧着棒槌乱敲东西，这样一来就会招父亲的骂。最严重的一次是他拿着剪刀剪了织布机的经丝，以及剪了码好的一大匹布。不仅如此，他还经常跟同学打架，在父亲看来，他也是扫把星投胎，所以，只要打了架回家，他必定还要再受一次皮肉之苦。那次他打架回来，已经摆开架势准备接受父亲的用刑，正好我赶到。我阻止了父亲的打，但阻止不了父亲的骂。最后，在父亲的骂声里，野路跑出了门，他的嘴里大声叫着，我没爹没娘，活着就一定要受人欺负吗？

那个时候，他才小学四年级。我深深地震惊。我跑出去抱回挣扎着的外甥，说，你妈妈只是没空回来看你啊，你怎么能这么说？太婆对你不好么？婆婆对你不好么？

从那天开始，父亲稍稍有所改变，但本质依然没变。我再三劝说父亲，所有的错都不是孩子的错，我们不能把怨气和怒气发到孩子身上。对于野路来说，我们几个是他真正的亲人，不能一直把他当外人，甚至当敌人。

真正改变父亲的，是那次挑番薯回家的路上。天上下起了毛毛雨，挑着重担的父亲不慎滑了一跤，摔下后半天起不来。野路从学堂回家后，拿了斗笠上山接外公，结果半路上就撞见了龇牙咧嘴的父亲。野路一边拉歪在地上的父亲，一边赶紧翻捡起番薯，然后他试了试担子，龇牙咧嘴叫唤了半天，地上的担子纹丝不动。无奈，他只好飞奔回家，转身时还不忘两只手各带上一个番薯。然后，我与母亲飞奔上山，一起把父亲抬了下来，经过一系列的活血化瘀，总算在一段时间后恢复了。

经过这一次，父亲对野路的打骂开始有了变化。

但即便这样，我们心里还是有伤印，我觉得我们对野路再好，终究代替不了他父母对他的爱。可是父亲，是永远没有了。而他的母亲却是个孙猴子，一直在腾着云驾着雾，翻着筋斗，完全没有归宿。我们没有观音菩萨的紧箍咒，也不知道如来佛祖在哪里。

所以，有一段时间，母亲又开始怪阿嬷，说你那么灵那么灵的巫术，你不好弄弄让霞子回来的。

阿嬷就苦笑，她说，人各有命。母亲一听这话，就又直愣愣地补了一句，迷信有什么用。

而这些，我不晓得姐姐是否知道。就像现在姐姐来电话，跟我说着说着，她却又岔开了话题。动不动跟我说，谁的生辰八字不太好，没有生到局。又跟我说，爷爷的阴宅朝向不太好，要去改一改。我被她说得云里雾里，更是被她说得恼火，就打断了她的滔滔不绝，我说，你能不能关心关心家人，关心关心你儿子。

想不到，这一句一下子激怒了她。她的声音立马飚高了，我现在说的这些还不是为你们好，要不是我在这里给你们弄这个做那个，老爸上次摔跤，直接就摔死了。你知道么，是有两个小鬼跟着他，路上推了他一把！我花了多少经卷你晓得么？还有，野路为什么开始懂事起来了？都是我在这里拜菩萨拜的！

我再也听不下去，我从耳边拿下手机，冲着手机吼叫起来，你个神经病，以前你不是反对迷信，不相信阿嬷那一套么，你现在怎么变成她了？

电话那头的声音也很响，阿嬷那是乱搞，瞎拜，我这是玄学，是易经，是正经大事。

我无言以对，手机拿着，心里似掠过了一阵台风，风过之处，废墟一片。这时，我听见手机里还传出声音，跟我年少时听见的一样：你不懂！

十

为了探究姐姐的赚钱大法和她的玄学，我去了一趟她与老男人的神仙洞。

一个偏僻村庄里的小平房。完全不是高山大川的修炼，也不是香火缭绕的寺庙古刹。这个比我父亲还大几岁的甄师傅更是完全没有一点仙风道骨的模样。第一眼，我就在心里给我的姐姐王彩霞打了负分。天下难道没有男人了么？

令人大跌眼镜的是，在老甄面前，姐姐说话做事都是百般小心，即便是我的出现，她的说法也都是牵引着我去讨好老甄的意思。我的厌恶，在一分一分递增。我的疑问，也在一点一点扩大。我想知道，到底是什么人，能够让如此桀骜不驯的姐姐化身成了小绵羊。

去的那天，还真是个好日子。早上六点赶到，却已是排着长队。大多是中老年妇女，也有年轻的女孩子，还有几个西装革履、一副老板模样的中青年男子。他们的脸上都写满了示好的神情。而老甄却坐在桌前，一边画着纸，一边记着名。看见我的到来，听姐姐介绍我的时候，老甄抬了下头，眼前一亮,笑容堆上了脸,示意我坐。我环顾左右,边上已没有位置。老甄就随便吆喝了下,今天有贵客,你们让个位置。于是有人不情愿地站起来。我没有坐,只是说你们忙你们的,便退了出来。

我到外边抽了一根烟,这样天寒地冻的日子,有这么多人排队,一定有他的道理。但到底是什么道理,我不知道。我想起了阿嬷。如果这个老男人与阿嬷一样心地善良,一心向善,或许,对我姐来说,也算是一条出路。

再进门,第二拨队伍编排妥当。是的,姐姐说,这已经是第二拨。

然后我听到姐姐的呼唤声,这时靠近桌后的小门打开,大家鱼贯而入。我发现,后面还有洞天。一尊小小的佛像立于角落,不注意根本看不到。

老甄在一把太师椅上坐定,排好队的信众从里往外坐在摊在地上的报纸堆上。接下来,就是屏心静气。老甄开始打哈欠,几个哈欠之后,声音呢喃,让人报地址姓名。看来,这便是姐姐口中说的"神仙附身术"了。

轮到我时,我报了地址和姓名。接下来我听到的一切就如云里雾里。所以,在大家互相说着有多灵验时,我嗤了一下鼻。因为没有一条我能对上。

他说,这个人口齿不清,说话不利落。

他说,这个人身上有钱,不会对外人说。

流霞 65

他说，这个人做事前怕狼后怕虎。

他说了很多，我的脑子里就一直在想，我们砚村是不是还有一个叫王彩强的同龄人。除了第一条，姐姐没有强力反驳我之外，她抓住以前有人向我借钱，而我明明有钱不肯借的事来证明老甄的准确和灵验，不，是神仙的准确和灵验。我说，我凭什么把仅有的几块吃早饭的钱借给一个对我不好的人？姐姐却说，那不管，顿了顿，又说，你前怕狼后怕虎错了？你看看你小时候，逢吵必哭。忘了？软！

我说，自我上大学工作后，什么不是我自己努力得来的？什么不是奋力争上游，尽管得不到我也不后悔，不苛求，但我在困难在工作在事业面前，从没有过怕狼怕虎。最后我还补了一句，姐姐，我长大后，你关心过我什么？你又知道我什么？你连你自己的孩子都不知道！

这话一说，姐姐顿时翻了脸。我执意要走，姐姐也不留我，倒是老甄看我们吵起来，他跑出来一把拉住我说，强子难得来一趟，咱们初次见面，一起吃个饭，无论如何要给个面子。

看着老甄一脸的诚恳，我犹豫了一下。就是这一下犹豫，老甄一把把我拉进了屋。

这时，我才知道他们收钱的事。之前是排着队上香查户，这会是排着队交钱。这份钱每人不一样，看查出来的事大事小，加上蜡烛经纸。有些人需要点满堂红，有些人需要买七佛经做大法事,有些人只要买些经卷回家烧即可。林林总总。

这是我第一次见到原来与迷信有关的东西真的可以挣这么多钱。我吓了一跳,其中一个人居然交了一万多,之前我没注意听,也听不太懂。事后听姐姐说,那人罪孽深重,如果半个月内不消灾,怕是要遭血光。其他的多多少少都要花个几千,最少的也花了一千多。这些人里,有些是家人有牢狱之灾,有的是摊上口舌之祸,有些是孩子大了对象无着落,有的是孩子体弱不好养。反正五花八门,与阿嬷那时相近,但案例又比阿嬷多。因为像这种预知大灾大难,要消除大灾大难的,我没见阿嬷做过。而这里,包罗万象。

这一天的早上,少算算应该有三四万。

去饭店的路上,我一直在想,这些钱和姐姐到底是什么关系?老甄是把钱都给了姐姐么?

正想着到了饭店门口,一辆车正在一个车位里出出进进地倒着。一看就是新手。最后那车为了停得正一点,再次退出来。这次退的幅度比较大,正是这个空档,老甄一脚油门就冲了过去,稳稳地停在了这个车位上。

这一下,我目瞪口呆。我看着对面那司机在车里张了张嘴,应该是骂了两句,又看着老甄下车。而我,坐在车上,半天没敢下来。直到姐姐叫我。

下了车,我不敢抬头看对面的车。我低着头,悄声说,人家停了半天的车位,你为什么把人家抢了。老甄转过头,得意地说,这个社会就是要抢。而姐姐洋溢着笑的脸上居然充满了对老甄的崇拜。

菜点得不错,我的胃口却没了。唯一的安慰是,在饭桌上,老甄对姐姐的表现还算可以,夹菜,倒水。但姐姐的盛汤、送纸,更有一种献媚般的细心。只是,两个长得像父女的人,当着我的面做这些,让我感觉有只苍蝇卡在了喉咙。

我的心里又打起了鼓,我不知道这几年下来,姐姐到底过得怎么样。我又想到了母亲,如果是母亲看到这样的场景,她会怎么样。难过,还是高兴?还会不会催着姐姐结婚?那时我的外甥野路五岁。而现在,野路已经十一岁了。

十一

这之后的一段时间里,姐姐带着老甄回过家。父亲打了个照面就出门了。姐姐叫了一声爸,父亲没有应。

这次,姐姐带回来不少礼物,听母亲说还给了每人一千块钱。阿嬷死活不肯要。而父亲,在此后好长一段时间里,在说到姐姐的问题上,父亲时硬时软,刚刚还说着不要让她回来,说着说着,最后又来一句,唉,好歹是送钱回来的。

慢慢地,父亲似乎渐渐默认了老甄的存在。这一个比他年纪还大的男人,是怎么让父亲学会心安理得的我不知道。

我只知道，我不在家的那段时光里，父亲抽的烟从八块换成了三十块。甚至有一次，我做了什么事他看得不顺眼，冲着我还说了这么一句，这辈子喝到的茅台也不是你给我买的。

而那时的母亲已经全然忘了姐姐以前的糗事，现在最让她关心的两件事就是，让姐姐多关心野路，以及催姐姐赶紧结婚。有了男人才有家啊。

很快，有了男人还没有家的时候，姐姐又有了孩子。这一次不是直接抱着孩子来，而是根本没有带着孩子来。所以，母亲想趁这机会逼一下的可能性都没了。因为姐姐一回来就躺在了床上，然后脸色苍白地给了母亲一沓钱，说，老妈，我要在家里住一个月，这些钱你用着。母亲突然就明白了。她的眼泪唰一下又掉了下来，霞子啊，为什么不结婚，你要知道女人流不了几次的，不要以为自己年轻。

虽然脸是白的，姐姐却是带着笑的。说，没事的，现在要忙事业呢。

这一个月是我们家里最幸福快乐的时光。姐姐从来没有这么温柔和气地在家里待过，更没有如此温婉地陪过野路，跟他轻声细语地说话，指导他做作业。面对母亲催她结婚时，她也只是笑笑。即便是面对父亲，她也没有任何怨言。

而这个月也是我从杭州回家最多的一个月。砚村虽然长在大山里，但是距离杭州不过几个小时。为了难得的温情，我愿意把周末的时光都送给砚村。

母亲一天又一天地把鱼汤端到姐姐的床前，姐姐每天用笑唤醒野路的一个又一个清晨。姐姐用从来不曾有过的耐心给母亲讲故事，比如谁家的人死了，然后有些人去了以后就一直生病。谁家的进了医院，去看的人后来运气奇差。姐姐还用她所知道的例子一个一个不留缝隙地讲给母亲听。母亲服侍着她，就听她慢慢讲。

那段时间，村里确实也发生了一些人与事，母亲越发听了姐姐的，哪儿都没去。这个家，总体还是母亲在把着，所以，母亲不说去，其他人也就不去了。毕竟是自己家人的运气最要紧。母亲说，不论如何，霞子总是帮着家里的。

只有阿嬷每天都忧心忡忡，她一有空就去拜菩萨。然后偶尔背着姐姐会跟父母说几句。似乎是被她说烦了，父亲那天突然大声说了句，老太婆了你都，管好自己的身体，不要一天到晚出门去帮人家，到最后，你身体不好殃及我们。

父亲说话总是没头脑，根本不顾及他人的感受。好在阿嬷是他亲生母亲，也不会生他的气。再说了，现在的阿嬷还是忙，但在母亲眼里，她就是脑子落下病了。总是放着家里的活不干，去帮人家。送行的事不必说了，其他事，人家叫上一声，她也是起身就走。一个老太太，把自己活成了雷锋式的人物。母亲说，谁又会感谢你呢。阿嬷也不理他们，由他们说，却顾自己做。

我私下里也说过阿嬷，她也没有回应。直到一个周末回老家，约朋友吃了夜宵后进家门，路过阿嬷的房间，发现阿嬷在与人窃窃私语。仔细听却没有别人。门是虚掩着的，我推门进去，黑暗中，发现阿嬷是在说梦话。她说，是我的错是我的错。

我吓了一跳，赶紧拉亮了电灯，叫醒了阿嬷，却看见她一脸的眼泪。我问她梦到什么了。阿嬷说，那个孩子。我一下子蒙了，哪个孩子？我说，野路怎么了？

她说不是野路，是被你姐姐泼水那次的孩子。我一下子全明白了。这是阿嬷的死穴。她从来没有治死过人。那是唯一的一次。那件事后，阿嬷曾带上家里所有的鸡蛋和大米，去祈求原谅。而现在看来，这阴影，一直没有散。

我跟阿嬷说，那孩子不怪你，你毕竟只是迷信，烧烧香念念经，不能救起一个濒死的人，也送不走一个健康的人。

不，阿嬷说，是吃了我的香药。

这么一说，我想起来，来求阿嬷看病痛的人，都是吃过阿嬷香灰水的。

我不知道该怎么安慰她。本来，这种吃香灰水就是迷信手段，吃了这样的东西好不了，也坏不了。可是，这时的我面对她，还能再说这些么。

阿嬷说，那一次，被你姐姐泼了水后，我把香拿错了，本来应该是拿金银花香和黄连香的，我拿成了普通的香。那孩子本来就拉肚子发高烧，吃了这种香药后根本没法消炎降温……

我醍醐灌顶，阿嬷的香是完全不同的，难怪她把几种香都分门别类做成了不同的颜色，放在不同的柜子里。

我突然想起那个夏天。姐姐掐着手指要让我跟她去赌，而阿嬷却偏执地叫上了我，非得让我帮她上山采香叶。也就是到了山上，我才发现，阿嬷的香叶，五花八门，有的来自树上，有的来自地上，还有的来自地下。她带着小镢头东挖西摘，鱼腥草、金樱子、金银花、黄连、马齿苋……带回家以后，全部晒干，然后舂粉碾末做成香。也就是说，这些香灰水，确实有治病的功效。

在这一刻，我终于明白了阿嬷的厉害之处。也就是说，早在尚未买下小矮房，还挤在太公太婆那里时，阿嬷就有了一手看病的本领。只不过，她一直没有显山露水。加上农村人都信迷信，阿嬷就利用迷信和祖传的一些小技法治好上门的人。而在分家之后，为了能让家里的日子好起来，阿嬷终究没有把这些说破。

这样一说，似乎又好像是阿嬷利用了迷信在赚钱。我说，阿嬷，你觉得你所做的这些，是迷信么？

阿嬷说，其实我也不太懂，我也不愿意给人一天到晚看这看那。但你知道，那个年头，没有医院，没有条件，能活下来都不容易。我让他们喝点清热解毒的香灰水，能让一个人长大成人，健康地活下去，比什么都要紧。

我点点头。在那时，生下来五六个，只活下一两个的比比皆是。

我没念过书，不懂迷信不迷信。我只知道人要善良，与人为善。我信佛，信大道。我没有什么医术，但哪些草药吃了对应身体的什么症状，我懂一些。

泪花还挂在阿嬷脸上，我想到了另一个房间里的姐姐，那么谁是真正的迷信？

一个月后，姐姐带着她的欢喜和向往离开了家。

谁也没想到，半年后的姐姐再次踏进了家门。对于我们家来说，姐姐如此频繁地回家，是从来没有过的。只是母亲的欣喜仅仅停留了一个小时。

因为，姐姐来了个重蹈覆辙。

这次的母亲非常生气。她没有催她结婚，也没有催她要孩子，她直接问姐姐，你还要不要活下去，一个女人能流产几次？

姐姐又说了句，你不懂。

就是经常对我说的这句话，让母亲大发雷霆。我不懂？我生你出来，养你长大，我不懂？你到底要不要和老甄过下去？如果过下去，就生下来，为什么还要打掉？我不是非要孩子，我是要你！人经不起这样折腾！！

可是，已经这样了，又能怎么样呢。

从那以后，连续三年，姐姐总算再没有因为要母亲侍候

流霞　73

"小月子"而回家。我们都以为姐姐听从了母亲的苦口婆心。却想不到，在那几年里，姐姐每年流掉一个孩子。多年后，问她为什么不做好避孕措施。她说，老甄不喜欢戴套。

不戴套你不会吃药？

吃药对身体不好。

那是吃药好还是流产好？

姐姐突然流泪下来，这个一直骄傲地抬着头的女人第一次在我面前流泪，泪水一下子堵住了我的嘴。半晌后，我轻轻地说，不也可以生下来么。

结果姐姐说的一句话，让我五雷轰顶，心中的怒火一下子蹿到半空，那一刻，我的肺都要炸了。她说，老甄算过了，这几年怀上的孩子都是以前打掉的孩子来投胎报复的，那个小野鬼始终跟在我身上，即便生下来，养个几年也要走的，就是来要债的，所以，不能生。

如果老甄站在我的面前，我一定会毫不犹豫地扬起手。姐姐不知道，从那以后，她就真的失去了一个女人再做母亲的权利。

十二

令全家人始料未及的是，让姐姐一心一意死心塌地的老甄不仅有家室，而且他的三个儿子都比我的姐姐王彩霞还要大。到这时,我才知道,姐姐的身份一直是小三。而且,听说,老甄的家人似乎随时准备找到姐姐,将姐姐置于死地。

在他们找到姐姐之前,神仙洞的小平房里又发生了一件事。作为老甄的情人和助手,姐姐每天凌晨去,下午回,把自己折腾得精疲力尽。那段时间老甄看着姐姐日渐消瘦,特地跟她说,让她歇几天。一个多星期里,看着老甄起早摸黑,姐姐越来越心疼,床上躺不住,在客厅里两个徘徊后出了门。

在两扇门之间的距离中,姐姐应该也无数次咀嚼过我们的话吧。有一年她曾经都跟母亲规划过未来,只是这个未来在母亲再次问起时又被她顾左右而言他了。而到现在,未来到底什么样,姐姐再也没有提起,而再没提起的时光里,她的身心都给了偏僻的小山村。

开了门进去,却听到了异样的声音。

姐姐应该从来不曾想过这样的声音会真实地出现在小平房里,更不会想到出现在供有菩萨的神仙洞里。她硬着头皮,破门而入,那一幕把姐姐惊得当场颤抖。她手上的手机打开了照相功能,屏幕上出现了两个赤身裸体的人。

姐姐打电话给我,问我怎么办。我恨恨地说了一句,你有什么资格管他,你是他什么人。姐姐一下子被噎住了,她大概完全想不到她的亲弟弟也会这么狠,一下子将她拒之

流霞 75

门外。

挂了电话后,我又是心疼姐姐又是恨铁不成钢。后悔自己的暴躁,又不知道该怎么安慰她。要知道,她暗暗地说老甄似乎外面有人的事不是第一次了,我劝过她,她却根本听不进。有时真是不懂,这个老甄到底是有什么魔力和魅力,让姐姐如此死心塌地。

此时的我完全没有头绪。不料,姐姐的电话又打了进来。

她说,你帮我找个律师问一下,现在那个女人说要告我侵犯肖像权名誉权,说要报警抓我要我坐牢。

姐姐的声音很急切,甚至带了点哭声。我不禁大惊,我那漂亮聪明的姐姐,曾是学校里的尖子生,居然连最起码的法律与生活常识都没了。

我说:一、你是单身,是他欺骗了你。二、你虽然拍了照片,但你没有上传网络没有传播。三、她不报警你报警,反正都是小三,你们撕破脸互相看呗,看警察来了会抓你么。最后,我还补了一句,这是一次你回归自由做回自己的机会,你应该擦亮你的眼睛了。

电话那头半天没有声音,过了一会儿,她又哽咽着说,你帮我去问下律师嘛。

我火了,坐在公交车上的我,大吼了一声,我没有脸去问。人家问我,这是你什么人?什么朋友?我怎么回答,我没有这样的朋友！我恨得差点把手机砸在公交车上。

刚到家门口，姐姐的电话又打进来。强子，这事不能让爸妈知道。

我没有吱声，拐回电梯，又从电梯出来拐进了楼梯，慢慢往下走。活到现在，半辈子过去了，父母没有听到过什么好消息，我哪里还敢让他们知道这样的事，而且我也不敢让我的妻子知道我姐的情况。但后面那句话，我才发现，姐姐找我的目的。她说，强子，咱们两个的手机型号是一样的，我们换一个手机吧，现在他们说如果我不把手机给他们，他们就要报警，就要我坐牢。

我一下子气得头都要炸了，我说，王彩霞，你给我听着，你一定一定要让他们报警，他们不报警就你报警！你什么也没有做错，你就错在做人家小三！

我骂了半天后，手机那头一点声音也没有，但没有挂。我顿了顿，突然觉得有点残忍，这个时候是我姐姐王彩霞最孤单无助的时候。我咳嗽了一下，耐下性子，换了语气，说，现在你有理，我不懂你为什么要怕他们，他们凭什么拿你的手机，你又凭什么把手机给他们。他们哪里就比你有理了？你做小三是不对，但对方也是小三，你们是狗咬狗知道么？你记着，你没有做犯法的事，你就不用怕。顿了顿，我又补了句，实在心里不踏实的话，就到外地玩几天，想想清楚。

流霞

我本来是想说让她回家待几天的，想想她这个样子回家，万一父母问起来，搞不好把家也炸了，还是算了。有些事情，自己跨不过那道坎，别人就永远帮不上忙。

一怒之下，我想过由我来报警，用这个方式让姐姐的事公布于天下，也可以名正言顺地离开老甄。可是，我又担心，万一真的报了警，事情弄大了，会不会让姐姐日后不好做人。还有面对砚村的父老乡亲，父母亲的脸往哪里搁。即便他们都无所谓了，我呢，我一个国家工作人员，我的脸面在哪里，谁又知道会不会对我的工作和前途发生什么影响呢。

挂掉姐姐的电话，心里的郁结却怎么也散不开。童年少年的姐姐与现在的姐姐让我产生了严重怀疑。走进门，妻说，怎么今天回来这么晚，我略带歉意地支吾了一下，说单位有事出来晚了，等了半天公交车。

妻子并不知道姐姐与老甄的事，只知道姐姐与老甄在交往着。妻还说过，如果老甄真的对她不错，年纪大点也就算了。想到妻子，我对姐姐的恨意突然之间从心底深处又涌了上来。

妻子还算温婉，但我原先的指向并不是她，而是另一个女人，一个属鼠的女人。我们的爱情长跑一跑就是六年，大学时网上认识，彼此知根知底。她长得也好看，秀外慧中。我在杭州，她在武汉，我们彼此相爱，在六年后，我去了她家，她来了我家，见了双方的父母。彼此的父母除了觉得两地有点远的小意见，再无其他。

可是，谁也想不到，这时我姐跳了出来。我姐从关心我的角度上升到为了全家以后的日子安宁，说女朋友属相与我的生肖严重相冲，相距六年，大冲，不仅属相冲，连生辰八字都不合，真正的天克地冲。如果结合，日后不是家道中落就是家破人亡。我现在已经想不起她那太多的带专业性质的话语了，最后她以轻则重婚、重则丧命说服了父亲和母亲。本来父母亲对两地相距太远等于少一门亲戚多少带点想法，结果经姐姐如此生动且上升到家族未来的一番演说后，毅然选择了站队。

我当然不在意，结婚虽然是两个家庭的结合，但真正意义上还是两个人的结合。我不会让我姐用迷信杀死这桩历经了六年长跑的爱情。

我跑到武汉，找到女朋友，听着女朋友像说故事一样地说姐姐。姐姐带着一个大师（应该就是老甄）在一家茶楼里约见了我女友，然后以属性相克，生辰相克，八字相克，甚至连名字中包含的五行都相克的原因说了一遍又一遍，最后用撒手锏杀死了女朋友与我的六年爱情。她说，你若嫁给我弟弟，不仅我们全家从此后会连走霉运，最关键的是我弟弟很可能会遭遇不测。

说到这里，我女朋友大哭了一场。她没有在我姐面前

流霞　79

哭，她优雅地听完我姐姐与那个大师的言论，付了茶钱，然后优雅地起身。转身时，她告诉我，她这一生就这么过完了。

此后，我与她再没有联系上。出差几次我特意跑去武汉，也再没找到过她。这个视爱情如命的女人，这一生我不知道她能过得怎么样。但为了我姐对我的爱，她放弃了。

而我与姐姐的大吵却被视为不为家人着想，那段时间，是姐姐拿着钱孝敬家里的时日。我父亲喝的茅台与母亲穿的新衣都成了我失败的最好理由。

到这样的年纪，其实并不是我没有勇气离开这个家，而是看着姐姐的样子，我觉得我离开了，这个家可能真的就散了。

十三

经历了老甄的"艳照门"事件，姐姐多少清醒了几日。在我的不断提醒和灌输下，她的口风有点松了。她说，我也想离开他。但是我的圈子太小，不像你们有像样的工作，也几乎没有男人。

就为了她这句话，我特地在县里给她介绍了一份工作。这份工作很清闲，主要是帮着接待一下，偶尔复印打印些资料。可就是这样一份简单的工作，姐姐在干了一个星期后就不辞而别了。我得知后,打电话给她,我的姐姐王彩霞义正辞严地告诉我,王彩强,我一个月收入一两万的人,你让我去拿三千块钱一个月的工资,这日子怎么过啊,以后野路上学的钱哪里来?她连珠炮般地一说,我一下子也觉得自己有失妥当了,完全忘了主要目的是让她离开老甄。待我回想起这个目的后,我又特意委托朋友帮忙物色了几个单身青年。实话说,凭我现在的身份,不可能给我姐找太差的。而我的姐姐王彩霞,她不像其他地方我见过的那种迷信女,她出了门,简直就是天边的五彩云霞。她的长发,她的高筒皮靴,她那束腰的皮衣,活脱脱一个摩登女郎。如果你第一眼见到她,你是无论如何也不会把她与"迷信"两个字联系在一起的。

我提前约了他们,再带上朋友,同时还约了几个领导一起去老家吃农家菜。之前跟姐姐也说好了,凭她的气质,不用怎么打扮,提前到就好。

结果我们都到家了,等到要开席准备吃时,姐姐还是没有到,我很是焦急,给她打电话,她说马上出发了。我说你赶紧啊,大家都要动筷了呢。结果姐姐又说了一句,我能不能把老甄带来。

这一句话,一下子把我气得不行,我说你有病啊!要来你自己来,如果带人你就别来了。

结果,我的姐姐王彩霞真的没有来。

流霞 81

这一次事后，我再也没有替她张罗过个人方面的任何事。而在此之前，我的姐姐王彩霞曾经跟我吵得天翻地覆。原因也是我提议要她离开老甄。风暴过后，她以"我的事不要你管"结束。而我，这个贱弟弟，看不得她一次又一次的苦相，一次又一次心软。但我知道，这一次后，我不会再有任何动作。有些人，内心着了魔，旁人再也度不了她。

母亲的劝解也是如泥丸入海，连冒泡的可能性都没有。这次事件也给母亲不小的打击。在那次姐姐回家来，再次指手画脚说家里这个不好那个不对，应该去老甄的菩萨那里求一求顺一顺时，母亲有点听不下去了，她回怼姐姐，你说这么灵验，你说老甄那里的菩萨有求必应，那你为什么不能好好地解决你自己的婚姻大事？

这时，姐姐眉毛一挑，说，我还不好意思说，那我实话告诉你，我婚姻不好就是家里的原因，是家里的厕所位置不好，放在这个位置对我是大忌，永远找不到男人。说这话时，姐姐满脸的气势，每个字都落地有声。

第二天一大早，母亲就自己动手敲破了墙砖，然后直接开始拆除厕所。父亲一见死活不同意，这么多年了，她的话还能信么？母亲说，不管信不信，她说了就按她说的做，到时就怪不了我们。咱们已经老了，这一辈子也就只看到几个人，只要他们好，怎么着都可以。

可是，一个洗手间，要敲掉重起，水电要重接，内砖地砖墙砖都要重新买,还有梳妆台、热水器等,少算算也要万把块。父亲火了,家里又没钱,非要折腾干什么,这一辈子折腾得还不够么?这一次,母亲的声音比父亲要大得多,这是有史以来,我见过母亲最狠最不让步的一次,她大声嚷嚷着,没钱我去借!只要她好就行了!你我都要走到头了,还要一直看着她这样么?

接下来的半个月里,不愿意动的父亲也跟在母亲后面,先是挑板砖,后是挑水泥,再是挑瓷砖。我们的新房建在半山腰,所有装修的物什运来都只能堆在百米外的马路边,需要人力一趟一趟地肩挑背扛。两个六十多岁的老人,舍不得再花钱,于是足足挑了四五天。再就是请来水电师傅、泥瓦师傅一样一样地装修起来。前前后后足足花了一个多月。

这段时间是忙碌的,也是平静的。但这种平静是提心吊胆的平静。姐姐终于不再有电话来。我的这个姐姐啊,要么三月半载不给你电话,要是给你电话了,就必然有什么大事。所以,有时母亲也想,不来就不来吧,不来说明她一切都还好。

又过了几天,家里养了一年多的黑狗,突然饭食不进,两天后的早上,母亲发现狗的时候,身子已经发硬。我们砚村对于家中宠物的病害都觉得是替人消灾。所以,母亲心里就有点不安和惶惑。

果不其然,十来天后,野路出门玩耍时突然被一辆飞速

流霞 83

而过的摩托车撞倒，脚踝处的骨头伤裂，当天晚上我们就送去了县里的医院。

为了不让姐姐担心，我们没有第一时间通知她。而是在拍片、抽血，等医生做了初步诊断，确定伤情再安排好住院后，给她打了个电话，因为两只手还在帮忙，开的是免提。希望她能尽早赶过来，作为母亲，有些东西是别人无法替代的。

哪知道，电话里，姐姐的第一反应是，为什么你们没有照顾好他？

这句话让我们一下子如嚼黄连，母亲摁掉免提，脸色都变了，她抓起手机出了门，在门外，我听见她大吼了一声，你自己儿子有多皮你不知道么？从小到大，你不让我们省心，你带来的这个孩子，我们也没得省心，还不是像你！很明显，母亲怒了，母亲从没有在外人面前这么大声呵斥过姐姐。

接下来，还是母亲的声音，行行行，你忙，你一天到晚在外地。声音还是充满怒气。

事后第三天，她才姗姗而来。这一次我们无从知道姐姐到底是在外地，还是在忙她的大事业。但有一点可以肯定，姐姐已对老甄的"法术"走火入魔。

在母亲和老甄谈话后，我们就发现了端倪。

那一次老甄来家里，母亲烧了我们砚村最好的鸡蛋索粉、鸡蛋黄酒，还有红锅蒸的钵头老母鸡。在老甄一筷一筷大快朵颐的时候，母亲说，如果你真的有心，就给霞子一个家，总不该让她这样一直漂下去。

母亲没有多说，老甄也没有抬头。但从那以后，老甄再也没来过家里。而姐姐回家的次数也越来越少。

每次电话里，姐姐传来的消息都是一个字，忙。母亲在嘱咐她多注意身体时，总会克制不住地跟她说家里或村里发生的事，比如谁家的老人过世了，要送礼还要去帮忙；又或者上次谁家的母亲住了院，也得去看看。

其实母亲的意思很明显，亲戚朋友有了事还是要去看望，如果是以前来过的礼，我们都要还。有些交情需要走动的，年轻人要接班，不要忘了本。但，说着说着就把姐姐说得不高兴了。

姐姐的话把母亲一下子噎在那里，她说，你不要动不动告诉我什么死人什么医院的事，全是晦气事。我老早就跟你们说了，死人的地方不要去，医院里不要去，一个人的好运气，去一次医院去一次死人的地方就全没了。全是腥气、霉气和晦气！

母亲在电话里显然是惊呆了，还没明白过来，电话就断了。

到这个时候，母亲才想起来，上次野路住院时姐姐磨磨蹭蹭第三天才姗姗而来。到那天她才想起来，这两年多，好

流霞 85

像听了她的话，人家有个病痛小灾什么都没有去，所以，野路在断腿断骨住院的那个月，也没有人来探望。那一刻，母亲有点傻了，一下子焦虑与慌张起来。回头想想，是啊，除了老甄，她似乎没有其他朋友，而现在，面对自己的亲生儿子，似乎再发生什么事也不足为奇了。

这件事后，姐姐突然开始给野路打电话。野路虽然已经读初中，但性子还是跟小时候一样野，惹事闹事不断。我们以为姐姐打电话给野路是要关心这方面，哪知道电话后，野路跟我们说，老妈让他从此以后村里的红白喜事都不准去凑热闹。我说，你妈妈说得对，你这个人一跑出去就没影没踪，还不如在家好好写作业。

野路梗着脖子说，她说是吃饭。

我一下子明白过来，由于阿嬷一直在村里红白喜事的前沿，所以，野路这个孩子，动不动就往太婆身边跑，就是为了吃大餐吃大肉。可是现在，她的妈妈、我的姐姐王彩霞限制了他的出行。姐姐说，你舅舅你婆婆他们也不该去，他们去你管不了，但你不能去！

野路就恨恨地说了一句，为什么不能去？

姐姐说，不能去就是不能去，你忘了你摔伤腿了么？就是你去多了这样的地方！

野路说，我不是摔伤的，我是被人撞的。

姐姐说，还嘴犟！为什么不撞别人就撞到你？我花这么多钱供你上学供你吃喝，你一点也不听话。

野路的声音低垂下来，说，如果舅舅和婆婆听你的，我上次住院时，就没有一个人陪我了，也没人送我去医院了。

这话一说，姐姐一下子没有声音了，半晌又补了一句，反正死人的地方不要去，饭也不要去吃。还有，医院也不要去。

挂掉电话时，野路朝我做了个鬼脸。我说，你妈妈也有她的道理。野路轻轻地说了一句，有什么道理。他知道我听见了，但我当作没听见。

几个月后，年轻时与阿嬷一直争来争去的妯娌，也就是我的二奶奶过世了。二奶奶身边除了二爷爷，儿子女儿都远在外省，赶回砚村起码要两天。但人过世了，总不可能等着孩子们到家才给净身穿衣。在我们砚村，净身穿衣送无常都是需要在两个小时内完成的。二奶奶应该也从没有想到过，她的最后一天居然还是年轻时一直争来吵去的大嫂来完成。

夜色刚降，一听到消息，阿嬷就赶过去了。急着给二奶奶擦洗身子，帮着翻箱倒柜地寻找寿衣，待到全部洗好穿好已过去了一个时辰。这时天已经黑透，阿嬷又张罗着上香点灯，准备送无常。按照规矩，送无常应该是亡人的亲子亲女儿媳孙子这些至亲的人。可是，二奶奶的孩子此时还远在外地。于是阿嬷就给无常上了香,自己就以二奶奶的小辈身份开始往河埠头走。

就是在河埠头的台阶下,阿嬷脚下一滑。这一滑,阿嬷一屁股坐在了满是积水的埠头,嘴歪了,手抖了。

由于是送二奶奶,因此,父亲和母亲也在帮忙。送无常的这一刻,父亲也在边上,但他没料到这一出,加上天色黑,看不清,伸手时已经晚了。父亲抱了阿嬷从河埠头到路上,母亲一见,急了,这是她第一次见到一向健壮的婆婆在老公的怀抱里。但得知缘由时,母亲忍不住又骂了一句,她就多事,总是喜欢狗拿耗子多管闲事,这下好了。她的声音是轻的,但父亲还是听见了,狠狠地骂了她一句,闭嘴。她就没有再说下去。如果放在以前,母亲一定会和阿嬷大吵一架,并且狠狠地骂上一句,活该。

从这天起,我的阿嬷就躺在了床上。这一躺就是三年。

这一次,我的姐姐王彩霞特意赶了回来,并理直气壮地教育了全家人。而令人想不到的是,她用的活生生的例子就是阿嬷。

她说,我老早就料中了阿嬷的事,可是她不听啊。你们知道阿嬷为什么会碰上,二奶奶与阿嬷是相冲的。当然,这还不是最打紧的,最重要的是阿嬷一直在做这些事,一年到头沉浸在晦气里面,这一天是迟早的。而且,你们发现没有,之前野路出的那事,就是跟这些有关。阿嬷老去死人的地方，你们老去医院，把别人的霉气、晦气、阴气全带到身上来了。你们的运气还能好么？

姐姐就这样旁征博引地唾沫横飞，那一刻我觉得她好陌生，陌生到感觉就像是在听一个完全不认识的风水大师或是什么神仙菩萨在那里深究前生后世。其实我也不是完全否认姐姐说的易学相学之类，对易经命理里的十神与神煞以及天干地支这些我也去做过略微的了解，也相信这确实算是传统文化的一部分。但我一直认为，传统文化的精髓里一定有对情感和伦理的精神烛照，而不是单纯变成我姐说的避产房、避丧事、避命局，完全置亲情与友情于不顾。事到如今，同样的东西，从姐姐嘴里说出来，我莫名地就失去了信任的能力。所以，听着姐姐的滔滔不绝，我的怒气开始上升，这时，我听见母亲轻轻地说了一句，这一句，一下子就封住了姐姐的嘴。

母亲说，如果按你这样走下去，我们所有的亲戚朋友都不会有了。

姐姐断然没想到，一向软糯，只为她考虑着想的母亲会来这一句。她惊愕了下，马上就恢复过来，我是为你们好，为这个家好。你想想，我们运气好，总比什么都重要。

母亲转过头，谁也不看，自顾自地又轻轻补了一句，如果亲戚朋友全断了，还哪来的好运气。

就是这一句，让姐姐一下子怒了，当场站起了身。

姐姐离开时，父亲正歇下来坐在桌上准备喝酒，他先是叹了口气，过了半天他慢吞吞地伸出手，摸了摸酒瓶脖子，最终手一使劲，瓶盖还是开了。我看见酒滑溜溜地在酒杯里翻腾起来，一股浓香随之从杯口溢出。就在父亲的酒杯即将碰到嘴唇时，母亲一个箭步冲过来，手一扬，夺过了杯子。随着一声脆响，酒的浓香一下子散在了大门外。伴着扑鼻的酒香，是母亲的厉声呵斥：以后再也不许喝！

十四

这一次后，姐姐很久很久没有再回来。

阿嬷的这一跤也一下子摔断了她为自己设计的生活。不要说七夕上东白山，就连初一、十五在家里上香也完成不了。每天醒来，扶她坐起，给她洗完脸，她就会双手合十拜一拜。母亲就会笑她，拜了有用的话不至于下不了床啊。自从我姐小的时候与阿嬷对着干开始，母亲老早就站了队，所以对阿嬷的这些很排斥，只是排斥到现在，她突然发现自己内心真正排斥的不是阿嬷。对于阿嬷，她最看不惯的是家里放着一堆活，却要忙着跑去帮别人家。这么多年来，她一直耿耿于怀。即便现在阿嬷躺在床上，母亲仍然忘不了时不时地刺她几句。

你看，那户人家，你帮了人家大忙的，到现在有来看你么？

你看，你年轻时一门心思为她家干活，现在哪怕拎块肉来呢？

阿嬷就淡淡地笑了笑，要他们来看干什么，我不图他们回报。

你么是啰，现在苦的还不是我们。

阿嬷面露难堪，尴尬地笑了笑，难为你了。

但母亲刀子嘴豆腐心。足足三年多的时间里，母亲口口声声说阿嬷不顾家，但她手上从来没有含糊过。每天端屎端尿，还动不动洗床单被子。天寒地冻的那段时间，阿嬷的身体每况愈下，有些天直接就是尿失禁。为了让阿嬷的屁股不被尿不湿整天包着，母亲几乎是将家里所有的床单被套都洗了一遍。

看着母亲如此辛劳，阿嬷就一脸不安，说，对不住你了对不住你了。

母亲说，你说对不住什么用？你不要给我拉床上啊。话是笑着说的，阿嬷也笑了，说我也不知道怎么就拉出来了。

这样的情形，姐姐一定是见到过无数次的。

但姐姐在阿嬷床前待的时候特别少。有一次，母亲正一个人给阿嬷擦身子换衣服，但翻不动身体，就叫姐姐一起帮个忙，结果姐姐说有个电话要接，就晃出了门。这一接就是一个多小时，等姐姐回来，满脸大汗的母亲老早就换好了。

母亲也没说姐姐。恰在这时，阿嬷又叫了一声，好像又湿了，帮我看下。

这时的母亲正往水埠走，准备给阿嬷洗衣服。听见这一声，说，霞子你快看下，阿嬷说什么。

事后，母亲发现阿嬷又把床尿湿了，就有些不高兴，才给你洗完，你怎么又尿，霞子在，你怎么不叫她一声，来得及时接一下，好歹也帮我省点力啊。

阿嬷脸色变了下，轻轻地说，我叫她了，她说她有事。

过了几天，母亲给姐姐打电话时，姐姐说这段时间运气不好。母亲就很担心，不知道她又碰到了什么事。这些年来，发生在姐姐身上的事情实在是太多太多，多得让人像在讲述一千零一夜的故事一般。

只是想不到，姐姐一句话又把母亲噎住了。姐姐说，那天你们非要叫我帮阿嬷，我不小心看到了阿嬷的下身。女人的下身是很晦气的。

母亲的手机差点掉到地上，霞子哎，你自己也是女人啊！

说完这句话，母亲毅然挂掉了电话，她拿起毛巾放盆里，然后倒上开水，试了试水温，说，妈，我再给你擦擦身子。

阿嬷说，白天不是擦过了？

母亲说，你这一天到晚躺着，要多翻多擦才好呢。再说了，刚才给霞子打电话，她让我帮她擦一遍，这遍就算是她给你擦的。

阿嬷一听，老泪在眼眶里转，这一下，她跟母亲说了好多话。你知道么，我现在最担心的是她！你以后帮我初一、十五上上香吧，我现在拜佛上香都是希望菩萨能保佑她。以前说我是迷信，我也无所谓，我只知道要对人好，虽然家里真的没顾上，让你们累了，但我总觉得做好人没有错。但现在霞子不知道怎么了，跟人家不清不楚的，讲话做事，都不像咱家人，我总觉得哪里不对劲。我希望菩萨保佑她，早点成个家，有个窝啊。

浊泪滚出了眼眶，阿嬷擦了一把，接着又说，她买回来的那么多东西，我什么都不要用，就用了一只香袋。我每次去寺庙上香，我都要把这只袋子送到佛前，跟佛说，这只袋子就是我孙女，是她带着我来，陪着我来，请你们一定一定要保佑她。

母亲听着听着，两颗眼泪一前一后掉进了盆里。

从这一天起的每个月，逢初一和十五，母亲便去上香。她学着阿嬷以前的样子，点上三炷清香，不会念心经，她就念阿弥陀佛。

母亲没想到，就是这个简单的上香，又被姐姐奚落了一回。

姐姐说，你们不是不相信么，怎么也搞起迷信了。

母亲没理她。

姐姐又说，你们是一点不懂的，就知道三根清香，三根清香根本不对，要用九根。九九归一——元始，一元复始万象新。还有经纸，要烧成一堆，手不能触碰，一碰散了，菩萨就领不走了。

说着说着，看我们没有反应，姐姐又来了一句，你们不懂。

母亲没有跟她抬杠，只说了句，我们不需要懂，我们只要心诚就好，心诚则灵。

就是这句话，让自恃有着博大精深理论的姐姐再次开始全面灌输她的玄学。我是真想好好地问她，你到底懂什么？你到底懂《易经》多少？在为人处事上，你到底学了什么？拜佛求仙为了什么？我真想狠狠地骂一句，你可千万千万别糟蹋了《易经》，你说信佛不是佛，你说是道不是道，你是够玄的，玄得不要儿子不要家人不要亲戚朋友。

看着我一脸的愠怒，母亲拿起手机跟我说，强子，帮我找个人的号码，我要打个电话，然后就拉着我出了门。

这一次的打电话事件让姐姐很愤怒。接下来的两个月，我们给她打电话，她的手机都处于关机状态。过了三个月，再打过去，居然成了空号。这一下，把我们全家人吓傻了。即便没有她那摊子乱事，一个家人，突然失去联系，总是让人担心的。而我的姐姐王彩霞，有着那么一份莫名其妙的职业，伴着那么一个莫名其妙的男人，随时都让人提心吊胆。

母亲连衣服都没打理，跟父亲说，这几天妈的洗护你负责，我和强子去找下霞子。

找到霞子的时候，还是在那个神仙洞里。我的姐姐王彩霞正在里面帮着卸蜡烛，一盏盏红色的蜡烛被一个酒吊式的帽子扑下后，就灭了。有的蜡烛刚刚点起不到一分钟。母亲看着有些黯然神伤，她看着姐姐娴熟的动作，看着老甄一副大爷的模样，突然就跟我说了声，走！

出门后二十米远，姐姐终于还是跑了出来。你们来干什么？她在后面喊。

母亲停下脚步，眼圈泛红，准备说话。姐姐跑上来说，你们要来神仙洞也是要预约的，人那么多，你们想来就来啊。

母亲的眼泪止住，终于还是没有跑出眼眶，她大吼了一句，我们不想来你这个破神仙洞，我只关心我的女儿好不好，她的手机成了空号，我不知道她在哪里！现在我知道了。

说完，母亲拉着我扭头就走。

姐姐在后面说，我那个号码不好，是破财破命的号，我不要了。还有，还有，我的名字也改了，我不叫王彩霞，王彩霞也是个破财破命的名字，彩霞就是天边的流霞，而流霞容易招血光，我现在叫王春风。春风才能得意。

流霞　95

母亲伸出手，朝天上挥了挥。

十五

真正让母亲心死的是住院的半个月。

这是母亲一生里第一次住院。与野路太皮被车撞不同的是，母亲是从山上干活回家，下山时滑了一跤，整个人滚了几圈，身上多处受伤不说，左腿则被生生摔断了。

彼时，父亲远在十里外的地方干活，母亲是被路人救起的。我赶回家时已是第二天，母亲已经躺在了医院。我看了一眼医院拍的片子，吓坏了，整个腿骨看起来被生生折断，前面胫骨断裂，边上的腓骨也断裂。

而真正用钢板固定好拍了片出来，更是把我吓得不轻，上上下下足足有十五颗螺丝。母亲是个懂得隐忍的人，尤其在病痛上，同样的事情我们叫唤半天，母亲不会吭一声。但这一次不一样，几个晚上，母亲都是叫着痛，彻夜难眠。

三天的时间里，这个离母亲只有几十里地的姐姐，并没有来。三天后，她终于姗姗出现。那一刻，母亲的眼睛都亮了。这几天，母亲的吃喝拉撒都是我，本来是想让父亲来，可是有瘫痪在床的阿嬷，父亲根本离不开。于是我直接就请了假。但母亲有些过意不去。那种眼神跟阿嬷一模一样。

看着我端尿盆洗尿盆，母亲的脸就红了，她非常腼腆地说了无数次，说，强子，难为你了，这种事真不能叫你干的。我说，我是你生的，什么不能干啊。阿嬷现在躺在床上，还不是要你们干，以后你们万一有这一天，也要我干的。

一抬头，母亲的眼泪已悬在眼眶，差点就滚了出来。我说，干什么？生儿育女什么用呢？就为了这个时候用啊。母亲说，可你毕竟是男人啊。

所以，我知道，女儿的到来，让她一下子感觉好了许多。在她看来，有些事，总要女人做的。只是她忘了，她的女儿已经不像是一个女儿了。

虽然只有三天，但我已经习惯了每天医生的查房，护士的挂水，以及买饭打菜和端屎端尿。但母亲显然还不习惯。姐姐的到来，让她一下子把使唤的任务倾向了姐姐。

一开始，对于倒水倒屎，姐姐顺了两把手。母亲很满意。可是，第四天的傍晚，母亲来了例假，这个事就有点棘手了。实话说这事到现在我没弄过，只看到电视上的广告。而对于母亲来说，这不算事，有姐姐在嘛，不是简单得很。

那天，我正在走廊上跟姐姐分析母亲的病情，听到母亲在病房里叫姐姐的名字。我赶紧回房，问母亲要什么。母亲说，你出去，叫你姐进来。

我又返身，说，妈叫你。

姐姐转过身，进了房，却半分钟不到又出来了，满脸

流霞　97

的不舒服。我问，怎么了，姐姐不答。于是，我赶忙再进病房，说，妈，你有什么事，我来好了。

母亲的脸红着绿着，说，不要不要。然后母亲又急着说，你出去，带上门。我看见母亲手上的卫生巾，一下子就明白了。母亲满脸通红，断断续续地说已经断了很多年了，突然又出了血，不知道是怎么回事，烦死了。

我不知道该怎么回答，但我知道是怎么回事了。我说，我来弄我来弄。但母亲坚决不肯。出了门，我叫姐姐，你为什么不能帮母亲弄下，你是她生出来的！

姐姐一脸鄙视，说，我不看的！你不懂的！

又是一句，你不懂的。我怒火中烧，你是天上掉下来的么？你还不是从那里钻出来的？你流产的时候，是谁帮你弄的？

手机不失时机地响起，她转过身，把我抛在那里，走廊里的身影越变越小。

这一天晚上，我回家睡了个觉。我已经三天没睡过好觉了。想着第二天在家里炖点鸡汤带点给母亲。医院食堂的伙食毕竟差了点。

哪知道，早上六点不到，母亲的电话就来了，说，强子，你早点来，一会儿医生查房你跟他们说说清楚，给我加点止痛药，昨夜腰上的留置针一直很痛。

我说，姐不是在么，让她跟医生说下就好了呀。

母亲说，你姐天亮时就走了，她说她有个重要的会议要开。

我的头都炸了，一个搞迷信的，有什么重要的会议要开！打电话给她，关机了。

赶到医院，我就忍不住怪母亲，我说，你怎么能让她走呢。她有什么会要开，再大的会，是你重要还是会重要。而且，这几年她都在干什么啊，还开会。

母亲却说，她要出差，说是有个非常紧急的会议，影响到后面的生意。

我有点恼火，你就只知道她的好，只知道为她说话。

看着我发火，母亲半天没说出话来，最后说了句，都是我不好，我不该摔断腿，我不该生病，我一躺下来，把你们全影响了。说完，眼泪扑通扑通翻滚而出。

这一下，我再也不敢说什么。

到了第六天，母亲的心情稍稍好了点，于是，我打开手机网络，叫她也上上网，看一些小视频，高兴高兴。结果，母亲刷QQ空间时刷到了姐姐的视频。

姐姐在视频里红光满面笑意盎然，与一大帮人在一起，大声地吟唱着《爱的奉献》，又大声地朗诵着"孝顺是天下第一的爱，有孝心就有未来"等。我听到姐姐的声音一遍一遍地在循环，具体却不明白在听什么。于是也点开看了眼，结果姐姐发的这类视频居然有好多条，我怒火中烧，侧过头

流霞 99

看母亲，这才发现，母亲的枕头已湿了一大片。

晚上给母亲削苹果吃，母亲吃着吃着，忽地叹了口气，说，真不知道你姐像谁的。像你爸不会这样，像我更不会这样。她真是被老甄带坏了。说着说着，她直了直身子，背脊离开床头，一下子坐正了，说，恨起来，真想跑去神仙洞，狠狠骂一顿这个人，还菩萨呢，还信佛呢！

我说，妈，咱没资格骂人家，咱只能管好自己的人。

母亲一听这句，又落魄地靠到了床头，一口浊气喷涌而出。

十六

那次我出差路过，姐让我给她带东西。敲开门，结果我就真正见到了里三层外三层的人群，这一次除了有几个老板模样的人，几乎全是清一色的四五十岁的女人。姐姐开门迎了我，却是一双熊猫眼，我突然就想起姐姐和野猪的事，嘴里不自然地就蹦了一句，怎么？与神仙打架了？姐姐白了我一眼，说，少阴阳怪气，你不知道这几天要中考么，她转过身看了眼说，不向神仙借力还能向谁借力？我都几天没睡觉了，天天很多人。

我怔着半天回不过神，突然就想起有个段子是父亲跟孩子说，明天放心考试，自己找了后台。儿子问后台是谁，他说是观音菩萨。我忍俊不禁，差点笑出声来。

送我到路口时，我的心软了下，还是忍不住说了句，你自己的身体自己要知道。不想姐姐又来一句，没办法，过几天高考的还要有一大波，你不做，这帮人不肯走的。

姐姐说话时一脸的无奈，但进了我耳朵的全是炫耀的味道。

现在，我的姐姐王彩霞的最大梦想是，继承"甄大法师"的衣钵，成为"菩萨附身"的新人。

现在，我已经不再劝她离开老甄，我深深地理解了病入膏肓和走火入魔的含义。以前劝过几次，大吵过几次，后来又劝过几次，姐姐的回答是"我是上辈子欠他债的人"，再后来的回答是"我被他用阴间的锁锁住了，我只能跟他在一起"。而现在，她的回答变成了：我要实现我的梦想。

我说你最大的梦想不应该是你的儿子出人头地么。

姐姐没有看我，说，我已经给他算过了，他的命也不太好，所以，我得赶紧让菩萨附身，以后可以救他于水火之中，让他成为大才。

我说，如果你再这样不闻不问，你的儿子会永远处于水火之中，以后你也会处于水火之中。

姐姐说，你不懂。

这个她口中不懂的弟弟，已经两次想办法给她的儿子转学。一次是他把同学带到家里玩，结果正好看见姐姐和老

流霞 101

甄出现,父女似的秀恩爱行为给同学们很大刺激,结果人家在问野路时,野路却否认了。再后来,由于这事在学校的发酵,让野路在学校待得一天不如一天。

第二次是他的中考成绩几近全县最低。这个把母亲很多恶习学到手的孩子,却没有继承母亲当时的好成绩。为了不让他进中专,丧失高考的机会,我又使出了浑身解数,帮着弄进了县内一所高中。而这些,我的姐姐王彩霞似乎都忘了。

好在,现在的野路开始有了自己的思想。周末回到家,他也会帮着母亲干些家务活。偶尔回去,与他聊起他的妈妈,我总是说为了让你能好好读书,你妈妈一直在拼命,很辛苦,所以不太有时间管你,但不管怎么样,你以后都要好好孝敬她。

这确实是我最大的担忧。我的姐姐王彩霞,已近四十岁了。她的儿子我的外甥,马上高中毕业,接下去便是读大学走上社会,然后结婚生子。可是,看着一切苦尽甘来的样子,我内心的忧虑却此消彼长。我姐这一生的轨迹她儿子心里清清楚楚,难道野路真的会什么都无所谓么?万一哪天他的心里绷不住,万一哪天有人刺激了他,更或是这一切的一切早已沉淀在他的心底,哪天泛滥起来,该怎么办?

腊月走到一半的时候,我们砚村的天一下子放晴了,一连半个月都被风雪罩住的阴冷与灰蒙一下子不复存在。母亲说，大冷的天就怕阿嬷冻着，上了年纪的人就怕这时候。好在看着天气放晴，看着阿嬷的胃口一点也没变，觉得一切担心都是多余的。

中午还跟母亲通了电话，母亲说，就等你们回来过年呢。阿嬷还说了，让你们早点回来，她还要给你儿子和野路分压岁钱呢。

哪知道我的高兴没有挨到傍晚，在下午两点左右，母亲的电话又来了，我正忙着，想掐掉。不是中午才打过么，母亲年纪大了，开始像阿嬷了，越来越啰唆。讲一件事，蹲下站起都要说上几遍。但这次没有，电话一接通，是母亲的哭声，快回来，阿嬷走了。

给我打完电话就给姐姐打，母亲说，打了几个都关机。此时，家里忙成一团，心急如焚的母亲差点把手机砸了。野路回家后，自告奋勇地要去神仙洞找回妈妈。

这是我的外甥、我姐王彩霞的儿子第一次到神仙洞。我不知道姐姐见到她儿子时是什么样子，也不知道外甥见到他的妈妈时是什么样。

后面的事我都是听说的，这个人说，那个人说，就像阿嬷当年被爆出的大丑闻一样。

野路发现姐姐正盘腿而坐，双手合十，似乎是入定状态。老甄也坐在边上，对面是一排信众，正席地围观。看见野路的到来，老甄很意外，他把食指放在嘴唇间，嘘了

流霞　103

一下。

野路没有理，上前一步，去拉姐姐的手。

姐姐没有睁眼，却架不住野路大声地叫妈妈，她唰一下睁开眼睛，怒气上脸，我正上岗引仙呢，你不好好读书莫名其妙地突然跑来添什么乱，是不是婆婆叫你来的，婆婆又说我坏话了？

野路一怔，已变了声的喉咙带着哭腔，太婆没了。

姐姐愣了一下，似要站起来，看了看周围的无数双眼睛，那些眼睛里有怜悯有意外有惊讶。扫了一圈后，姐姐终究没有动身，她又缓缓地闭上眼，说，我知道了，我之前就算过了，她已经延寿两年了。你先回去，我马上来。

野路转过身，出门。转了下，忽地，又进门。

这一次进门的外甥，手上多了满满一盆水，径直冲到姐姐面前，唰一下，将盆翻转。同时，盆又发出巨大的惊叫声，那声惊叫里有盆的声音，也有老甄和无数人的声音。

十七

阿嬷的丧事办得简单，村里盛行的旗锣衫一概没动。

在砚村，人死后大动旗锣吹吹打打早成了风气，似乎不这样做就对不起亡故的人。难得有一户没有吹打的，不是穷得不像样子，就是子女不孝不要脸面。

母亲说，活着时多尽孝就是一家人最大的脸面，人死了再大动旗锣衫，做给谁看呢？

就是这么简单的丧事，没想到的是，全村老小能走能动的几乎全来了。跟父亲吵过的，跟母亲骂过的，多少年不来往的，很多年没见的。这是我在砚村见到的第一次如此长的送丧队伍。

阿嬷的寿衣是母亲穿的。阿嬷的身子是母亲洗的。母亲一边穿一边哭，母亲一边洗一边哭。村人们一个又一个挤进来，一批又一批围上来，挤进来帮忙。母亲没有让，母亲抱着阿嬷洗好了身子，穿好了寿衣。

阿嬷是午睡的时候走的。母亲说，她吃好饭靠在床上，看着她闭上眼睛。睡前，她还嘱咐母亲，中午先午睡一会儿，不要老是顾着忙，身体要紧。母亲说，下午还有很多事，不睡了。然后她去水埠头给她洗衣裤。半小时上来看一眼，她睡着。再半小时后上来，一看，还睡着。

那一天，野路扑在母亲身上，也扑在他太婆身上。

那一天的事，传了很多年。

十八

野路考取的大学在武汉，家也安在了武汉。曾经，那是我非常向往的城市。但我内心，并不希望他走得这么远。送

流霞 105

他上大学时为他高兴，安家落户时为他担心。

现在，他已经是一个孩子的爹。但他再也没有回来看过我的姐姐王彩霞。我一直在想办法让他们母子消除隔阂。

而我的姐姐，到现在，似乎也没有实现她的梦想。那次泼水之后，听说把神仙菩萨全都吓跑了。吓跑菩萨神仙的姐姐成了罪人，而我们也成了她的罪人。

我很沮丧，很多时候，深深地自责，我的无力感充斥在姐姐的每一天。姐姐与我们的斗争没有结束，我们从来没有赢过，而她也从来没有输过。甚至，有无数次，我都希望自己不曾与她发生过任何争吵，我愿意让她赢。而现在，姐姐已经成了我孙子嘴里的姑婆。

一个昏沉浑浊的下午，黑云压境层层叠叠，却一直不见要落雨的迹象。我带着孙子去看她。她还住在那套房子里。这套房子像极了曾经港片里的法师用房，墙上贴着很多符，地上还贴着一些锁。我知道，这都是老甄的主意。我一直以为这是老甄给她买的房，却不知道，买房的钱都是姐姐自己借来的。

这套房子在市区，看着是在密集的高楼大厦之间，实际上前后几幢楼却都没有人住。老甄说，就喜欢清静。

喜欢清静口口声声一心向佛一心为道要普度众生的老甄没有明说一句话就让我姐慢慢清空了身边所有的人，朋友、亲戚、邻居，甚至家人。而现在，老甄在哪里？

楼前的一小片空地上，有很多杂草顽强地钻破了水泥地，没水泥的地方有些已经过了膝，正铆着劲地向着天空长。一片生机勃勃不可一世的样子。就像年轻时的姐姐。

我一直以为所有人都可能敌不过岁月这把刀，唯独姐姐可以。她不仅有无限多的化妆品，更有着不可一世的驻颜术。可是眼前的人呢？才五十多岁啊，蓬头垢面，形销骨立。脸色暗淡无光，像是被经年的香烟熏出的墙面，沟壑深深浅浅将曾经嫩丽的脸庞撕得四分五裂。此刻，看着我的到来，她一脸的茫然。

我孙子刚会说话不久，他轻轻地叫了一声姑婆，她半天没有反应。待到孩子想抓起地上的锁玩时，她突然转过身，大叫了一声，别动，不能动！我吓了一跳，下意识地蹲下抱住了孙子。这时，我的姐姐王彩霞，一个箭步过来，泪流满面地一把抱住了我孙子，野路，你回来了你回来了？我孙子哇一声大哭起来。

出了楼梯口，抬头，发现天际的彩霞已成乌云。我蓦然一惊，流霞之红到底是怎么变成黑的？突然，一声惊雷伴着闪电从头上炸开。雨，倾盆而下。惊蛰的节气早已过去，期盼已久的雷声姗姗而至。我拿出手机，找出武汉的号码。野路，抽空回来一趟，我想跟你聊一些事……

此时，一大堆冰雹前赴后继地夹杂在大雨中，眼前的一切都显得不太真实，而野路的声音却穿透雨帘直刺耳膜。他

流霞 107

说，如果是聊我母亲的事就不要再提了。我说，不，这一次，要聊一聊我的母亲。

情绪发泄馆

她来的时候已经过了十点。

头发略湿，脸色微青。一袭黑衣上苍白的脸蛋，妩媚而冷酷。她把钱丢在面前，轻描淡写里带些寡淡的香味，眼皮微抬，说，今晚我包场。有一丝惊喜从心头掠过，距离营业结束只有一个小时了。这个被雨打湿的夜混沌而沉重，星辰淹没，城市暗黑，生机全无。百无聊赖的我在她到来的前一分钟还在想是不是可以提前关门。

每逢雨天、寒天，确切地说是每逢雨夜寒夜，都是我独守一馆。事实上，我只上夜班。一是我晨昏颠倒，早上不起深夜不睡。二是上午不开馆，因为没什么人会在上午要求发泄。白天那么长的时间是用来积攒负能量的。家庭之间，夫妻之间，同事之间，上下属之间，客户之间，将一根根毛细血管或小碎毛收拢来，滚雪球一般随着日光的移动慢慢地吸附、缠绕。又或是个气球，日光的升温不断地使之膨胀再膨胀。到了日暮，进入黑夜，球体无限胀大，冤气怒气火气等充斥其中，将球壁撑得薄如蝉翼，此刻，一根针轻轻一挑，便可以将它刺破。

我的情绪发泄馆，就是这么一根针。

为了让这根针的功能得到完美体现，我并没有落脚在闹市区。繁华空旷的地方最好，但现在的城市，繁华之地不可能空旷。每个人都活在过度挤压的都市丛林。所以，地址可以适当偏一点。这，既有利于熟人不相见，更有利于隔音。只是缺点也显而易见，上夜班就是员工的大难题。当然，即便他们偶尔上了次夜班，我也揣着颗焦灼的心。不到打烊时刻不宁静。要知道，"发泄"两个字注定了这是个不一般的存在，注定了上门的都是负能量爆棚的家伙。所以，这事儿得我自己来。有三长两短，我自个儿接着。

按照规矩，我得告知发泄的方式，以及存在的安全隐患和需要自负的责任，当然重点是要签一份责任合同。但她明显等不及了。我还没把防护服拿出来，她就进了门。

所幸，她进的是哭吧。

哭吧是发泄馆进门后的第一个馆。我在哭吧里贴满了刘德华的歌词。哭吧哭吧不是罪，再强的人也有权利去疲惫。就算下雨也是一种美，不如好好把握这个机会。"机会"两个字特别大。墙上是一帧又一帧暴雨倾盆的画面，LED的画面全景式随时变换，晴天霹雳、暗夜风暴、泥泞行程……但都显得真实而压抑，冷酷而绝情。画面上，有男人的背影，也有女人的背影。但我删去了"男人"两个字。所以，这个馆与其他的馆一样，男女皆收。只不过，相对而言，女客户更多一些。

一个馆的正常营业时间是半小时。也就是说她进门随便挑挑拣拣，也只能发泄两个馆。但她一直没出来。手机上显示的日期已经是崭新的一天，在跨越两个日子的时间段里，我的心似乎从脚下的石头缝里抖抖索索地爬到了云端。这是开馆以来第一次高频率的心跳。

开馆前自然有过担心，喝醉酒的，文着身的，说是来发泄，实则来砸馆，怎么办？所幸，在扫黑除恶的标语贴满大街小巷的日子里，这样的场景不曾出现。所以，心跳除了在数钱时会有略微的波动外，其他一切照旧。更何况我自认为自己是个见过大场面的人，一般的事不足以让我增加心跳的幅度。

但今天不同。

我对着话筒喊话，不同的话筒连着不同的馆，声音是轻的，极尽一个男人该有的柔和。情绪发泄馆的营业时间到十一点，请您带好随身物品准备离场。其实我喊话的时候已经超过了十一点。但几个馆如开水倒进冰水里，完全没有反应。

我告诉自己，要包场的人，一定积攒了太久的情绪，可能是一个月，也可能是一年甚至几年。所以，区区一个小时，或许真的不够用。你不知道这个球有多大，几个馆怕是如绣花针扎铁球也未可知。而且，按时间算，那一大把钱甚至可以发泄到天亮。

只是，我现在的担心已经成了一棵树，从萌芽到参天只用了几十分钟。

为了保护客户的隐私，我没有装摄像头。开这样的馆，你见到的最好都是陌生人。来这样的馆，也没人愿意见到熟悉的面孔。因为没有人希望自己歇斯底里和张牙舞爪的一面被其他人看见。所以，回头客是有选择的。就像戴着面具的我一样。大多数人进馆还会多扫描我几眼，表达一下冷嘲热讽和充满好奇神情。但我知道，他们内心是欣喜的。我的面具告诉他们，我谁也不认识，当然，他们也不认识我。而她从付钱到进门，没有多看我一眼，这明显有别于常人。

因而，今天这样的情况，没有摄像头就成了我的软肋和硬伤。我急如热锅上的蚂蚁，在原地转了无数个圈，在发现时针硬硬地指向了十二点之后，我进了馆内的各个吧。我得一个一个查过去。万一出点什么事，再高的营业额和利润都无济于事了。

哭吧里没有她，但我闻到了两小时前的淡淡香味。

柔软美学吧里没有她。硅胶人物一个个还是该站的站，该坐的坐。只是姿势明显有些歪歪扭扭。而其中一个男人眼球凹陷，臂膀带伤，似有血浆从身体内溅出，全身落了星星点点的红色芝麻。在他们的身上，我极尽嗅觉的捕捉能力，除了汗味，两小时前的香味零零碎碎，也四处散落着。

暴力街区的门虚掩着，里面一片漆黑。我大吃一惊，伸手门侧，灯亮时，我发现，里面狼藉一片，电脑、手机、书本，还有冰箱、彩电，全被砸得稀巴烂。我瞄了一眼，键盘已经没有一块超过大拇指大小，大块的也只剩掉了漆和凹凸状的冰箱门了。在三个小时前，我曾把这里好好打扫了一遍，清理了所有的碎片，归置了七八成新的电脑和冰箱。有时候，有些人进这扇门，只是为了看一眼。我得让看一眼的人也舒服，这么新的东西，你下得了手么？下不了手很好，说明你的情绪还不是那么恶劣。下得了手也很好，一定能还你一个崭新的自己。

女人坐在墙脚，曲着双腿，头埋在膝盖里。双肩略微抽动，而从双肩到手臂，有红色褐色的条状液体匍匐着，星星点点的红更是闪缀其间。我相信，她的黑衣上也已沾染许多。我知道，这是真正的血色，这是必然的。尽管有所准备，只是心里仍然一惊，毕竟是女人，哭或许更适合她们，过于暴力的发泄难免会伤到自己，更何况她还没穿防护服。伸手去拉，她没有动。我缓缓地蹲下身子，我知道我需要把每天训练的一些语言从喉咙里放一些出来。

世间万事大到天崩地裂，没有什么过不去。

你以为你看到的人都比你过得好，其实他们只是做了伪装。

一切交给时间，时间会判断对错。也或许这个世上从来

情绪发泄馆　113

没有什么对错，只在于你怎么想。最重要的一点是不要用别人的错误来惩罚自己。

天不会塌，如果，有一天，天真的会塌，一定有个子比你高的人顶着。

不要沉湎于风雨，学会努力看远方的彩虹。

……

我温炖着心灵鸡汤，一匙一匙地灌。鸡汤不能太浓，身体不好的人服用不了过于滋补的东西。凡事得慢慢熬。这段时间的回头客，至少有三分之一，是我熬出来的。当然，我并不刻意。开这样的馆，学会察言观色是最起码的。发泄了一通仍然无法排解郁结，那花得这笔钱就不值。尽管来一次花费也就几百，但我一定要让客户觉得值了。我没学过心理学，我只是知道，压抑郁结的滋味。我无法深入每个客户的心里，也不可能知道他们都犯了什么心病，藏着什么心事，但我真真切切地发现，我的心除了想赚钱，还是扑通扑通在跳。

所以，虽然不是每个夜晚都需要煮，但每天我当班的营业额一定比员工的强。

其实，这些鸡汤我自己也喝，曾经有段时间，天天喝。喝到吐了才发现，很多问题仍然无法解决。屋里断电了，车子爆胎了，下水道堵了，楼上的半夜啪啪叫得鬼哭狼嚎，隔壁的大狗上下班呼应整夜狂吠……母亲听到我说出要杀了他的话，哆哆嗦嗦地说继父已经很久没有打她了，她说继父现在不喝酒了，不撒酒疯了。高中的同学用我们是过命的交情这句话借走了我去医院辗转徘徊的钱，然后再没有一个确切的日子来跟我单独面对。老总说运营总监的位置就是你的，我拼死拼活地干，眼睁睁地看着前任退休，一个大胡子空降到我的上头，对我发号施令……陈谷子烂芝麻的事一大堆，每一条抽出来，都血淋淋的，清晰如昨。他们在我脑海的宽银幕上胡作非为，骄纵肆虐，每次电影的画面掠过，就逼着我走进一条深不可测的胡同里。那时，我总希望自己手提一把刀，一阵挥舞，换回一个崭新的世界。

只是，电影结束，能做的事，就是喝一碗又一碗鸡汤。到那时，我才发现，鸡汤的作用，有时是困缚住自己，让自己前进不了一步，却可以豪情万丈理直气壮地往后退无数步，给自己一副海阔天空的样子。但，这一切，仅仅是个样子。在那天面对十一层的楼台时，我的身体成了一个膨胀的气球，我飘飘欲仙，发现手可触云，我有了要跳到云端，近距离抚摸蓝天的欲望。

现在，我已经忘却那天的气球是如何缩小的，但我知道，没有一个地方能放掉气球的气，你终有一天还会有跳上云端的欲望。

于是，我发现自己需要有一个情绪发泄馆。只是，我没有想到，不仅是我需要情绪发泄馆，是很多人。在这个冷冰冰的钢筋水泥的丛林里，我的情绪发泄馆居然成了最有温度的地方。因为，除了发泄，这里还有鸡汤。而发泄后的鸡汤是能调养身心的最佳补品。

当然，需要我熬鸡汤的人并不是太多。在这个社会，人家只是希望在发泄馆内撕下面具，而撕下面具的那一刻，他希望全世界只有他一个人。

除非是小年轻。十六七岁，二十来岁。他们不进哭吧，他们一来就进暴力街区，砸电脑砸电视，砸手机砸键盘。生来就似乎与这个世界有不共戴天之仇。但他们进去时，个个喜笑颜开；出来时，个个春风满面。甚至他们群进群出，一起带着哄笑一涌而入，一起带着互相的鄙笑鱼贯而出。我不知道他们是来尝鲜还是发泄。一开始我以为柔软美学才是他们的专属，但结果令我哑然。

我当然管不了太多，开心就好，收钱就行。

一部分是三四十岁的年轻人。都是年轻人，但年纪的大小和性别的不同宣告了发泄方式的不同。我不去猜测他们的缘由，我喜欢他们没有缘由的发泄。图一乐最好。如果不是图一乐，我那花了好几万的大型广告牌一定可以触动他们。上中下三行。第一行，忍无可忍，便无须再忍。第三行，城市青年防丧指南。中间一行是大大的五个字，情绪发泄馆。三行三种不一样的字体。在字体边缘的左上角，还有一个武术明星英气逼人，剑眉倒竖，眉心打结，却是凌空出拳，那一拳虎虎生风，走得越近，越会让人觉得那一拳就要落你脸上。这时，你就有了发泄的冲动。你会想到很多需要忍又不想忍的事。而右下角，则是一个坐在台阶上的男人，他将头伏在双膝上，右手撑在额头上，眼睑朝下，眼眶中的瀑布自上而下。我相信，很多人不会在意，也没人联想到左上角跟右下角的完全不对称的关系，但这个画面实实在在地无数次出现在哭吧。

说到哭，其实，十几个平米的哭吧确实接待过男客户。是在开馆不久。一个瘦弱的男人，皮肤黝黑，像是终日暴晒在日头下。而头发却明显稀疏了，残留的还带着些灰白，犹犹豫豫地靠近，结结巴巴地说想进去看看。问了问价格，哭吧最便宜，五十块半小时。犹豫了半天，掏了钱。他没有签合同，哭吧不需要签合同，只要你自己的眼泪管够就可以。半个小时后他出来了，眼泡肿了，脸上的阴霾一扫而空。

出了馆，他向我的小卖部要了一瓶二两装的白酒。咕嘟咕嘟就倒进了几口。末了又说，再来一瓶。我递给他，他却递给了我，说我请你的。明显的外地口音，我面露难色，我是老板，吃人家的有些过意不去。怎么？你自己的嫌便宜？拗不过他的盛情，打开也抿了一口。有点辣。他说，够辣才够劲。话外，一下子脱去了刚来时的羞赧和不安，说，你这面具戴着不热么？

我说热。

那为什么不摘下？

我说，不想让人看见我。

他笑了，你这是自欺欺人。

我也笑，笑声从喉咙里传到面具外，听起来有些不真实。谁又不是自欺欺人？

他一下子止住了笑，说得好！声音里满是酒精的味道。

我抿了一小口，吱一声，但不说话。

他又说，为什么哭吧这么便宜？

便宜么？我纳闷。相对于柔软美学和暴力街区的每半小时二百块和四百块，哭吧确实便宜了。可是，这年头嫌贵的人多，嫌便宜的人几乎没有。通货膨胀的速度过快，人人嫌贵的年头已经让便宜两个字成了奢侈品。最关键的是他明明在进馆前还扭捏着，这会儿倒嫌弃便宜来了。我解释，哭吧，我只提供场所，眼泪是你自己的。我不用多少成本，所以便宜点。

他猛喝了一口酒，盯着我，说，你是一直戴着面具么？

我说是。

他说，你从来不摘下？脸上烫伤了，还是眼睛不好了？

我没有多说话，我也盯着他，若无其事地说，我的面具就是我的皮肤。

他笑了，又灌下一口酒，说，告诉你，哭吧，应该贵一些。你要知道，车库有探头，马路有探头，喝多被人说，醉酒被人笑。没有地方可以哭,你这个哭吧,可以多收点。

这么一说,我由衷地露出笑意。嗯,不反驳。

半个月后,他又来过一次,还是有些温文尔雅的样子,慢条斯理,说话犹豫着,却果断地进了暴力街区,十几分钟的时间,把我刚进的八成新的液晶电视机砸得粉碎。他说,这台电视机跟他老板办公室那台一模一样。

那天的他穿着防护服戴着帽子,出来时气喘吁吁。他说,你应该在暴力街区设几把椅子,累了好坐一下。我说不,进去了就得用光力气,瘫坐在地上才好。

我拿了瓶啤酒给他。他一口气喝了半瓶,泡沫糊在唇上,却抖动得厉害,说,面具老板,我问你,工地上一个工人从吊车上摔下来,现在很多人包围了我办公室,但我手上一分钱也没有,老板是转包的,转包给我时说承包人都排着队,抢都抢不到,给了我还是我运气好,没有及时打钱,所以之前付的工资都是我垫付的。现在呢,所有人都围着我,他们已经把我在工地的办公室砸烂了。你说我怎么办,怎么办?说着说着,他又瘫在了地上,转眼,眼泪从眼眶涌出。

我的心一下子被什么扯住,半晌说不出一句话来。末了,我拿出一袋花生米和泡椒凤爪,撕开。然后我用牙咬开一瓶啤酒,也灌了一口,问,上次来哭吧是为什么?

上次是人刚出事,我就觉得自己倒霉,倒霉透了。前几年换了好几家单位,做不了一年半载的,不是被裁员,就是公司倒闭了。

你以前都做什么？

家装水电承包啊，手工活承包啊，快递跑过，外卖送过，可是几年下来，还是不行。想着帮人做很难有出头之日，就想着找点关系，承包点大事做做。

我一听，这还是个有志向的人。只是，要融进一个陌生的城市确实不容易。

光这次承包的工程，我借了不少钱，也送了不少钱。现在算是带着些老乡出来了，老家还以为我风光了，现在呢？一个老乡死了，一帮老乡围着我这个老乡。

酒灌进喉咙，嘶哑的哭声泛滥起来。我不知道该怎么办，我能做的只有给他免单，连同酒水。还有就是坐在地上，红着眼圈慢慢听他把故事说完。

现在，我蹲下了身子，又慢慢地坐下，坐在了地上，陪着她。她的双肩高高低低规律地错落着，我的鸡汤已经灌完了，我知道，此刻什么都不该说了。你不了解一个人，更不了解一个人的心事，你没有资格聒噪。你说的所有这些，可能会让人反胃。没见过微信上那么多的心灵鸡汤么，看似句句在理，却道尽了厌世避世之心。

几分钟后，我准备站起来，长时间地坐下去肯定不是办法。我想我得去弄个甜品什么的。女人在情绪不好的时候，不就是喜欢吃甜的么。或许，吃了甜的，才能让心情也甜一点吧。

只是，我不知怎么就倒在了地上，甚至我完全没有反应过来，自己是怎么倒地的。

我感觉一下子被人抱紧了，压住了。我沉重的眼皮，此刻一下子变得轻盈起来。睁大眼睛，终于发现，是她！她抱着我，抱得很紧，满脸的潮湿已瞬间沾到我的面具上。甚至透过嘴唇融进了面具内。我想说句什么话，我一直想说句话，却发现嘴巴被堵住了。而且，很快，我的衣服也被剥光。这一刻，我才明白，我的暴力街区还远远没有将她的力气挥霍光。

她的身子黏糊，柔软，却又有着无限的力度。她几次三番要撕开我的面具，我都护住了。结果就在我拼命护住面具的时候，她轻松地扒下了我的裤子。坐在我上面，开始翻来覆去，高高低低前后左右。我的脑子一片空白，双手不知所措。在几分钟后，我游离的神经才开始归位，我关掉了眼前与脑海中沉浮的镜像，开始切入身临其境的场面。我看见自己跳起来，狠狠地回应了她的撕咬，我用积蓄了一生的力量和朝气蓬勃的汗水告诉她，这是我的地盘，我才是王者。

从这一天开始，我发现我的面具有些微的松动。那夜，走时，她说，擦掉你嘴上的口红。我莞尔，目送她钻进白色的车，又撕开黑色的夜。回过头，我努力地舔了舔嘴唇，咽了下去。

活的欲望是从期待开始的。这种欲望从我身体深处长出来，葱茏青翠，越来越茂盛。

一个人若是对生活没有了任何期待和盼望，也没有了任何的欲望时，不是出世了，而是已经被生活打倒了。有人说，信佛的人和寺庙的弟子就是对生活没有期待的。我不这样认为，我觉得，往大了说，他们是对大同的生活有所向往。但落到实处，他们依然有期盼，比如全家身体安康，比如庙门香火兴旺。这还是欲望。

我一直以为我会活着到死。没有欲望的行尸走肉般地活着到死。我开馆是有目的的，赚钱自然是一方面，还有一方面是我想做点我想做的事。这些不是欲望，而是我过渡欲望稀释欲望的过程。

我在电台、报纸，还有几个粉丝量上百万的微信公众号做宣传。开馆的那一天，外面人山人海。看热闹的，想尝鲜的，只想一看究竟的……我一律拒之门外。这一天是我单独的一天，是我全心全意为自己服务的一天。此后的每一天，将不再属于我。一旦正式营业，你不是你自己，馆不是你一个人的馆，你只是个服务员罢了，是客人嘴里可以呼之即来挥之即去的服务员。

这一天，我不用像那个瘦弱小哥一样，躲进车库，躲进厕所里呜呜咽泣，我可以放声大哭，我可以在哭吧三百六十度旋转，可以在柔软美学打败所有敌人，可以在暴力街区，完成人生最通透的搏击。

那天瘦弱的小哥说怎么办，又能怎么办呢。只有找到大包工头老板，要到钱才能解决。可是这样的话需要我说么。我们总是很容易设想别人的问题，很容易不问青红皂白就劝别人要善良，殊不知解决的时候才发现，很多事情远没有想象的那般简单。酒倒进喉咙，小哥的喉结移动，他坐在门口的台阶上，抬头看着灰蒙蒙的天，说，有几个老乡已经回老家了。

我跟着叹了一口气，唉，出来混不容易，还是老乡好，知道你有苦衷，不逼你。

小哥头仰着，上唇盖下，下唇吐出，满嘴的酒味被浓重地喷出来，感觉是一大口浊气喷向了天空。家里来电话了，问我欠他们多少钱，说到年底如果给不了，家里养的两头猪和地里收的粮，都会被拉走。

手上的酒瓶正要往嘴里送，但再也送不进去。我愣在那里，像一大块土豆噎在了喉咙，吐不出半句话。再好的心灵鸡汤在这一刻都失了效，你跟他说凡事都会过去么，还是跟他说，兴许那老板良心发现马上就会给钱，还是说，让他们去市政府静坐抗议，让政府出面帮他们解决？这个年头，这种事每天都在发生，就看是不是落在自己头上。

情绪发泄馆 123

放到我自己头上,我又能好过到哪里去呢?

在很多个深夜和凌晨,在打烊以后,我也会在哭吧静静地坐一会儿。会想开业那一天的疯狂。是吸引眼球么?是饥饿营销么?也不可否认。我仍然会进入柔软美学,在硅胶模特上贴上甲乙丙丁的照片,一个一个打过去,打得他们鼻青脸肿,打得他们血浆四溢。血浆溅到我的脸上,我也会学着港片里古惑仔的模样,舔一下,再呸一下。

我把小学时骑在弄堂树丫上朝我撒尿的大龙贴了上去,然后我用叶问式的咏春拳法暴击了他的脸。还有给我家菜地里洒上农药的冬朝;老家建房时大力阻挠差点打伤我父亲的牛金;还有当年那个面上一团和气,背后拿刀捅了我一次又一次的女同事;还有那个大胡子运营总监,人前一套人后一套,翻手为云覆手为雨;还有我的继父,母亲说他不撒酒疯了,我在电话里能想象出母亲故作的欢颜……

甚至有一天,妻子和她老板的照片我也贴了上去。我先是给了她一拳。她的鼻子凹陷下去,有鼻血喷出来。我曾经无数次想象过这个画面,但这一刻,真的下了手,才发现手是抖的,心里被一块巨石堵着。再也伸不了第二次。于是,我又转向她的老板,同样是一拳,却没有喷出鼻血,这让我异常愤怒。我的拳头如雨点般落在他的脸上、身上,黄飞鸿、方世玉、叶问、李小龙悉数而上,终于,血浆迸发,甚至我把他摁在地上,把他脚底下的弹簧都打断了。看着他倒在地上，我又回转身，挥手就是一拳，嘭，这一拳落在妻子的脸上。但我没有回头，我不想看她那张哭丧着的脸。从此，你走你的阳关道，我过我的独木桥。

当然，她走不了阳关道，她走的只是那条曲曲折折的山路罢了。

前不着村后不着店的四五十公里，各种曲度的弯比比皆是。右侧是一望无际的湖，左侧是巍峨陡峭的山。带状的公路仅容两辆小车擦肩而过。时不时的促狭路段多数时候还得想着法子来回倒退地避车。我跟着前面的车忽左忽右。好几次，我都劝自己放弃，这么辛苦地跟一辆车有什么意思，即便看到了一切，又能怎么样呢。

可是人一旦进入了这样的山路就再也无法轻易回头，就像我在前一天晚上看到她的微信一样。

我从来不看她的手机。而她，手机也片刻不离身，哪怕是洗澡。她对生活的质量要求很高，即便在洗澡的时候也要带上手机打开听歌软件，让音乐伴着水流弥漫全身。装修房子时，她说，最大的遗憾是忘了在淋浴房里加上一套音乐系统。可以用蓝牙对接的音乐系统。

刚刚要脱上衣，却冷不防来了个电话，接了一半，手机没电了。于是她放下了手机，充上电，进了浴室。十多分钟后，手机又响了。我瞄了一眼，没理，半响，手机又响起。我忍不住想叫她一声。可是听着哗哗的水声，里面完全没有

情绪发泄馆

反应，我准备把手机给她送进去。待挪到手机边时，电话正好挂断了。转而是来了一条短信，宝贝，后天带你去云山，让你尝尝我的鲜味。

血疯狂地往大脑上冲，我清清楚楚地看见有红色的液体冲出头颅，整个天空瞬间被染得血色一片。

她没有给我号码，我们也没有互加微信。她是一阵风。风来时肆无忌惮，汪洋恣肆。风走时，山高水长。只是，此后，我有了些许小期待。深夜里，我不再去哭吧静坐，也不再去柔软美学打斗，去暴力街区搏击。我会在门口眺望撕开黑夜的风。面上平静如水，内心翻腾似海。

她偶尔来，仍然把钱丢在桌上。仍然要包场。我与她嚣张的荷尔蒙疯狂地甩在深夜的哭吧和柔软美学，以及在深夜寂静的暴力街区。

那天，她笑，问，你一个人？

我点头。反问，你呢？

她静默，仰头看看天，又看看脚尖，抑或看看脚边上的地。半晌，说，你这里还缺点什么？

我说，啥也不缺，就缺个老板娘。

她笑出来，说，那得找一个。转过头，突然很认真地说，你把面具摘下来吧，给我看一眼。

我没有动，说面具长在了我的脸上，要摘下来，会脱一层皮。

她转过头，可惜我自己也是病人，要是医生的话，我就可以治愈你。

我摇摇头，不，我要自愈。有一天，等面具完全长成了，就不会痛了。

谁都不会知道我的面具长得有多深。从脸上一直往下长，就像一棵树，仰头向上的同时，也在往下伸，越来越深，越来越深，直到长在心底深处，所有人摸不到看不见的地方。

后来几天，她又来找过我。但我不在。我让代班的员工转告她，我出去旅游了。

很显然，她有些不高兴，此后很久她都没有出现。事实上，那几天我确实很忙。情绪发泄馆并不是每天打扫就可以，尤其是暴力街区，需要不断地更新换代。而这些更新换代的商品我必须去一家一家地淘来。刚开始那阵，我是从网上下单，但是面对这样的大件，网上没有太便宜的。一台电脑二百块这样的价格，网上再假再廉价也不可能买到。还有网上的二手平台，说是二手货，东西都是八九成新，大多数时候还不包邮，前后一算，价格并不便宜。所以，我得不断地去二手市场，去旧货市场。

在旧货市场，我可以花五十块钱买一台上好的电脑显示器。一般我购买的都是老款的显示器，驼背，占地方，这样才好,才够客人们疯狂地发泄。在这里,我也需要货比三家。所以,明面上看,我似乎很悠闲,但暗地里,只有我自己知道。入与出,我得盘算再盘算。所以,我只看外表,不在乎电脑是不是还能用。越是不能用的越是体积大的,越合我意。

眼下已经临近高考,高考一结束,暴力街区会人满为患。似乎他们铆着劲地读书,就是为了有朝一日能到我这里来发泄。所以,我得赶紧备货。而这几天,恰恰市内旧货市场的货已经被我拿光。于是,我奔走在附近的几个城市。我不知道她哪天来,也就没法天天等着。

所以,在连续一个多月没见的那个晚上,她明显有了不一样的情绪。我说,你先去发泄一下吧。

她不吱声,过了很久,才悠悠地吐了一句,一个人要想发泄还好,就怕有一天,连发泄的欲望也没有了。

我知道是我怠慢了她,可是,又能怎么样呢。都老大不小了,而且,彼此没有留联系方式,不可能永远为你守着。她说,你心情不好?我说没有。她说,那你为什么出去旅游了?我说,人生匆忙,想走就走,跟你一样。

这么一说,她明显一愣,脸色就变了,一个疾步跑向了车。我不知道自己说错了什么,但觉得不对劲,三步两步跑上去拦住了她。

她要推开我,却愣是推不开,我一把抱住她,只听见软糯的哭声像是湖面的涟漪，在我的肩头荡漾开来。

我不是想走就走，我是无路可走。你知道么，我现在是债主，向我要债的人一拨又一拨，我现在每天东躲西藏。我快要崩溃了。

我大吃一惊，把她从肩头推到眼前，睁大眼睛看着她，你是债主？那你为什么来我这儿，动不动甩一把钱包场？

因为，只有这一刻，我才是为了自己而活。

是啊，发泄馆不就是为了个体情绪而存在么。想想那天文弱的包工小哥不也是么。我说你天天都为如何能找到老板找到钱而烦恼，怎么还有心思到我这儿来，还省下吃饭的钱到我这儿来。他说了与她差不多的话，到这里，我才知道自己是谁。我没那么大的本事，我凭什么要去做什么狗屁包工头，凭什么要到这里来，我命里就只该待在农村的，甚至我就该下地狱。

我用酒堵住了他的诅咒。临走时，他带着哭腔，笑了，说，我原本是想着发泄完了出来，跟你赊账，你不同意就打我一顿，狠狠地打我一顿。

现在的她与他，似乎如出一辙。只有这一刻，才是我自己。细想想，这话应该是情绪发泄馆的主题语或广告语。不是么，我扪心自问，我为什么要开情绪发泄馆，我只不过是想借此翻过去某一页，用不犯法的发泄撕碎这一如同宽银幕电影一般的页码罢了。

她住的小区挺不错，十八层，驻足窗口朝外看，城市周边尽收眼底。虽然城市上空仍然漆黑一片，不见一丝星光。但俯瞰远处，星火微茫。近处，华灯放彩，光影盎然。大有一览众山小的味道。我忍不住脱口而出，住得高，果然望得远。她却面无笑容轻描淡写地跟了一句，嗯，十八层地狱。

我一惊，她脸上的霜冻显然还没有化开。我过去试着安慰她，这会儿，找话题岔开她的思绪最重要。我说，家里就你一人么？你男人呢？

她说，死了。

这一回答，让我一下子接不上话，我甚至严重怀疑自己的耳朵。我愣怔了半天，说也不是，不说也不是。像被卡在山路的车，前进不了，也退后不得。半天，我讪着脸说，对不起对不起。

她还是一脸冰霜，没什么对不起的，又不是你杀死的。

冷冷的脸，冷冷的话，让我身上寒意四起。我甚至怀疑那个在情绪发泄馆一起飙荷尔蒙的人不是她。我说，你喝杯热茶吧，不要想太多了。我起身给她去倒水，问她杯子和水瓶，却发现她还是一脸的漠然。找了半天，才在卧室找到了烧水壶。而卧室里更多的是饮料瓶和矿泉水瓶。这些瓶子杂乱地匍匐在地上、床头柜上，我的心像被针扎了一下，突然就有了要保护她的冲动，有了要帮她清理日后生活的念想。

盛水的小碗，倒是很精致，一看就值钱，但这还是在厨房找到的。烧好水端过来，她问，厨房里没有杯子？我说没有，找了半天，只有几个碗，都是灰，我已经洗过了。她说，哦，卧室里那个杯子前两天打碎了。顿了顿，又说，看来房东把那几个漂亮杯子带走了。这时，我才明白，这是她租的房子。看来，债主追逼，她怕是连自己的房子也卖了，靠租房度日了。

我不知道该怎么安慰，很多时候语言都是苍白的。看着陷在沙发里的她，我吹了吹碗里的水，说，你喝一口吧。末了，又顿了顿，说了一句，欠了多少钱？那一刻，我有过为她还债的冲动。这是改变和走进她生活的第一步。

只是我怎么也没想到，我这一句发自肺腑的话居然让她一下子火冒三丈，整个人从沙发里弹了起来，她大叫着，我怎么知道？我怎么会知道？他一死了之，把我推进水深火热之中，一屁股债全丢给了我。

我浑身一激灵，他，他，他是自杀的？

她不作声，又窝进了沙发，如同火箭突然升空，又转眼掉落。抽泣声里更是明显掺杂着阵发性的抖动。你说，人是不是真的有命？

古话是这么说，人各有命，富贵在天。可是，我现在能这么回答她么？

也不是一直欠债，前几年开了好几个公司，每个公司都赚了些钱。可是到了这几年，就真的一年不如一年了。我只是感觉给我花的钱越来越少了，有人说他把钱都花在养小三上，我不信。我很少去他的公司转，但每到过年过节的时候，他都要安排几十万的礼，送火腿，送海鲜，送香烟，送酒，送卡。一开始，我以为是客户单位，后来我知道，不仅仅是客户单位，还有很多其他部门。

我明白，这种规则不是他一家公司独有的。我轻轻地说，我知道，这种事儿大家都一样，送礼给钱请吃饭，能办事就好。

是啊，可是，后来，礼似乎不太收了，事也不太办了。

看着她的愤愤不平，其实，我又何尝不知道这些事儿。我也办过一家文化广告公司，不到三年，就被吃掉了。我的文化公司虽然注册资金只有十万元，但设计、策划、广告样样走在前列，在准备大展身手的第三年，却垮了。我一下子元气伤尽瘫软在地。而我的妻子从那时就发现了我不是做大事的料。她说，得向她老板学习，公司多，走账也方便。只可惜，我没有学会。妻说，首先你得有钱，你连养我都困难。她说话时不是一脸的幽怨，那哼的一声，配着眼白，气是从鼻孔里出来的。

后来，入不敷出，我也到处借钱，想帮他一把。再后来，他说之前几个公司一直亏，这次终于托到了省城的关系，弄到了一笔大业务。通过多种运作，拿下了运动会某个场地的建筑中间承包权。这一笔拿到手，赚的钱不仅可以还掉以前欠的债，再投资几个项目都绰绰有余。只是，一开始需要自行垫资。现在倒好，钱没拿到，人却没了。说到这儿，她突然放声大哭。我一下子手足无措。凉意袭身，这个时候说什么都是不合适的。

我走过去，用力地抱住了她。她哭了好久，总算慢慢止住了。

我伸出一只手，端过水，一边说，他还是承受不住，自己去了是吧。

她支吾着，声音很轻。跟自杀差不多，车子自燃，烧死了，整辆车都烧成铁架子了。

我右手肘一不小心，不知哪里碰了一下，整个碗啪一下掉在了地上，她被我吓了一跳，说，你怎么了？我忙说没事没事，手滑了，不好意思，打碎一个碗，改天赔你。

她说，我这点钱还是有的。人虽然没了，但车是刚买才半年的。所以，汽车公司赔了一大笔，保险赔了一大笔，他自身也有人身意外保险，也赔了一大笔。这些钱，够我和孩子花了。

那，那你的孩子呢？我弱弱地问。她今天的反应明显超出我的心理预期，感觉与之前陡然换了一个人。甚至一问出口我就后悔了，万一孩子又有什么说法，更加会刺激她的反应。我心怀惴惴，如履薄冰。好在，她马上给了我一个相对

情绪发泄馆　133

正面的答案。

孩子我也给租了一套房子，请了个阿姨。

这话一说，我一下子松了口气，只是疑云再生。为什么不住一起？这样互相也有个照应啊。

不需要照应，孩子大了，吃饱穿暖有个人负责就行。平时我让她住校。你看我这样的脾气，天天看着孩子做作业啊什么的多烦。还有，现在的孩子需要独立，我虽然请了个阿姨，但只负责周末烧饭，更多的时间要还给孩子。

似乎都很有道理。她一边说着，一边站起来，说，你坐着，我肚子不舒服，去趟洗手间。

在这会儿，我才仔细看了下这套房子，虽然是租的，但房子却是崭新的。只不过，近两百平米的三室两厅，一个人住，显得空空荡荡，总有说不出来的味道。我坐在客厅的电视机前，等着她，看她半天没出来，就准备找下遥控器，看下电视。

翻了半天，遥控器没找到，在电视柜下倒是翻出了一沓医院的检查报告。我随手翻了翻，看到一张纸上写着，抑郁症，有明显的抑郁倾向和暴力倾向。

阳台上，目及远方。星星点点的微光让人觉得这个世界很遥远。这个叫王秀秀的人，与我风马牛不相及，却明明又和我挨得那么近。

拥抱馆是在半年后开辟的。

帷幔，珍珠，丝绒，烛光；蓝天，丝绸，白云，大海；森林，草地，溪涧，碎石……

不同的风格，不同的变化，天花板与窗壁，以及软装都因时因人而变，唯一不变的是圆床。但床单被单同样斗转星移，应时应声而变。浴室、盥洗池，融入高科技的声控装置，灯光的颜色，浴缸的水温、泡沫，音乐的曲种和分贝等，随心所欲。你脑子里想着是什么样，场景就可以慢慢地更换。真正的世殊事异，改天换地。

这个馆一推出，就受到了饱满的回应，从质疑到赞誉。

有人说，这不就是酒店的主题房间么。有人说，这和宾馆大床房有什么区别。

但更多的人根本来不及讨论，直接就开始排队报名。因为他们知道酒店的主题房间是死的，而拥抱馆是有生命的。在这个冷漠的社会，有生命力的拥抱是件多么奢侈的事。

而我却以不接受报名入馆的方式拒绝了大众的回应。这个馆只给需要的人，并不是谁来都可以。发酵的速度令人咋舌。很快，拥抱馆名声在外。而如何能得到拥抱馆的服务更是传得有鼻子有眼。诸如要在发泄馆充值二十万以上，要在发泄馆的三个馆各消费五万以上。又有传言，除非情绪差到要跳楼，作为挽救用……

所有这些都让"拥抱馆"三个字飞上了天，蹿进市区的各个角落。有钱能使鬼推磨，给钱也享受不到服务，一下子让拥抱馆的吸引力上了一个可望不可即的高度。最关键的是犹抱琵琶半遮面的海报和视频出去后，所有人的兴奋都自然地走向了高潮。

从那天开始，发泄馆的门口总会有些人流连忘返。哪怕是驻足一小会儿，只是看看。我就天天在大门后的窗内看着门外的人群。有年长的，有年轻的。有男的，有女的。他们脸上挂着羡慕和渴望，也挂着鄙视和欣赏。我知道，有的人是真的想进来，而有的人是真的看不起，认为这样的馆无非是哗众取宠罢了。

我无视他们，就像无视我曾经的生活。人最重要的是过好现在和未来，以前的一切都不重要，而发泄馆，就是要将曾经的不满和愤懑全部发泄完，然后迎接崭新的第二天。只是，我们总会在原地踏步，发泄完今天，发现明天一切照旧。而我，就是要改变这种现状的人。

我回过一趟老家，约了继父喝酒，我告诉他，如果想安度晚年，就对我母亲好点。继父不尴不尬呵呵着，眼神混浊，有眼屎在眼眶边上，他否认自己动过手。我说，我看到了母亲脸上和身上的淤青，希望再没有下一次。说完这句话，我一仰脖子，把酒灌进了喉咙，然后把他抛在身后。那天风的吼叫像狼嚎，飞扬的雪片伴着叫声在我开门的一刹那肆无忌惮地冲进屋里，我在转身的余光里瞥见继父打了个寒战。

我想过接母亲到城里来。起码我有过让她感受一下拥抱馆的温度的想法。自小丧父的我，深知母亲这磕磕绊绊的一生。不喊苦不喊累，什么都是自己扛着。到近五十岁时，才跟我说，有个男人对自己好，希望我能同意。我只送了她一句话，年纪大了，要慎重。

我没有教育母亲的意思，说这话是想到了自己。人见人爱花见花开的婚姻，好看也拗不了内里的腐烂。这个年头诱惑太多，而人恰恰是最经不起诱惑的。我不敢在朋友圈发任何有关的动态，那会让老人在远方牵挂太多。所以，即便最后发生了很多事，母亲也几乎一无所知。在老家，所有人都知道她家儿孝媳贤一家美满。她只允许好的消息长上翅膀。所以，尽管儿媳妇已经好几年没回老家看她，从不给她打电话，她依然可以让全村人为她的孩子而羡慕。她私下里说过，她的想法很简单，只要儿子媳妇好，记不记得她，都是次要的。唯一有点未了的心愿就是还差个孙子或孙女。她说，村里有人问这个，我只能说年轻人，事业为重嘛。

所以，我偶有电话或回家，她问的也就是这个事。她不会知道，这个愿望在很长的时间里将不可能实现。因为，现在的我，可以有很多女人，但不会轻易有儿子或女儿。

事实上在弯道超车的事后，我确实有过很多女人。我把对妻子的气力全部用在了不同的女人身上。我发现我的上半身是一个充足了气的球，和下半身一样膨胀着，我把每一个女人狠狠地推倒，狠狠地撕咬，每次我都用尽气力，甚至我会在甩出一把人民币前，把女人的脸扇红，把女人的肉掐肿。为了息事宁人，我曾经给过一个女人两万块。原本她只需要一千大洋，但为了差点被我咬下的乳头，她报了警，在警察来的路上，我把一千变成了两万，并告诉她，医药费我另外再出。

警察后来没有找我，我知道是两万块起了作用。那时我并没有多少钱，我只是有一肚子膨胀起来的东西。这团东西摇摇晃晃却慢慢拉扯着我上了十一楼的楼台。在那一刻，我才发现，妻子送给我的礼物，是任何女人的身体都稀释不了的。

几天后，我莫名其妙地在酒精的怂恿下跟人打了一架，打得畅快淋漓。我看见对方的鼻血朝天喷涌而去，而自己的牙齿也像含在嘴里的玉米粒一般被我一口喷出。最后，我只用了一只眼睛就看清了对方的手臂开始垂直得像钟摆一样摆动。那一刻，我居然有无限的快感，这种快感也将我送进了医院，在医院里躺了很久，我才发现自己还活着。那一次，我终于定了要开一家情绪发泄馆的心。

那一架打完之后的一段时间里，我并没有太大的感觉。但在情绪发泄馆营业后的两三年里，我终于发现自己身上的这个大气球漏了气，慢慢地瘪下去了。我开始对什么事都不再感兴趣。曾经爱过游戏的我，手机里已没有一个游戏App。曾经最喜欢的床上运动，也根本提不起兴致。还记得刚开始的时光，我的拳头更多的是伸向柔软美学里的一个硅胶女人，这张长得像妻子的脸，经历了我成千上万的雷霆般的暴击。当然，还有那个男人。每次，"血花"的喷溅带来的快感都可以超越我曾经吐出玉米粒和掉出眼球的快感。

只是，现在，这种快感消失了。所有快感一同消失，连同女人在肉体上给我带来的快感。甚至，我都忘了自己有多长时间没有碰过女人了。直到她的出现。而现在，我似乎有了一些莫名其妙的想法。

一拨又一拨人，指指点点，然后离开。一拨又一拨人，闲言碎语，不断靠近。

高考已经结束，中考也已接近尾声，此时的发泄馆人流如潮。年轻人成群结队地涌进了发泄馆。白天的几个小时明显不够用。令人感到奇怪的是，我原以为进发泄馆的肯定都是男生，结果发现男女生都有。尤其是有几个渐渐熟悉的面孔，连续几天，天天报到。

背着书包来的男生们，不仅砸碎了暴力街区的一切，更是在暴力街区的墙上画满了各种人相和身材，写上这是某某某谁谁谁。有画得像的，有画得抽象的。一个又一个名字上了墙，我能猜出大多数是他们的老师，老师们在讲台上吹胡子瞪眼睛的样子在他们的笔下令人忍俊不禁。他们也进柔软美学，在硅胶模特上换上老师的头型和脸型，然后几个人轮番进攻。这段时间的柔软美学，营业额直逼暴力街区，甚至有好几天已经完全超越暴力街区。因为暴力街区是原始而真实的发泄方式，而柔软美学已经从固定的人体模型升级到了动态的人脸互换。在近一年的时间里，我专门研发了人脸的替换技术，可以在二十分钟内依据客户带来的人物正面照片制作出真实的硅胶人脸。于是，所有人的发泄对象得以情景再现。还有一些孩子，甚至掏出了父母的照片……

我在清理时回想了一下这些生动而疯狂的场景，这些场景出自一个女生的口。其他人走了，她迟迟不愿离去，一边看着我们收拾，一边帮一下手。我同事说，这帮孩子太会折腾了。她笑笑，说，这叫释放情绪，放飞自我。

我的员工就带上了点鄙视的笑，说现在的孩子啊，身在福中不知福。

她看了一眼我的员工，说，每个时代每个人的福是不一样的吧。

我一怔，认真地瞧了她一眼，长得很清秀，但眉头却似乎有着隐隐的心事，说，怎么呢？

她拿了一支笔，从左开始，绕着墙画了一条横线，这条线死死地压住了墙上所有老师的头像和名字。累，学校里累，家里累，什么样的福才是真的福呢。对了，你说你为什么戴着面具呢？是不是也有不一样的累？

这话一说，我与员工面面相觑。现在的孩子，一般的话已经回答不了她。

这天，日头已落，天却还残留着一大片血色晚霞，我收拾收拾，准备出去吃饭。这段时间有点累了，毕竟天天面对的都是负能量的人，自然不自然地吸收了太多的负能量，身心的角角落落似乎也充斥着酸胀的东西。我觉得自己也该调剂一下。比如去唱唱歌，去睡个好觉。

是个十三四岁的女生，背着书包坐在门口。她时不时地朝里面望望。我可以看见她，她却看不见我。来往的孩子多，我以为只是一个歇脚的孩子，随着夜幕的降临，她自然会消失不见。哪知道，待我出门，她还坐在门口的台阶上。

咦，小妹妹，是你，你还不回家么？我忍不住走过去开了口。

她看着我，一脸的迷茫，眼神里闪过一丝丝慌乱和不安，半晌，她说，我没有家。

这一回答把我吓了一跳，看她身上的衣着和书包，以及前几天那有意无意的几句话，我觉得事情没有那么简单。我说你没有家，你平时是怎么上的学？谁给你做饭吃？今天不是星期六，你怎么会在这里停留？

很显然，她并不想怎么理我。她扭过头，拒绝回答。半天后，突然说了句，我可以进你的拥抱馆看看么？

这个要求很突兀，我这个几千平米的发泄馆，一个孩子对哭吧不感兴趣正常，要绕过柔软美学和暴力街区就有点意外了。我笑了下，说，那个馆不对外开放。

小女孩低下了头，半晌又转向我说，能不能只看一眼，她竖起食指说，就一眼。她说的"就一眼"这三个字，让我感觉似曾相识。

眼神清澈，满是渴求，我想了想，说，我有个要求，给你看一眼，你必须赶紧回家。

她扭捏了半天，还是答应了，于是我从她的背上帮她提了一下书包，哎呀，我忍不住叫出声来，怎么这么重？

小女孩说，今天的书包不算重，里面只有平时的一半。说着，她欢快地进了几个馆。

但她没有进哭吧，我说，不进去看看？她说不要，一个给人哭的地方不是好地方。我一愣，莫名就想到了一些哭的场景。嗯，有道理。于是就带着她进了柔软美学，她试着伸了伸手，触到了硅胶模特几近真实的柔软皮肤时，她的手很快就缩回了。然后，她又进了暴力街区，对这里，她似乎也提不起兴趣，一是之前来过，更关键是她转了一圈后，淡淡地说了一句话，这就是我爸他们的工作环境吧。

其实这段时间的暴力街区也有升级，整个墙壁装上了软饰，有硬件砸碎上墙时，会自动落地，不会反弹。而且，软饰还装上了不一样的声控系统，一旦有硬件触及时，会随着动静的大小发出不一样的声音。同时，这种声源的出现可以完美配合主人发泄时的吼声，让你的击打拳拳到位，次次惊心。但她显然不喜欢这些。

最后，来到了她最想看的拥抱馆。

很显然，在声控和意念的变化前，这一切都让她觉得没什么。普通平常。她的脸上写满了平静，与我想象中她会大吃一惊截然相反。果然，在几分钟后，她问我，这就是拥抱馆？拥抱谁呢？

我说，你先闭上眼睛，感受一下音乐和声音，再想想你喜欢的颜色，然后睁开眼睛。她照着做了，一分钟后，她睁开了眼睛，眼神渐渐亮了起来，呀，呀！惊喜瞬间扑上了她的脸。我听见了冰雪融化的声音。我说，你再闭上眼睛。

两分钟后，小女孩再次睁开眼睛，发现自己正被一个人拥抱着。她很吃惊，那个人放了手，她却还舍不得放开。我问，怎么样，温暖么？她点了点头，又用力地抱了下，然后看着对方慢慢放下手转过身。小女孩眼里放着光说，我差点以为他是真的。那一刹那，我发现小女孩眼神里的亮光居然有一半是泪光。

不仔细看，你不会知道这是一款机器人。这款机器人仿制了人的大脑、骨骼和皮肤，充上电以后还会说话和发热。但今天我没有让他说话，因为机器人的声音会暴露机械的本性，暂时还无法原原本本地还原一个人的真实且能够互动的

情绪发泄馆 143

声音、腔调和温度。

但，小女孩满足了，她又跑过去，朝着机器人的背后猛地抱了过去。她说，他的背很像我爸爸的，只是我好久好久没有抱过了。我按了遥控器，机器人停在那儿，转过身，又抱住了她。我把体温调高到三十八度，机器人与小女孩的脸上都出现了红晕。

出了馆，她问，你这里拥抱一次，要多少钱？

我不置可否，她不会知道，这个馆我只是为了一个人设计，所以，我并不是为了收钱。我想说我这里不营业，但话到嘴边，我改成了，很贵，一般人付不起。

小女孩笑了，很贵是多贵？

我说，很贵就是要花很多很多钱。

小女孩打开书包，从包里摸了半天，掏出一张卡说，我妈妈说，这里有一万，够么？

我大吃一惊，所有对这个小女孩的看法一下子改变。我说，你不是说没有家么，怎么还有一万的卡？

小女孩说，有钱不代表有家啊。

这一句话把我一下子惊住了，我半天没有反应过来，直到小女孩向前走了两步，突然回过头说，我有钱，你可以给我一个拥抱么？

我愣在那里，很显然，我的思维没有跟上小女孩的思维。从她第一次说的话到这一次说的这些，每一句话似乎都藏着很深的故事。这让我有些手足无措，甚至内心有些小慌乱。她再次打开书包，拿出了那张卡，说，我要一个完整的真正的拥抱。

我透过面具，擦了擦一只眼睛，确确实实是在我的馆内。我朝四周望了一眼，原本红色的天已被黑夜吃透。远处的黑暗里有些微弱的灯光，那些微弱的光明让我明白，这个世界是真实的。我朝前跨了一大步，一把把她拉进怀里。

这时，她突然非常用力地拥抱了我，很紧很紧。她浑身颤抖，我听到了她的哭声，是坚冰融化，是雪山崩塌的声音，一声比一声响。不由自主地，我的手臂，也箍得越来越紧。

比拼似的，柔软美学火了一阵后，暴力街区的生意再次一飞冲天。每天的营业额都在不断地上涨。

这段时间，除了正常的五险一金，我还给员工买了投诉险、美容险、出行意外险、意外伤害险，再给员工每月发放双倍的绩效奖，还增加了情绪抚慰奖。甚至考虑了员工的参股比例，反正就是想着法子提高员工的待遇。这段时间的情绪发泄馆成了我美丽情绪的展示馆。哎呀，一个人有了钱，还有什么坏情绪呢。唯有的一点是，对开馆时间太迟似乎有点小后悔，不过，我马上就说服了自己，因为万事万物讲究一个缘字，早开晚开或许都会错过天时地利人和的最佳时

情绪发泄馆 145

机。到这时,我才发现自己身上已经完全没有任何负面情绪了,即便是客户带着情绪责难我,我都觉得是一件可以接受的事。

有了这样的心情,我很容易就接纳了员工提出的适当升级暴力街区产品的建议。而事实上,我们已经无法拼装使用后的二次成品,但半成品会带给客人不舒服的体验。而面对二手市场已经缺货,周边市场我又无法经常外出的情况,我特意在市里号称粉丝超过一百万的自媒体上做了一个广告。大意就是高价回收家用电器和工作电器,无论新旧,在收购的同时,赠送一次发泄。

这当然只是临时起意的一个想法,但没想到,这个赠送的发泄一下子激起了全市人民的兴趣。连续几天,发泄馆的几个收购员都忙得晕头转向。

实在没办法,在所有收购员都出发的一个下午,再次接到电话时,我也出发了。身先士卒一向是我的传统,而且,我收购的价格更便宜,原因就在于我是面具老板。这一项,是稀罕点。能见到真人,但见不到真面。所以,电话里多数人要求面具老板上门。我当然不会轻易上门。除非不得已。

是个高档小区。印象里我来过,门口保安曾经拦着我要求登记。但今天没有。我把车停在小区对面,远远望去,声音嘈杂,乱哄哄的一片。

进了小区,我找寻着客户的单元号,绕过一个弯,眼前一大批人正骂骂咧咧，三四个保安正拼命想要拦住他们。可是群情汹涌，拦也只是一种形式。我悄悄地走上前，却发现有个熟悉的面孔。很显然，我的出现也引起了他的注意。

面具老板？你怎么有空来这里？

我的一个侧身，已经引来了一帮人的侧目。我说，这话应该我问你，你这是怎么了，又摊上什么事了？舞刀弄棒打打杀杀的事不应该轮到你头上啊。

唉，上次不是跟你说了么，那个转包建筑的老板跑路了，电话关机，人找不到，钱不给，我们只有上来堵门了。

这事过去几个月了，还是没有一条像样的出路。想着这个瘦弱的男人被工地上一大帮人围着，想着他的父母在老家一把菜一把糠喂大的猪到了过年成了别人家的了，能怎么办呢？冤有头债有主，他或许也只有这一条路了。看来，我的发泄馆，终究没能让他真正地发泄。只是这样的做法未免有点过激。他们高举着黑底白字的横幅，欠债还钱天经地义。黑心老板还我们的血汗钱。边上是一张大大的黑白照片，相框也是黑白的，上面还围上了黑丝巾。这种场景，无端地令人有些激愤，又令人难过。

我把他拉到一角，轻轻地跟他说，兄弟，你这样做还是要考虑后果的，到时人家报警，警察来了，吃亏的还是你，有些事咱们要从长计议。他看了看我，手一扬，就挣脱了我的手，就是这一下，让我冷不防看到了他边上工友举着的照片。这一眼，我有种被一根针扎进脑袋的感觉。

我与照片上的男人不熟悉，我只是见过他的新车。我看到他的新车从公司出来，到大风商场门口接上了一个穿绿衣服的漂亮女人，然后一路往市外疾驰。

在路上，我看见女人下车买水，嬉笑着上车，然后两人亲了一下嘴，男人的手还伸进了女人的衣服里。我不知道开车的时候，他与她有没有什么动作。车开得还算平稳。在山区那么曲折的小路上，几乎没有什么急刹车。

只有一个急刹车。但明显没有起作用。

一个接近三百六十度的弯道上，对面突然蹿出一辆车，径直撞过来。但没有任何声音，对面的车从我车身旁擦过，我笑了一下，再抬头，发现前面的车已经一头撞在了陡坡上。右边是水，他选择了左边。

我没有停留，小心而快速地转过了一个弯。这时，后面，一下子，火光冲天。火光挡住了我的视线，我心怀惴惴，隐约看见后面的车开了一边的车门，似乎有一团绿色滚了出来。

……

你说，你的发泄馆能不能让我的兄弟们免费用一次？我看我们的钱有可能要不回来了，这个老板不知道是死是活，有人说跑路，有人说死了，不知道真假。按理说，夫债妻还，可是他的老婆也跑路了。我们现在都不知道该去找谁。

只能时不时地来小区堵堵看了。

我抬起头，顺着横幅再往那边看，还真看到了另一张黑白的照片。我大惊失色，是个女人的照片，这个女人没有给我号码，但她偶尔会在半夜时分来我的发泄馆。

从派出所录完笔录出来，我在心里做了一个决定。我要在情绪发泄馆开设一个凤凰涅槃吧。

太多的人需要重生，单纯的发泄已经满足不了这个城市的人们。生长在距上海不过百里的这个城市，没有学会大城市人的心胸，倒是沾染了大都市人的恶习，压抑、彷徨、不安、纠结、猜疑等。他们从生存机器上下来，经历了哭吧，再经历柔软美学的成长，进入到了人生的暴力街区，到这一步，仍然看不清人生的方向。我知道，是时候让他们体验凤凰涅槃了。从出生到死亡，是每个人的过程。但在我这儿，不一样，我可以让他们起死回生。

当然，首先需要起死回生的是我。

我没有收小女孩的钱，但每拥抱一次她就告诉我一个她的故事。她的生命中有了我，我在她的故事里努力成为稀释她不安和难过的泡沫。

每个月都可以得到三千块，随便花。老爸是一个公司的老总，你知道老总是什么意思么？我笑，故意说，不知道。她说，老总就是老是不回家，老是找不到，老是在外地，总是忙，总是开会，总是没时间。你知道么，我马上初中毕业了，但我除了过年那两天，几乎没有见过我爸。那两天，他也是陪客人喝酒，喝到不省人事。

你妈妈呢？

妈妈整天与他吵架，吵着吵着就不吵了，开始各过各的。一开始还送我上学。后来就让我住校了。即便回家了，家里也只有阿姨在。

你家还有阿姨？

有啊，但我不需要阿姨，就是因为有了阿姨，他们更加不回家了。现在我妈也不知道在哪里，如果我回家找他们，给他们打电话，他们就是一句话，要多少钱。我已经很久没见他们了。我甚至好像都有点忘了他们长什么样了。

说着，她慢慢低下了头，大家都知道农村留守孩子，你说，我这样的算什么呢？

我们坐在拥抱馆的地上，默默地。我也不知道该说些什么。我只能伸过手，轻轻地抱着她。她说，机器人很温暖，但那不是她真正想要的。所以，她跟我的约定是，每天或至少每周给她一个真实的拥抱。

我一直想着去见一见她的父母。在情绪发泄馆，现在的我是无数人眼中的明星。因为，总有一些人在发泄完了以后仍然还有残渣剩留，而我，就是那个处理残渣的人。我买了很多心理学的书，用一系列书上的方法，慢慢地处理和调理。馆开久了，我得有新的方法新的鸡汤。这时的我，与刚开馆时不一样。刚开馆时的我，主要目的是赚钱和自我发泄，那时觉得只有赚钱才能够填满我的空虚。所以，收完钱，等他们发泄完，让他们早点离开是我的心中所想。但现在不一样，我越来越觉得，每个到这里来的人，都需要生命的新能量和新力量。如果没有这些，他们来得再多，仍然只是一只囫囵和粗野的动物。

那天小姑娘看着几个人离开发泄馆时突然问我，他们发泄完了一切就改变了么？我的脑海里就浮现了来来往往的一个又一个不同的客人，但我发现自己居然回答不了这个问题。

其实，母亲进过两次城，我让她来看看我的馆，她拒绝了。她说只要听到我的好消息就可以。我问她，他还打你么。她说不，没有。我很欣慰，母亲不需要我的情绪发泄馆。她笑话我，现在的年轻人越来越让人看不懂了，一点小事就想不开，这这那那的。说这话时，眼神里充满鄙夷。我附和她的笑。这方面，老人总是比我们强很多。越是年岁上去，心事便越重，但脸上越不露痕迹。每次电话或是口信，除了关心我和让我放心，再没其他。而每天，我仍然可以想象在田间地头被日头暴晒的她与在灶头厨房被火烟吹熏的她，只是我愿意相信一个山村妇人那风轻云淡的美好。

而我呢，我大起大落的情绪抛在了那条蜿蜒的山路上，更抛在了情绪发泄馆里。我用每天不断攀升的营业额稀释着我满腔的怒火。我甚至以为，自己早就脱了胎换了骨。直到那个夜晚，我才发现，我内心仍然有悸动。直到去了那个充满火药味的小区，我才发现，我还在原地踏步。那个深夜，我抱着她，极尽呵护的柔软，在我的车上，我带着她，跟她说，看，前面是个湖，那个湖中的岛上全是薰衣草。她呵呵笑了，侧向我，我大惊，居然是妻子的脸，这张我曾爱得不可自拔的脸，极尽冷酷，恶狠狠地说，是你跟踪我么，是你安排车辆撞我么，你是要把我们埋进湖里吧。

我惊醒过来，浑身汗湿。而我的脑海里却塞满了两个人的微信，还有湖边山路上的情景。

这个时候，我才发现，我收拾客户的残渣太久了，久得让残渣覆盖了我的怒火，而这个幽灵制造的这团火，一直躲在幽暗而深邃的角落，虎视着我噬咬着我。

也就是在这一刻，我才发现，需要拥抱馆的人并不是别人。而我，被残渣埋得太深了。所以，面对小姑娘的问题，我有些无措，或许他们的一切都改变了，但只是或许，连我自己的答案都经不起自己的推敲。

小姑娘说，我现在慢慢觉得这个世界上还是有温暖的。因为，在发泄馆里还有温暖的拥抱馆，在拥抱馆里还有真正温暖的人。

我的脸明显发了烫。我故意抬起头，不看她。这一刻，我居然发现窗外的天上有星星，而且，有几颗星星居然是那么大，那么清晰。在城市里，这是件特别奢侈的事。

小姑娘说，叔叔，你知道么，其实我们同学里还有好几个像我这样的，我可不可以带他们也来拥抱馆玩一玩？我一怔，没有回答。

这段时间，我开始试着对不同的客人运用不同的法术。有时，我也请他们吃饭、喝酒。在饭里和酒里，我会注入独特的"药物"，把他们最后一点残渣换成全新的能量。有时，我给他们讲我知道的故事，这些故事来自杭州，来自上海，来自北京，更来自我的身边。我不再灌输三言两拍的心灵鸡汤，我只是把一个一个不同的故事揉碎，掺在水里，掺在酒里，掺在菜里。

现在，我也想好了要跟她父母讲的故事。一个新时代的灰姑娘的故事。

夜幕如网，密不透风的黑。即便能发现星辰的夜晚，光明依然显得稀少。我催促她赶紧回家，或者送她回家。她不愿意，说再待会儿，家里也没人，她不想过早地去感受那空空荡荡的气氛。这一说，让我有些心疼，我抱着她的双臂又紧了一些。她转过身，也紧紧地拥抱了我。

那时，我做好了准备，一定要跟她父母谈一谈。

只是，我没有想到，见到她的母亲那么容易。

门推开了，是她。略微的红晕和尴尬一时间就上了彼此的脸。她从来不会在晚上十点前到来。而此刻，傍晚七点。

我面带笑意，敞开心怀迎接她。我还要给她介绍这个女孩子。让她知道这个馆以后也可以有女孩子的存在。这个馆是属于她的馆。拥抱馆的设计是为了她，因为她说，在这个发泄馆不能只是为了发泄，我还要有你的温暖。在那晚去了她租住的房子后，我暗暗地想，我要别开生面地设计出这个非同一般的馆，这个馆不对外营业，只为了与她一起飙荷尔蒙。甚至我都已谋划好，如果有一天我不在，我希望有一个机器人可以帮我传递给她爱的拥抱和温暖。

这一刻，我的眼神一定充满了爱意，但我发现，她的眼神从微笑到吃惊，渐而转为了愤怒，短暂的寂静后，小女孩带着点惊诧和惊喜，轻轻地叫了一声，妈？妈妈！

仿佛做了一场梦，我在狂风暴雨中奔跑，后面那个硕大而滚圆的球一直叫嚣着追着我，在望见老家村口的片刻，我一个趔趄栽倒在地，圆球张牙舞爪地一下子附着到我的身上。我眼睁睁地看着浑身长刺的它肆无忌惮地撕开我的衣服，撕开我的血肉，冲进我的胸膛。我发现自己的胸口一点一点地再度膨胀起来。

母亲说，你继父没有打过我。半晌母亲又说，他也再没回过这个家。他其实比你父亲当年要好得多了。你父亲当年才狠呢，他最多也就是累了喝了点酒，撒点小酒疯。他把在外面干体力活的钱都交给我了。我说，你忘了身上的淤青了，母亲说，那不是，那是我自己摔的。

母亲又说，我知道，你孩子生不成了。你知道么，前两年还有人要来请我做喜娘，现在再也没人请了……

我的身子轻飘飘的，滚烫的手机险些烫着我的耳膜，我心里升起了砸碎手机的冲动。好在，半晌后，我发现自己拿着手机的手只是重重地捏了一下，手机就被轻轻放下了。

民警说，小伙子，是误会就好，心思要用在正道上。出了门，我瞬间失去了对她解释的心情，孩子回到母亲的怀抱，能得到母亲的拥抱这是我的愿望，除此，我再也没有任何其他的想法，如果以前还有一点，那么此刻全部清零了。有些人，你永远看不透，也走不近。当然，我也不想再花精力去靠近任何人。我对孩子说，再见的意思有两种，一种是以后再次见面，一种是再也不见。我承认，我已经不是年少轻狂时的我，我不会再为一点感情委屈自己。我是带着刺带着球的人，我同时也是戴着面具有着秤砣般的心的人。

我头也不回地回到了情绪发泄馆。从哭吧到柔软美学，再到暴力街区，我瘫坐在地上，眼看着气球膨胀的模样，越来越大，大到堵住了我的面具，也堵住了面具里我唯一的一只眼睛。

世间的事，一只眼睛是看不过来的，即便你有明亮的双眼，你也未必能看清真实的一面。因而，我知道，我需要再安装一只眼睛了。

凤凰涅槃吧得到了这只眼睛的福利,这是唯一一个装上了监控的馆。

目的是明确的,能够及时而准确地按下开关,保证能"死"成,又能活过来。死与活之间是一个人的人生大逆转。员工说,老板,这个服务太危险了吧,如果你在试验的过程中回不来怎么办?这么大的馆怎么办?你那么多钱花不掉怎么办?他们是笑着说的,我也是笑着回答的,我说人活着,只有钱,又有什么意义。

我训练了成千上万遍。凳子的高度,绳子的长短,脚离开凳子时可能出现的姿势等,我都一一进行了科学的计算。

我确实想再活一次,或者至少是先"死"一次。这是死而复生的情绪发泄法。这是让徘徊于崩溃边缘的人有个釜底抽薪涅槃重生的机会。我们活得太累了,这个方式可以真正解决一切。我想好了,有一天,或许我还会开一个收藏记忆的馆,将人这一生的故事先收藏起来,在凤凰涅槃后可以轻松地当作人家的故事来看。

那一刻,你以前再是辛酸压抑的故事,都会变成你看别人的谈资笑料。那时,你可以摇着扇喝着茶品着咖啡抿着酒,然后跟人探讨人生的真谛,送人一套又一套醒世箴言。

现在,我已经站上了凳子。

而面具,正仰卧在地上,朝我发出一阵又一阵的冷笑。冷笑声中,我脑海里的宽银幕电影次第播放……

鱼能在天上游么

在很多经营户被禽流感赶到城郊或乡下去的时候，庄守城做了钉子户。

先是阶段性关闭活禽交易市场，后来就直接将活禽交易驱赶出了城市，连带着把做活禽生意的人也一并赶了出去。庄守城留了下来，他有资格选择留下来并不是他长得帅对得起城市的广大市民，更不是因为他生意做得好获了什么GDP奖，恰恰是因为他不是老板，所以，他可以随时炒老板的鱿鱼。

其实大家都不愿意离开。不愿意离开市区的理由与原因大家也都明白，农村的生意再好也无法跟城市的比。所以禁令刚下的时候，总有一些商贩顶风做案，无非就是打一枪换个地方。政府要关闭活禽市场，他们就在市场外偷偷摸摸地卖，来来往往偷卖的生意反而比过去更好。可是，这畜牲的感冒比人的感冒可怕，所以，这事儿除了受特别喜欢吃鸡鸭肉的人欢迎外，还有很大一部分人是希望看到活禽市场关闭，让这些与鸡鸭打交道的人走得远远的，迁徙到农村去。对，叫他们怎么从农村来，再怎么回到农村去。所以，即便没有在专门的市场卖活禽，但只要有人买就必然有人举报。举报过后，就是商贩老板被处罚一大笔钱，这一大笔钱总是要超过他们偷偷在城市卖鸡鸭的几倍甚而几十倍。

到最后，庄守城就彻底没办法了，他一度以为以自己的功力可以将这个职业做到老，做到胡子变白，做成一桩经久的伟业，可是，终究还是泡了汤。

按照庄守城对自己的规划，不管世界如何变化，总有要吃鸡鸭肉的人，所以，尽管自己没有资本去做贩卖鸡鸭的老板，但找个杀鸡鸭的工作总应该是不难的。何况自己在这个行业里也算有点小名气了，那是种手起刀落的名气，至少在卖鸡鸭的这个圈子里，庄守城已经成了他们眼中的高手。手下功夫好，刀上功夫强，要价也不是太高，上班准时，下班延时，老板说东绝不向西。所以，活禽交易市场一关闭，就有人来示好，工资可以给得再高些，下班时间可以早一些，就是地点偏一点儿，嗨，就是让他跟着一起去城郊或农村。有老板就说，守城，这就等于知识分子下乡呗，跟我走吧。

可是，庄守城没有答应，他说，我再看看，再想想。

其实，他早已经想好了，农村或城郊是怎么也不能去的。就算工资给得再高也不行。他掐来掐去早掐了个遍，城里生意好做，他一天到晚忙也就两千来块，如果去农村，老板生意不太好，给你一两个月的高薪，后面呢，谁能保证能一直痛痛快快地给下去，即便一直给着，他也不好意思拿，所以，这后面的发展是完全无法想象和控制的。

掐算个百转千回，有时也不如一个一闪而过——最重要的是儿子庄继业。

取的是庄继业的名，但庄守城倒从来没想过要让儿子来继承他的"杀手"事业。与千千万万的父母一样，庄守城就是希望有一天儿子庄继业能变成庄大业，从而壮大业。而好好读书是儿子为祖宗争大光壮大业的唯一机会。因而，他不惜花了攒了两年多的一万块赞助费，把儿子送进了市里还算好的小学。

所以，庄守城能去哪儿呢？哪儿也不能去。一辈子为什么呢？还不是为了眼前这个臭小子。

再过一小时，庄继业就该回家了。

自从杀鸡鸭改成了杀鱼，庄继业也就只来过几次庄守城的摊位。每次去，庄守城都忙得不可开交。因为庄继业放学回家的时候也就是他们卖鱼杀鱼最紧张的时刻。做菜市场生意的，一天里的黄金时间基本集中在一早一晚。早上庄守城六点就到鱼场摊位，然后一直忙，忙到晚上八点左右才能回家。

所以，每每这时去，老爸几乎都没有时间跟他说上三句话。

以前庄守城在杀鸡鸭时庄继业去得稍多一点，那边的场面大，手起刀落的大侠有两三个，相对不是太忙。最关键的是地方敞亮，虽然简陋而且有腥臭，但至少可以让庄继业在太阳下山前趴着把作业做完。

一次，老板从外地进来一大车的鸡鸭，摊位上的几个人都被派去卸货，剩下庄守城一个。这时，正好有人要买鸭子，且要帮忙杀干净，还需要留好鸭血。于是庄继业就第一次做了"杀手"的帮凶。

庄继业的使命是用力抓住鸭子的爪子，拎高，待庄守城一刀割断喉管时，他要放开一只爪子，任那只爪子在空中拼老命地垂死挣扎。这叫放活血，庄守城说，你抓紧了，不抓紧它要挣扎，一挣扎，就不好杀。庄继业一开始死命地抓着，他背过脸去，不敢看他的爸爸一刀下去鲜血四溅的血腥场面。可是他没有抓好鸭爪子，所以，在那一刻，庄守城有点火，大叫着抓好抓牢，眼睛看着我的动作，该抬高时抬高，该下垂时下垂。听爸爸这么一叫唤，庄继业转过头来，这时候，他猛然瞥见鸭子的眼眶里蹦出一颗豆大的泪珠，庄继业一下子傻了，眼眶一热，面前一片模糊，手不由自主松开了，扑通一下，鸭子落地，胡挣乱扎，将眼前接血的大碗打破不说，还溅了庄守城一脸一身的血。

狂奔时，庄继业听到老爸在后面一个劲地骂，骂这个没出息的家伙。但庄继业管不了那么多，他模糊着眼睛三步并做两步跑，到家里才发现，连书包书本都忘了带回家。

鸭子滚下泪珠的情景一再地在庄继业的脑海浮现，挥之不去，自那以后他便怎么也不去活禽市场了。

不去市场，他依然有他的事做。

每天一回家，他就先准备晚上的饭菜，先把米浸好，把菜择一下。弄完了去阳台上做作业。作业做完，他再掐时间，看看要到晚上七点了，他开始摁下电饭煲的煮饭键。

当然，菜都是头一天或是前几天老爸庄守城买好的。也没有什么特别好的菜，也就是青菜和咸菜，一天两顿。偶尔庄守城也会买点荤菜回家，当然，以熟食为主。庄继业毕竟还小，有些菜也不会烧，而庄守城自己呢，等回到家里要八点左右，回家再烧饭，至少要九点以后才能有得吃。一开始也就是这样，后来，庄守城发现，只要自己到家了，饭基本已经好了。于是，索性他就买一些菜回来，也不多说，庄继业能做一个算一个。当然，最多的时候是一天烧好的菜分成两三天吃，这样一来，庄继业只要煮好饭就可以。

庄继业做完作业后与煮饭前的这段空档里，他会从阁楼的楼梯上爬上天台。

其实所谓的天台也就是几个平米的屋顶。四周是瓦片，中间露出一小块空的水泥平台。站在空地上望出去，密密麻麻鳞次栉比的全是黑瓦。

站在这个屋顶上，他发现，城市里除了道路两旁的高楼大厦外，内里都差不多。尽管也去过一个同学家，看到他

鱼能在天上游么

家里装饰得富丽堂皇流光溢彩，但现在在屋顶的外墙面看来，大家相差无几。一样的六层七层八层的楼房，经年累月后长出霉斑的瓦片，如果一定要有区别，也就是自己住的小区，几乎每幢楼外面粉刷的墙体都开始斑斑驳驳地掉了，像狗皮膏药一样，东一块西一块，露出一大片一大片血色般的砖头。

怎么说呢，这点区别并不影响人在房子里生活。所以庄继业并没有因为自己是农村来的，因为自己租住的房子脏乱差而伤心难过。同学是城里人，自己是外地人，这就是区别，还要比什么呢？有些东西没有可比性，有些东西要学会怎么比。

远处也有高楼大厦，是高大上的酒店，还有写字楼。庄继业每天也会朝远方望一望，那个五星级大酒店每天都让他着迷。特别高，听说有三十多层，一到天黑，还可以看见那酒店直冲苍穹的亮光，闪一下又闪一下。这时，他也会有冲动，想去看看那个传说中市里最好的酒店是什么样子。

但他知道，这种可能性很小，尽管城市很小。

庄守城从早上六点出门，到晚上八点左右进门。除此之外的时间就是杀鱼，或者说得确切点应该是杀鱼杀鳖，反正一切水产需要杀的都杀，只要客人需要。

这样的时间安排，庄守城是怎么也没时间带庄继业去看外面的风景的,更别说要去看看那五星级大酒店。有时,庄继业问,爸爸,那个酒店看起来好近啊,走路过去要多少时间?然后,庄守城就会说,城市里都这样,因为平坦,远处的高楼我们可以看见,但真要到那儿,却有很远很远的距离,那就是我们与城市的距离。

庄继业说,咱们不就是在城市里么?但他知道,他的爸爸没时间。他爸爸用距离解释了另一种没时间罢了。所以,他只是撇下嘴,轻轻地说了一句,轻得甚至连他自己都听不到。

庄守城其实是想说以后带他去看的,可是,因为这样的情况实在是太多了,却一次也没有兑现过。所以,他干脆换了一种说法。这种说法,相对深邃一些,儿子也不懂,但不懂最好。反正确实也是住在城市边缘,这么说也是说得通的。

只能远观,不能近看,这多少有些遗憾。虽然嘴上不说,内心却暗流汹涌。所以,庄继业总会想,我要是能变成天上飞的鸟就好了,就像现在飞过来又飞过去的鸽子,唰一下就飞到了五星大酒店。

这些鸽子每天都会在他的头顶上呼啸而过,呼啦啦一阵,半响,又呼啦啦一阵。它们一会儿朝东飞,一会儿朝西飞,飞着飞着就将天空飞黑了。飞黑了天空以后,庄继业就会下天台,从阁楼的小梯子上爬下来,择菜做饭。

这一天庄继业上天台迟了，作业有点多。当然，主要的时间是花在了作文上。

是命题作文，题目格式是什么的什么，比如奶奶的笑容、爷爷的拐杖之类。庄继业想写的很多，比如老师说的妈妈的吻或者村里的老黄牛等。可是，他想来想去，发现自己已经记不起妈妈的吻是什么样子了，似乎懂事后妈妈的吻就不见了，后来甚至妈妈也不见了。没人跟自己说，自己也不想去问。村里的老黄牛倒一直记得，但不知道该怎么写，因为后来老黄牛也没有了，不仅老黄牛没有，村里的人也越来越少。

想了半晌也没想出好点子，他就去了厨房，厨房里养着一条鲫鱼，这条鲫鱼是庄守城生日那天鱼老板送的。鱼老板说，今天你过生日，咱也没东西好送，卖鱼的就送条鱼吧。推了半天，硬是没推回去，庄守城就把鱼带回了家。庄守城想好了，到儿子生日那天，这条鱼将成为餐桌上的实实在在的生日祝贺。

鱼在水槽里游着，庄继业一边淘米，一边就想到了老爸杀鱼的模样。

老板娘给鱼装进黑袋子过好秤，递给庄守城，庄守城捏住猛地往地上一摔一掼，接着从袋子里掏出鱼。彼时，鱼正全身颤动抽筋，庄守城摁住它，三下两下就用刀唰唰刮了鱼鳞，接着是开膛破肚。

绝对的手起刀落。庄继业看到过几次，虽然对于杀鱼与杀鸡的选择他会选择前者，原因是鱼不会流眼泪，但他还是不敢看。每每看到破了膛之后的鱼还在那里咂吧嘴，身子骨还在活动甚至跳跃时，就觉得浑身不舒服。所以，生日那天，庄守城要杀这条鲫鱼给他补补，庄继业死活不让，他一定要养着。他给的理由是，家里一个人太孤单，养着鱼也可以跟他说说话。

庄守城的笑就从肚子里摇晃上来，他就着笑声骂了一句，切，谁跟你说话，你以为有鱼大仙啊，还是美人鱼啊？

骂归骂，这条鱼就此活了下来。

只是，作文写什么呢？写《爸爸的鱼》还是《我的美人鱼》？想了半天，庄继业在作文本上写下了《爸爸的手》。

接到班主任李老师的电话时，庄守城正一只脚踩在甲鱼背上，一只手拉着甲鱼的头拼命地往外拽。庄守城没想要接，可是，手机却一直响个不停。庄守城有点恼火，市里没有什么朋友，要不就是老家的哪个人来的电话。说实话，他喜欢老家的人，但又不喜欢老家的人。但凡来电话找他或上门找他的老乡，都没什么好事。而自己不过是一个穷杀鱼的罢了，许多忙根本就是想帮也帮不上的。只是不好意思告知老乡自己在做什么工作。难得回去，总要适当地装一下神气。可是老乡呢，总以为他在市里干着天大的事业，所以，有个要进城找工作的会来找他，有个吵架斗殴被关进笼子的居然也会来找他，好像他是老乡眼里的大救星，而事实上，自己却啥也不是，只是菜场里的一个杀鱼工而已。

手机一直响，庄守城的手在腰上随便抹了抹，然后掏出手机，接了才发现，来电话的是儿子庄继业的班主任李老师。那一刻，庄守城的手软了，脚也软了。几年来，他都没有接到过老师的电话，这一刻，老师来电话了，他一下子蒙了。手抖着，嘴唇也抖着，舌头却打了结。若不是老板喊他，脚下的甲鱼跑哪儿去都不知道了。

事情并不复杂，就是儿子庄继业和同学打架了，打得很凶，同学的头上被打出了窟窿。庄守城在这一刻才意识到自己教育儿子的失败。因为一直以来，他都跟儿子庄继业说，人不犯我，我不犯人，人若犯我，你大胆犯人，一定不能吃眼前亏，要打就打，不要怕，前提是你自己不能受伤，你自己受伤不如让人家受伤。为什么会这样教育儿子，因为这么多年里，从来就没有发生过人家被儿子所伤的事，基本都是儿子被人打得鼻青脸肿。好几次庄继业回了家，脸如面包眼睛似熊猫，问他他也不说。也有两次，庄守城准备去学校讨个说法，可是到了第二天一大早他又去了鱼场，哪里还记得头天儿子被打的事。心里也想明白了，哪个孩子长大会没有鼻青脸肿的过程呢，这是成长的必须，没办法。这样一想，他也便做罢了，晚上回家，也就随便劝劝儿子，先是说不要跟同学们打架，再是说你要勇敢点，别吃亏就行。

当然，庄继业也很少说话，即便被打得鼻青脸肿，他也从不跟老爸说是跟谁打的。回了家，饭已经烧好。庄守城却气不打一处来，不喝酒也不吃饭，直接要审问儿子庄继业。

可庄继业并不在家里，庄守城就更是恼火，好你个兔崽子，打了架不敢回家了是吧。有本事先跟我打呀。

要去找，却不知道往哪儿找。平时自己下班了进门，看到的儿子都是在家的，自己根本没有时间管他。打电话给班主任李老师，李老师说放学的时候就走了。说完还加一句，今天不是你来接的？

庄守城的喉结动了动，不好意思地从喉咙里蹦出两个字，不是。

什么叫不是呢？除了刚开学那两天，庄守城就没接送过儿子。时间完全绑架了他，要匀点给儿子，这实在不是件容易的事。

心里憋着火，却也不知往哪儿放。冷不防看见书包放在床头边，庄守城就知道儿子已经回过家了，那一刻，他突然就有了打开他书包看看的念头。几年下来，他居然发现自己从没有翻过儿子庄继业的书包，这是对儿子的尊重呢，还是对儿子的漠不关心呢？想了一下，他在心里默默选择了前者，手却伸了出去。

翻了几本课本，书还是崭新的模样，是报纸做的封皮。

鱼能在天上游么　167

这一点，儿子比老子强。再翻几本习题与作文本子，看到一篇作文《爸爸的手》——

每个人都有一双手，每个人都用这双手创造生活，有的人可以用一双手托起天空，有的人可以用一双手挖出大地。而我爸爸的手却沾满了血腥，是的，他每天都要杀很多鱼，每天都有很多鱼死在他的手下。

我其实很讨厌这双手，这双手让我害怕，看见鸡鸭临死前的绝望和鱼儿挣扎的痛苦，我就很厌恶，甚至害怕。可是，就是这双血腥的手却换来了我现在的生活，我能在这个城市里读书，是因为那双血腥的手。

我有意无意地看过这双手很多次，它们其实已经不像手了。两只手发白，有些骨头看上去就像馒头里伸出来的。每个指关节，都高高地凸起，指头不像指头，指尖不像指尖，连指甲都变样了。有那么几次，爸爸在夹菜的时候，我似乎听见了那些个关节发出的声音，它们咯咯叫着，冲进我的耳朵，有一种啃噬吞咬的感觉。这种感觉就像鱼死亡时发出的声音，让我害怕。

……

结尾是老师打的分数，九十五分。还有评语：孩子通过细腻的观察，看到了爸爸为了生活含辛茹苦的一面，但孩子的内心又有着巨大的矛盾，杀生的事毕竟在孩子眼里是那么的恐怖和不道德，可是为了生活，却又不得已。观察仔细，写得从容，美好的心灵跃然纸上。

庄守城一时有点语噎，想发火，似乎又没理由，感觉有一肚子的话，却又不知道对谁说。

放下作文本，庄守城出了门，不管去哪里找，先出门在小区里找找看，孩子的玩兴上来，几个孩子在一起，忘了时间也是正常的。也就是在这个时候，庄守城突然一阵害怕，到这时他才发现，他完全不知道他的儿子庄继业平时放学了在干吗，都跟谁在一起，都在哪里玩，他发现自己居然从来没有担心过儿子会去哪儿，会干什么，会不会出事。

到这时候，他突然怀疑起自己杀鱼的工作来。这一份收入还算可以的工作，适合当爹的自己么？

当然，这个念头一闪而过，当务之急是找到儿子。

这是个上世纪八十年代的老小区，脏乱差，也嘈杂，基本都是外地人与乡下人的聚集地。庄守城就一遍遍地绕着喊，庄——继——业，庄——继——业……

没人应他，倒是头上有一阵呼啦啦的响声，那是晚归的鸽子。庄守城猛然想起儿子曾经说过，在自己家的天台上总是能看到鸽子，这家伙会不会在楼上天台？可是，这时的天已经暗下来，今天是提前下的班，因为接了李老师的电话，庄守城觉得必须跟儿子谈谈。儿子马上初一了，是个男人了，今晚两个男人之间应该有一场对话。

跑到自己家对面的一幢楼，踮起脚尖，伸长脖子，仰头——果然，几平米的平台上站着一个孩子，远看看不清是谁，庄守城数了数房子最后断定那是自己家的房子楼顶，那么，不是儿子还会是谁？

急匆匆地跑回家，上阁楼爬梯而上，刚刚露出头，就听到呼啦啦一声，一群鸽子冲天而去。儿子庄继业扭转头，说，爸爸，你吓着鸽子了。

本来庄守城已经跟自己说不要发火，可是听儿子这么一说，他的火又上来，什么叫我吓着鸽子了，这天都黑了，你不下楼，你在学校跟人打架，你还好意思说我吓着鸽子？老子供你吃供你穿，你不好好读书跟人打架还要让我一番好找，这是欠揍的表现啊。手电筒一照，居然还照见了米。这是干吗的？你把我辛辛苦苦挣来的钱买来的大米拿去喂鸟？你以为你爸是土豪，你以为你爸是有钱人？

庄守城一骂收不住势了，从天台骂到楼下。

下了楼，儿子就是不说话，不应声，任凭庄守城骂，庄守城差点就伸手了。

对于庄守城的逼供，为什么要跟同学打架，庄继业一直拒绝回答。老师不是给你打小报告了么，还要我说？

鸽子飞来飞去的时间明显提前了，当然，庄守城下班的时间也提早了点。秋凉一过,冬天似乎很快就罩住了城市,到六点钟左右,天就黑透了。

庄继业照样每天上天台,他在口袋里装上几把米,然后在天台上等。鸽子没来时,他就看那些高楼,望那个爸爸说看看很近其实很远的五星级大酒店。大酒店在城市北面,而自己和爸爸就是从北方来到这个城市的。他总觉得这个五星级的酒店挡住了他通往老家的道路。那片灯火辉煌的背后,有一条狭长的白带,一直通向他的老家,通向那个暗淡无光的小村庄。

星期六的下午,庄继业把家里的卫生搞了一遍,抹桌子抹灶台拖地洗衣服,弄完后又到阳台晾衣服。这个当口,他冷不防看见一轮又大又圆又红的太阳正悬在上空,好看得简直要令人眩晕。于是,他带着扫把急急地爬上了天台,嗬,真美。到这个时候,庄继业才发现,自己好像从来没有在城市里看到过这么漂亮的太阳,这样的太阳在老家,一直在老家的山上,在老家的树上,血红血红的,红得将天上的云远处的山都能烧化。

把天台打扫干净,庄继业躺了下来,太阳还在西边挂着,余温散发在城市上空。就着这点温暖,庄继业闭上了眼睛,他口袋里的米已经分成了两堆三堆,一会儿他的小伙伴们就要来了。

果然,过了一会儿,鸽子成群结队地飞了过来,落下,在他的脚边,在他的发际。他伸出手,摸了摸,鸽子非常乖巧,一动不动,偶尔把喙抵到他掌心,偶尔跳到他的肚子上。庄继业看见一只又一只鸽子围过来,冲着他不停地转圈,他就跟它们说,那,吃的,在脚边呢。大米就那样白花花地散着,可是鸽子却没有吃,而是一再地围着他转。转着转着,他发现,这些白色的鸽子颜色都变了,变黑了,但他们跳动的时候好像又是白的。庄继业擦了擦眼睛,定睛一看,大吃一惊,这些鸽子居然都变成了鱼,它们在身边游来游去。当他伸出手去摸时,这些鱼唰一下就溜走了,天空上,那个血红的太阳早寻不见,这些鱼全都跃在深蓝色的空中,你追我赶。

庄继业唰地一下跃起,那是鲤鱼打挺。真好,原来自己也是一条鱼,他开始冲向它们,追啊追啊,可是怎么追也追不上。落单了,知道自己落单的时候,一只粗糙的大手抓住了他,嘭的一声把他摔到了地面上。

庄继业大叫了一声,惊醒过来,发现自己还躺在天台上,旁边根本没有鱼,坐起来一看,脚边却站着几只鸽子,定定地望着他,似乎一直在等着他醒来。鸽子的不远处,还站着几只小麻雀,也傻愣愣地站着,看着他。揉了揉惺忪的眼睛,确信眼前是鸽子和麻雀,没有鱼,一条都没有。

是的,天空上怎么可能有鱼呢?寒意开始入侵,他打了个寒战,梦里的那只大手是谁的呢?关节突出,指头肿胀,却异常有力,如果不是醒过来,这会儿,那条鱼是不是已经被去鳞抽筋开膛破肚?

想到这里,庄继业赶紧又翻了翻口袋,将口袋里的米粒全部倒出,然后他咕咕地呼唤着鸽子,鸽子围过来的时候,他默念着,这是我爸喂给你们的,这是我爸给你们吃的。

待鸽子和麻雀吃完了大米,庄继业慢慢地站了起来,他左手右手交叉抱了抱自己,瞬间有了一个强烈的念头,那就是过年!他突然好想好想回家过年。

吃晚饭的时候,庄继业怯怯地跟庄守城提了想回家过年的想法,说自己有点想家了。庄守城本来想骂的,张了嘴却硬是没有骂出来。顿了顿,只是说,离过年还有一个多月,你好好读书就是了,你们学校里放假了,自然也就要回家过年了。庄继业就叹了口气,说,还要等到放假啊?言外之意,他是已经等不及了。

等不及也得等,人家都不过年,就你过年?那你过的是啥年啊?庄守城耐着性子,没有发火。想想也是,在外一年了,想回家看看亲人了,一个孩子,不是很正常么。当然,说完这句,庄守城又加了一句,你呀,别老想着玩,现在读书最要紧,等以后书读好了,有了好工作,挣了大钱,哪天不像过年啊?

挣钱?爸爸现在有多少钱一个月啊?

两千五，你看用在你身上就要不少了！

噢。

钱不够用啊，没办法，所以，你要好好读书，爸爸以后就指望你了。

噢。

过年也是，没钱怎么过年啊，你好好读书，爸爸再多杀点鱼，再多挣点钱我们就回家。

庄继业没有再接话，他很快扒完了饭，然后坐在电视机前调频道。庄守城就不舒服了，儿子，都说了多少遍了呀，不要老想着玩想着看电视，你作业做好了么？如果做好了就看看书啊，不是有句话嘛，叫什么温故而知新啊。

庄继业仍然没有接话，他面对着电视目不转睛，电视频道调到了本市的一个有线频道，这是一天到晚播放招聘信息的信息频道。庄守城说你这破孩子只要电视一打开，广告都是抓人的，这有什么好看的？关掉！

庄继业望了一眼老爸，把电视机关了，默默地坐到了床上，拿出书本。

庄守城呷了一口酒，吱哈的喝酒声里把遥控器一按，电视的声音又流了出来，马上枪战声响起。

此后的每一天放学，庄继业回家的时间都晚了，以前的他上学放学是专心地走路，从不拖拉，但从这一天起，他开始慢慢吞吞。他的眼睛学会了东张西望，一间店面一间店面地晃过去。走路的间余看见一些店他会走进去，然后去问这个问那个，问题都是一样的，比如说，请问你们这里还要招人么？我爸爸力气很大，手指很粗，他有使不完的劲，他干活很认真……最后，他总是垂头丧气地走出来。偶尔他也会问，能不能招我，我每天放学后有三个小时可以帮你们干活。可是答案总是没有他想要的。

只有一家，明确地给了希望，说，你可以叫你爸爸过来试一下。是家网吧，他替爸爸应聘的工作是搞卫生，一天十二个小时，薪水三千五，但得上夜班。一想到夜班，庄继业就犹豫了，爸爸庄守城的身体并不好，在杀鱼以后更加，一年多下来，他的手指已经不像手指，而他的脚呢，也烂得凶。因为每天十多个小时，他都穿着雨靴在鱼场里，夏天的潮湿，冬天的冰冷让这双脚已经不像脚了。这事儿没人知道，但他明白着。

那次跟同学大打出手是为什么？或许爸爸知道了，因为老师会说。也或许不完全知道，因为老师也不明白全部的因为所以。那篇作文得到了老师的表扬，但得不到同学们的肯定。几个同学说，我们看到过庄继业的爸爸，他爸爸的手是畸形的，是白骨爪。就为了这个畸形和白骨爪，他忍不住了。老师说，就算被他们这么一说，你也不至于动手啊。他没有回答老师，从老师的办公室出来，在作文本翻开的第一页，写下了——我的爸爸不畸形！我的生活不畸形！

从家里到学校的路，他换着法子走，一次两次三次，可是终究没有解决的办法。回家也看电视的信息频道，可是因为手上没有手机和电话，也不知道电视上放的地址是哪儿，当然，更是为了不让爸爸知道，所以，看电视这条路是走不通了。

回家是越来越迟了，庄守城当然不知道他的儿子回家迟了，可鸽子和麻雀知道。但不管怎么样，回家有多迟，他第一时间就要上天台，每次上去前从米袋里抓上一把米。在撒米时他总要说一句，这是我爸爸喂你们吃的。

宣布冬天的正式到来是在那个纷纷扬扬的下雪天。

早上一起来，庄继业就高兴得不行，他很多年没有看到过雪了。这一天是周末，他不用上学，但爸爸庄守城是没有周末的，所以，他一大早又出了门。临出门时，庄守城跟他说，儿子，还有半个月我们就可以回家过年了，你看，外面的大雪。

这么一说，庄继业一下子就从床上跳了起来，嗬，白色绣球翻滚着，果然是场好雪！

老爸一出门，他便爬上天台，天台上的雪已经积了十几厘米。他小心翼翼地爬上去，踩着咯吱咯吱的雪，天空雾蒙蒙一片，远方一片洁白，近处一片洁白。哇，整个世界一下子变得肃穆动人。

其实他以前看过很多次雪，在老家的那个小村庄，但那时还小，似乎与现在的感觉不一样。而随着爸爸来到这个城市后就很少看到雪了，印象里上次看到过雪的那一年似乎已经是四五年前了，完全不记得当时的样子。当然，这个四五年里，他们也搬了四五次家，越搬越偏，越搬越远，远到现在看五星级酒店近在咫尺，却有着怎么也无法到达的距离。

冬天是用来下雪的，这才是真正的冬天。

他在天台上的雪地里挖出一个洞，然后把米撒在那儿。这是许多人冬天捕鸟的方法，但庄继业不捕，他只是为了给鸟吃。每天鸟吃他一些米，他就高兴，如果这一天这些鸽子麻雀没有吃完米，他就会难过。不知道为什么，说不出来。他只知道，自己的爸爸在杀鱼，他希望他杀一条鱼，他就能救活一只鸟。即便有时那米是被穿瓦而过的老鼠偷吃了，他也是欣慰的。

庄守城说，其实，爸爸这个不叫杀生。因为有那么多人要吃，总得有人来进行这项残忍的工作。更何况，养鸡养鸭养鱼的，养起来干吗呢？还不是为了给人类吃。

庄继业点点头，不说话，表示老爸说得有道理。

庄守城就是看到那篇作文才想到跟儿子说，因为那篇作文的后半部分，写了爸爸是个"杀手"，残忍而血腥之类的话。庄守城刚看到时气不打一处来，好啊，我累死累活，杀鸡杀鱼的，还不是为了养活你么，你倒好，还怪起我来了，

鱼能在天上游么　177

如果不是我做"杀手",你汤都没得喝,你爬上天台喝西北风去。可是他想起李老师的嘱咐终究没有骂出来。

庄继业没有说话,并不是完全同意他的说法。过了半晌,庄继业又弱弱地看着他,轻轻地补了一句,如果这个不叫杀生,又该叫什么?

这一句话一下子把庄守城问住了,是啊,该叫什么呢?后来,想了半天,他才想出来,他说,儿子,其实杀生并不可怕,可怕的是,不是一刀毙命,比如那一次,叫你抓住鸭爪,你突然放掉了,你还记得么,那只鸭子扑棱一下居然跑了,栽下头却一路鲜血地狂奔,那个时候才是最残忍最恐怖最血腥的。如果一刀就毙命了,所谓的痛苦也就在一瞬间,你说呢?

这是狡辩。在庄继业看来,一刀与十刀是没有区别的,结局终归是杀生,杀死它们。

庄继业没有与老爸辩,老爸庄守城当然也没时间与他聊。每天早出晚归,吃完晚饭就想歇会儿看会儿电视就睡觉。而这段时间又是庄守城最忙的时候了,马上要过年了,河水涨三分啊,什么东西都在涨价,除了他的工资没涨,鱼类海鲜的价格更是涨得离谱。当然,对于变化而言,那就是他上班更早了,下班更迟了。他已经在心里做了准备,干完这一年,就不干,回老家过年,过了年在老家找点事做做,或者再去其他城市找点事做做,或者还来这儿,但前提是不再做杀生的事儿。有时也想，为什么呢？这算是给儿子的妥协么？儿子才十二岁，他又懂什么呢，他又知道生活是什么呢？这么一想，又觉得自己想多了。真要不干这一行，也就是手上的骨节变形太厉害了，每天都忍着痛。当然还有脚，一从雨靴里拿出来，就发出一股腥臭，有些地方已经破了皮，马上要烂了。

天上飞的鸽子越来越少了，庄继业不太明白，难道是冬天到了，下雪了，鸽子就不出来了么？鸽子也怕冷？

没人给他答案，答案只在雪地里。鸽子没有来，大米消失了。

是麻雀。只不过，雪地里的麻雀成了被人们诱捕的食物。但在这个天台上的麻雀是幸运儿，它们在雪地里，不费力气地找寻到一颗又一颗的大米。

看见几只麻雀跳跃着，争相吃自己撒出去的大米的时候，庄继业就在心里念一遍，你们听着，这是我爸喂你们的。有时，他也会傻傻地想，今天可以抵过杀一百条鱼了。尽管或许这个数字根本对不上他喂鸟的数量。因为在城市里，麻雀也少得可怜。

在下天台的时候，雪突然又下大了，麻雀呼啦啦被什么东西惊着飞起。庄继业的身子在梯子上，半个头在天台的天窗口，望出去，四面皆白，五星级大酒店也看不清了。

晚上的七点半，天黑得密不透风，洁白的雪疯狂地叫嚣着却依然无法阻止黑夜的到来。庄守城回到家，衣服已经湿透了，雪花挂在他的头发上、衣服上，居然进家门都迟迟没有化开。庄继业看了看他，发现老爸的两鬓和雪花纠缠在了一起。雪肆无忌惮地下着，电视里正在播出的新闻说，由于雪大，好多列车与飞机都开始停运了，旅客大批滞留。庄守城看了一眼这台十九寸的旧电视机，说，儿子，今年过年咱就不回家了。

庄继业愣住了，他的眼神从老爸的眼睛转到电视机，又从电视机转到老爸的脸上，为什么？因为大雪封路？

不，庄守城说，因为老板给爸爸加了一千块钱，他说，只要过年留下来杀鱼，就额外给一千块奖金。

浮生惑

庄守城顶着雪花经过昏暗的报亭，头上一声响，脖子里便钻进了一股透心的寒意，伸手一摸，已经钻进了一小块雪。抬起头，树枝上的雪还摇摇欲坠，显然没有完全坠落。退后一步，转过身用手掸了掸头上、肩上以及后背上的雪，却冷不防瞅见了报亭窗口上夹着的《都市快报》，报上有两张大图，显眼而张扬。

一张大图是一辆轿车被大雪淹没了，上面露出被手指画过的痕迹：2014，下雪啦！！"啦"字后面还有两个感叹号。一张大图是一只羽毛鲜艳的大公鸡正圆瞪着眼在雪地里傲然挺立：禽流感卷土重来！！我省今冬第一例禽流感患者昨日去世。卷土重来的"来"字后面也是两个大大的感叹号。

庄守城挪了脚，掉转方向，他在口袋里摸了摸，又摸了摸，最终还是掏出了一块钱。

拿了报纸上了六楼，回到家，儿子庄继业果然已经煮好了饭，酒杯与筷子已经搁在他的老位置上。但庄守城没想着吃，他的眼睛快速地扫瞄了一下报纸，然后急乎乎地掏出手机。

直到第三个电话,他的眉锁算是找到了钥匙。果然,对方一接起来就是一句,守城,你还守着城啊?

庄守城的眉头就彻底打开,忍不住笑出声来,你们都跑了,总要有守城的兵吧,不然,这整个城市不都沦陷了啊。

沦陷什么呀,你们不是早就沦陷了嘛,只有我们还在坚持抗战,我们才不容易呢。

是啊,确实不容易,我今天打电话给你,就是想跟你说,老陈啊,再不容易也要撤退一下了。你知道么,今天《都市快报》上说今年冬天第一拨禽流感又来了,还死了一个人?!你小心点吧,不要再干这个了。那个老万与小冬子,我刚打电话都找不到人,一个是空号,一个是停机,你要碰见了帮着给说一声,这事凶险,待过了明年,天气暖和了禽流感散去了再干吧。

庄守城一口气说完,气稍稍有点喘。这几个都是以前一起在南门菜场里杀鸡的,禽流感肆虐之初,尽管大家都不怕死,照样卖着活鸡活鸭,可是后来不让卖了。先是阶段性地关闭活禽交易市场,后来就直接将活禽交易驱赶出了城市,连带着把做活禽生意的人也一并赶了出去。老万与小冬子当时与庄守城同在一个老板那儿干,几个人交情不错,但后来,庄守城留了下来,把杀鸡变成了杀鱼,这并不是说庄守城怕死,庄守城跟工友们说过,如果有一天,再有日本鬼子进城,他还是会选择守城,因为他的父母已经把他的名字取绝了，无法跑。

老陈说，守城啊，眼下马上就要过年了，这个卖鸡鸭的生意这么好放下不干，怪可惜的，再者说了，不做这个去做什么呢。

庄守城咽了咽口水，说，再怎么说，总是，总是，生——身体重要啊。他本来想说总是生命重要的，但话临出口，还是改了词。好在南方人说话有时不分前后鼻音，生与身一个音。

电话里的老陈便笑出声来，守城啊，马上过年了，你是可以回家了。我们家比你家近些，其他活这时也不好找，还是干这个吧，命大命小自有天数。这几年来，因禽流感而死的人是有一些，但还有更多的人活着不是。而且，咱们这个城市好像也就发生过十来起，你看看，那么多卖鸡卖鸭的人哪。

听老陈这么一说，庄守城一时语塞，都说到命数的份上了，这叫他怎么回应呢。临了，他还是补了一句，老陈啊，还是小心为上吧。

老陈嗯了一声又笑开了，说，这世界是变了，环境污染严重啊，雾霾压着，病菌变异，现在是禽流感，以后搞不好来个鱼流感，怎么弄？你到时还杀不杀鱼？

庄守城心里咯噔一下，还真是的，老陈这话虽然是玩笑，可是这世界变化太快，放在两三年前谁听说过这禽流

浮生惑　183

感，可是现在呢，一年来两次，首尾相接，下半年寒冬连着第二年上半年的寒春，冬天一来，似乎禽流感也跟着来了。如果有一天，鱼类真的也患上这流行性感冒了，那该怎么办呢？庄守城很严肃地说，老陈，不瞒你说，我还真的是不太想干这一行了，我其实在物色新的活儿，有合适的就换了。

啊？你要换生活？你要知道，你杀鱼的工资现在不低啊，一个月有两千五吧。

工资是还好，不算太低，可你刚才不是说了嘛，万一过段时间来了什么鱼流感呢，是吧，早做打算啊。庄守城一边说一边也笑笑，笑完，还是补了一句，老陈，自己多保重吧，咱这些外地人，只要有身体，哪里都能挣钱，身体还是第一的。危险的事咱可以选择不干。你碰到老万和小冬子也叮咛一声，就算是给我捎个话。

庄守城说的不假，这段时间，自己也确实有意无意地在留心换份工作，倒不是为了老陈嘴里说的鱼流感，而是儿子庄继业嘴里说的血腥与杀生的问题。

老板送给庄守城过生日的那条鲫鱼还在水槽里游着，庄守城说了不止一次了，要杀了该杀了，再不杀掉养瘦了，吃鱼变成吃骨头了。可是儿子庄继业却怎么也不同意。庄继业说，既然爸爸把鱼送给了我，那就是我的东西了。可话是这么说，鱼却真是养瘦了。鱼场老板刚送庄守城时，这鱼看起来还挺肥，生日啊，也没什么东西好送，就送条鱼吧，老板说。可是，庄守城却舍不得，一心留着给儿子过生日，只是到了儿子生日时，庄继业却怎么也不同意。

最后，庄继业是用这句话说服老爸的。他说，我在家里一个人太孤单了，那条鱼在，它还能跟我说说话呢。

庄守城一听，就笑了，他讽刺了儿子一句，你看你，读书读哪儿去了，上次你还说是鱼在，你可以跟它说说话，现在变成鱼跟你说说话了，美人鱼啊，能跟你说话？

儿子看着他，又看了看鱼，他把手伸进冰凉的水里拨了下，自言自语地说，以前是我跟它说，现在它也跟我说，我能听懂它说的。

这么一说，庄守城的话就噎在了喉咙，那一瞬间，他想笑，笑话这个傻不愣登的家伙，难道那真是美人鱼啊！可却愣是没笑出来。后来越想便越觉得有些怪怪的，貌似有些对不起儿子的感觉从心底悠悠地冒了上来，却又说不清道不明。

怎么办呢，早上六点钟就出门了，却要到晚上八点才进门。鱼场的时间贵在一早一晚，而下午的时间尽管没有早晚那么忙却也是不得空闲，早上出摊要一小时，晚上收摊要一小时，白天的时间除了杀鱼，还要换水，碎冰，调盐，五六个摊位的偌大鱼场，干活的劳力就是他了。当然，即便中午有空闲，那时的儿子尚在学校读着书，依然是陪不了的。

浮生惑 185

这样一来，鱼便一直养着。庄守城看见水槽里有米，有饭，偶尔还有菜叶。他也不多说。这事其实他说过一回，他跟庄继业说，这鱼一旦在这种环境里是不会吃东西的，你喂再多也没用。反而污染了它生活的环境。可是，庄继业问他为什么鱼会不吃东西时他却说不上来。想了半天，他才说，因为鱼到了这样陌生的环境，估计知道自己是要被杀的命运吧，所以，它就拒绝进食了，算是抗议吧。

这么一说，庄继业就来了心潮，他欢快地说，爸爸，那好啊，那咱们就不杀它，咱们就好好地养着它，让它知道我们是好人，让它知道，它吃进东西才能长大。

庄守城想说服儿子，却没有充足的理由，他想发火，也没有发出来。该怎么说呢，孩子读初一了，明事理了，有些东西靠强压是不行的，就像他天天上天台喂麻雀喂鸽子一样，鸽子不知道是谁家的，麻雀更不知道从哪儿来，可是他却要天天上天台喂它们。为什么呢？

那次被骂不懂得珍惜粮食时，庄继业蹦出那么一句，你天天杀鱼杀得还不够多么？你杀一条鱼，我喂一只麻雀。

就那么一句，庄守城坚硬的心就软了。一开始他火冒三丈，是谁护着你养着你宠着你疼着你？没有我这么起早摸黑的，你怕是连粥都喝不上，你天天上天台只能喝西北风，天天看那五星级酒店的灯光再看也很遥远。可是，半晌后，他还是按捺住了性子，学校的老师说过几次了，不能动不动对孩子发火。也是，这个孩子，母亲早就没了，一直跟着自己走南闯北，现在尽管在城里给他入了学，但生活条件总是无法与同学比的。他也从来没有央着自己要这个要那个，从来没有。真要说有，那就是希望自己的老爸不要再干这一行。之前是杀鸡杀鸭，就是因为杀鸭子时他抓着鸭腿却冷不防看见了鸭子的眼泪，豆大一颗泪珠突然蹦出来，碾碎了他的心，他一下子就放了手，直溅得庄守城满面满身的血，溅了儿子庄继业满心的血。

所以，骂了照样没用，从那以后，庄继业就再也没到过庄守城的杀鸡场。后来由于禽流感，杀鸡场被赶出城市，庄守城为了方便儿子读书留守了下来，将杀鸡换成了杀鱼。可是，庄继业却依然不高兴，至少从来没有为这事开开心心地笑过一回。

当然，更多的时候庄守城也不管他，一个小孩子懂得什么呢。就像那次关于杀生的讨论。

儿子庄继业认为，爸爸一直是在杀生，杀鸡杀鸭到杀鱼杀鳖，都是杀生。而老爸庄守城则好好跟他说过，这不算杀生，因为我们要吃肉，总要有人来干这一行。可是，庄继业并不认同老爸的说法。庄守城用那次儿子没有抓好鸭腿从而溅了一身血，而鸭子栽着头却还在跑的事告诉儿子，那才是残忍的杀生，一刀毙命其实并没有多少痛苦。对于这样的说法，庄继业坚决不认同，他最后用一句话封住了庄守城的嘴,他说,如果这不是杀生又是什么呢?

阴雪一下就下了一个多礼拜,天放晴的时候也就到了真正的年关。

为了多挣一千块钱,庄守城改变主意没有答应儿子不干杀鱼的活回外地老家。在他看来,过年时给儿子买点好吃的、给点好玩的怎么也要比回老家划算,一想起大笔的路费和过年拜年的份子钱他心里就舍不得了。怎么办呢,这个年头,啥事也没有挣钱重要,在城市里不要说吃吃喝喝要钱,就是拉个屎撒个尿都是要花钱的。儿子入学的赞助费就花了两万元,这两万可是省吃俭用攒了两年多的。所以,这个年他准备在杀鱼场度过。

不过,好在不管怎么样,大家总要过年的,人家买了鱼买了菜备好年货过大年,这个时候,就有休息时间了。老板说,也就是初一初二吧。这两天基本没什么人,照往年的规律初三开始就会大忙。

那么,从大年初一开始算,可以休息两天。这两天的时间,庄守城已经安排好了。用半天时间去医院看下自己的手。自己的手已经如儿子庄继业在作文《爸爸的手》里写的一样了:两只手发白,有些骨头看上去就像馒头里伸出来的。每个指关节都高高地凸起,指头不像指头,指尖不像指尖,连指甲都变样了。当然,光这样写写尚不足以让他去医院，一去医院就要花钱，自己留下来过年的意义也就没有了。关键是儿子当然不知道他的手每天都痛着。不知是被鱼刺扎进后感染了，还是有的鱼刺本身就带着毒素，在鱼场半年后，两只手确实已经不太像手了，关节变形肿大，指节突兀，指尖麻木，整只手肿如馒头，手上的骨头却从馒头里凸将出来，最要命的是一天痛过一天的感觉越来越明显。平时一天到晚泡在水里，泡在鱼场里，干着活就忍过去了，到了晚上就觉得痛得更加厉害。脑子里偶尔也闪过去医院看看的念头，可是，马上就被另一个念头扑灭了。是啊，不要说去医院，就是去学校接下儿子的时间都没有，还看什么呢。

所以，也只有趁着这个节点有点时间，可以去看看，最好么，医生说配点药就可以了。

再就是准备带儿子去市里逛逛动物园，儿子最喜欢动物了，可是来城里几年了，不要说动物，连儿子天天爬上天台望到的远在天边近在眼前的那个五星级酒店都不曾带他去过。当然，儿子爱动物甚于爱五星级酒店。对于炫目的酒店，只要爬上天台，那三十几层的高楼上就会朝四面八方的天空发出五颜六色的耀眼光芒。那样的光芒拨动着少年的心，庄守城用"好好好"的答应过渡到"实在没时间"，最后用"这就是农村到城市的距离"这句庄继业似懂非懂的话淹没了充满好奇和热情的少年之心。

庄继业当然不懂这样的距离，这么近，却是那么远。庄守城说，你想想你们班上最富有的同学家里就知道了，那就是我们与城市的距离。这样的话，庄守城说过一次，孩子不懂，他也不想说，但得让儿子知道，自己是个有文化的进城农民，只是，仍然缩短不了自己与城市的距离，而花大代价让儿子留在城里读书，就是把所有的希望都寄托在了他的身上。有一天，有一天，庄守城说，有一天，希望你能告诉爸爸，我们与他们没有距离。

当然，这是以前。现在庄继业不提这一茬，庄守城更不提。即便去看了又怎么样呢？酒店门口晃一晃，看一看？那样的感觉会好么？所以，庄守城在过春节的这两天时间里毅然决然地放弃了带儿子看五星级大酒店的想法，转而准备带他去动物园看看，尽管看酒店是不需要门票的。毫无疑问，儿子与自己一样，看动物甚于看建筑嘛。对于这个点子，庄继业拍双手赞成，连说了三个字：好好好。

不过，真落实到看动物这件事上，庄守城也有点私心，那就是市里动物园的门票很便宜，只需要十五块钱，原因他老早就听人说了，说是因为动物园的动物少，大多数动物全搬到野生动物世界去了，野生动物世界的门票可贵了，要三百块呢，有些小景点还要另付。当然，当然，这些都不是最最重要的原因，最最重要的是，他想用这个机会告诉儿子，弱肉强食是大自然的生存法则，这里面没有对错，自己的杀鸡杀鱼也是没有错的。这是他定了去动物园后才忽然想到的，想到的那一刻，庄守城不由自主地笑出了声，老板说，守城，怎么莫名其妙地在那里笑，想到哪个女人了？庄守城索性就放开喉咙，一连串的傻笑就淹没了面前的鱼摊。

鞭炮声炸得闹猛的时候，菜场鱼场里几乎已经没有了人，冷清得像是个冰柜。冰柜外煎炒烹炸一派闹腾，冰柜内全然冬眠冰霜一片。这是大年三十这天下午三点钟的时候。是的，终于打烊收摊，可以回家过年了。

本来，庄守城还想着大年三十再杀只鸡的，过年没有鸡肉总不太像样，以前在老家农村里过大年要的就是两样，一是猪头肉，二是大公鸡。这是最好的敬神祭祖之物。可是一想到禽流感，庄守城的心里悸动了下，惴惴不安，最终还是决定不买活鸡了。当然还有一个原因就是儿子，说到杀鸡，庄继业的表现就总在他脑海里浮浮沉沉，算了，庄守城打消了这个念头。

这是父子俩一年多来第一顿在六点半就开吃的晚饭。真早，庄继业高兴地说。

晚饭是庄守城做的，也是一年多来这个父亲真正像样地做的一次。每天早出晚归，煮饭的事自然而然地就落到了儿子庄继业的头上。一般是两三个菜，一吃吃两天，偶有的荤菜基本是庄守城从菜场里带的，也就是卤店里最后的倒担货，又是熟人，随便给个几块钱了事。大多数时候是青菜与咸菜，问儿子，吃得惯么，庄继业说，比鸡肉好吃。

这么一说，庄守城还说什么呢。那次就为了这话，他就高兴了，猛灌了自己一杯酒，本来想伸出手抱下庄继业，顿了顿，伸了一半却还是缩回了手，将手摁在酒杯上，使劲地端起，一边灌一边大声说了句，得！是我的儿子！

年夜饭有五个菜，这也是从来没有过的。去菜场边的超市买的素鸡，没有鸡肉总不好，素鸡听起来总是鸡嘛，这是庄守城告诉自己的。再就是一碗红烧肉，说是红烧肉，其实也不是，反正就是随便烧的，倒了酱油一看颜色就算是红烧肉了。一碗是河虾，是老板送的，大过年的，这就算福利吧，庄守城最后还是给了十块钱，当然，按价格算，那十块钱是便宜得不行了，等于没收钱。付过钱，就算吃个心安吧。再就是一碗青菜，一碗冬笋。有荤有素，荤素搭配，虽然不是大餐，但跟平时比，相当不错了。

庄继业没有吃虾，他喜欢吃红烧肉，一块一块的看着肥，嚼在嘴巴里溢着香，他舔舔嘴唇，呷吧出了年的味道，说，爸爸，真好吃。

庄守城就笑了，在肉盘里翻了翻，夹了一块大大的红烧肉到儿子的碗里，说，儿子，你知道么，其实猪也是人杀的，杀了后切成一块一块就成了猪肉……

大年初一的早上，庄守城带着儿子庄继业坐在公交车上往动物园赶。新年的寒冷不仅在车外，也在车内，尽管开着空调，庄守城还是觉得有点冷，他伸过手，摸了摸坐在边上的庄继业的帽子，自言自语了一句，这帽子还不错，就是不知道暖不暖和。

说是自言自语，其实他是跟庄继业说话呢，但庄继业一言不发。是啊，他还冻在除夕夜的肉冻里。

庄守城就有点火，都十三岁的人了，已经是个男人了，怎么经不起一句话说呢，怎么就转不过这个弯来呢。

父子俩赌着气，将二〇一四年过到了二〇一五年。这口气真长，长成两年那么长。一冻就冻成了生硬的厚肉冻，筷子一拨拉，都不见汤汤水水。

庄守城说，你怎么就想不清楚呢，人吃肉，牛吃草，这是自然规律啊。你看吧，之前你不要吃鸡肉鸭肉，那是你不愿意看见杀生，好吧，就算是杀生，可是，有人吃，就总得有人要杀，你说猪养起来干什么？不就是为了让我们吃肉么？

庄继业那时把一口刚刚吃进嘴巴的红烧肉吐了出来，庄守城的手在他的头顶火速地画成一道弧线，耳光响亮。

你现在给我装什么装？你有本事自己吃饱饭，不要向我要钱，读书的钱买书的钱还有吃喝拉撒的钱，我一分没有，你自己想办法去。好你个小子，你十三岁了，你长大了，翅膀硬了是吧？行啊，我不杀生，从今天开始，我不杀，从

浮生惑　193

今天开始,咱家再也没有荤菜!你要知道,一切荤菜都是杀生。庄守城气乎乎地说到这里,突然意识到自己居然也被绕了进去,怎么变成一切荤菜都是杀生了呢,那不是前面说了半天白说了。可是,他又不愿意向儿子认输,何况这是事实,确实自己也没有错。

到底谁有错呢?

正踌躇间,庄继业也发飙了,我就是不要你杀生,我以后永远不吃荤菜!电视上都在放,说是没有买卖就没有杀害!

这句话一蹿出庄继业的嘴,庄守城直感觉脑门上都冒出了火花,好好好,好好好!你有本事你就忍到老!

现在的庄继业就忍着,忍着不说话,即便庄守城摸着他头上的帽子,捋他钻出帽子的头发,他也没有动。其实他并不是不知道父亲的辛苦。在那篇《爸爸的手》的作文里,他已经表达得非常清楚——

……

我总觉得这双手充满着血的味道,有时看着爸爸在厨房里洗手,就觉得他永远洗不干净,永远无法洗掉了,哪怕是用了无数的洗手液和洗洁精。就像他的手,指头那么粗大,手背肿胀得像馒头,是不是就是因为这双手摸了太多的血,所以,上天惩罚他,让他的手长得越来越难看?

可是,就是这双手,让我有衣服穿,让我有热饭吃,让我可以坐在这个明亮的教室里上课,让我在忘记妈妈是谁的时候还能有温暖的感觉……

那天,庄守城偷偷看完这篇作文,心里既高兴又难过。或许这个孩子从小没有母亲的生活让他非同一般的早熟,看起世事来也与众不同,必须承认,他说的是对的,客观的,可是也必须得说,他是任性的,主观的。你知道那么多,为什么就转不过弯来呢。

毕竟是大过年的,庄守城还是对昨晚自己的表现有些后悔,他想向儿子道个歉,可是努力了半天,嘴上就是出不来。算了,谁叫这小子这么固执,庄守城告诉自己。

动物园里的腥味很重,除了露天的狮虎园,几乎每到一处都充满刺鼻而浓重的味道。庄守城感觉整个人都浸在了腥臭的染缸里。虽然他之前在杀鸡场待过,但鸡场的味道与这里的明显不同,在气势上完全没有这么厚重。而后来去的杀鱼场,气味则少了许多,也就是一点点鱼腥气罢了,若是地面干净,若不是人去搅动水或者鱼,不是鱼将死不活的状态,鱼盆鱼槽里都不会有臭味溢将出来。这里就不一样了,扑面扑鼻,层层叠叠,而且味道出奇的浓。

庄守城捂着鼻子走动，不断地皱眉。但庄继业不管，也就是到了这里，他一下子放松了，小家伙的天性一下子得到了释放。从第一声"呀，长颈鹿"开始，慢慢地到"爸爸，你看，大象的鼻子！"一路经过了蛇，经过了松鼠，经过了鸟，经过了海龟，他的声音越来越响，脸上的表情越来越丰富，话也越来越多。

看着小家伙的样子，庄守城的心也慢慢放下了，他说，儿子，怎么样，动物园好玩吧？

好玩好玩，太好玩了！爸爸你知道么，其实我最大的心愿就是能亲眼看到这些动物，没想到这么快就实现了，我还以为要我自己长大以后才可以做到的呢。

嗯，你看，现在实现愿望了哈。

嗯嗯，我同学几年前就看过了，他们好像去的是野生动物世界，我觉得这里比野生动物世界还要好玩。

这么一说，庄守城心里咯噔一下，看来其实小家伙内心里还是想去野生动物世界的，但他是个懂事的孩子，他懂得怎么样安慰自己，安慰老爸。

这一天其实花的钱还不只是门票，庄守城自己没有买一瓶水，给儿子买了一瓶雪碧，但儿子庄继业过了一会儿就后悔了，他说，早知道就把这两块五毛钱省下来了。

庄守城说，干什么呀，爸爸再穷，买瓶雪碧的钱总是有的呀。

庄继业说，我不是想省下这两块五毛钱，我只是想省下买雪碧的钱，因为那样的话，可以把这两块五买些青草松子或玉米，给小动物们喂吃的。

一听儿子这么说，庄守城说，好好好，儿子，今天是大年初一，一定要开开心心的，既然出来了，就不省钱了，使着劲地玩高兴。你要给动物们喂食，那就买点呗。

结果两个人前前后后买了三十来块钱，一路上给很多动物喂了食。看着动物的舌头或爪子在自己的手上掠过，庄继业是又惊又喜，兴奋长在了脸上额头上头发上。庄守城也很高兴，这小家伙总算恢复了孩子的天性。

来到露天的狮虎园时，已是傍晚。虽然止了雪水，但背阴的地方还有少许冰凌挂着，狮虎园里只有三只狮子在那里晃，两只躺着，一只走着，一副老态龙钟的病恹恹模样。

庄继业一看，几只狮子的肚子都是瘪的，怜悯之心油然而生。他问庄守城，爸爸，你说，为什么这狮子会这么瘦？这是狮子么？这是草原之王吗？我在电视上看见的狮子都很雄壮很威风的呀。

庄守城也不知道怎么回事，其实他也是第一次来到动物园，至少是有了孩子后的第一次，以前二十岁左右时来过，近二十年过去了，与现在完全不同了，那时的动物园很大，动物很多，老虎像老虎，狮子像狮子，可是今天看见的狮子还真只是三只大猫而已，大猫的一排肋骨就像是包了皮的猪八戒的钉耙。他愣了一下，随即回答儿子说，可能是吃不饱吧，好像还生着病，可能是饿成这样的。

啊？饿成这样？

嗯，应该是。

那怎么办呢？

没办法。

爸爸，你看——！庄继业伸出手，指向旁边不远处，那边立着一块牌子，活鸡喂狮子，每只六十块。

庄守城一想，坏了，今天的儿子怎么尽是要喂动物啊，这动物园看来真是来不起的。摸了摸口袋，口袋里还装着两百块，可是他一下子有点下不了决心。这鸡长得很小，看起来，连毛最多也就一斤吧，看鸡冠都没怎么长出来呢，爪子也是嫩的。这样的鸡怎么需要六十块，要搁在以前菜场里，这样的鸡四十块钱估计也卖不出去。还有，现在是禽流感时期，怎么还有人如此高价卖这鸡呢？

正犹豫着呢，马上两只鸡被卖掉了，边上的游客说着话就拎走了鸡，然后庄守城与庄继业就看着鸡随着游客飞扬的手飞进了狮虎园。可是，狮子却并没有动，一只狮子趴在洞口，站起来，打了个哈欠，最后又病恹恹地趴下了。那只鸡受了点小惊吓，见周围没动静，马上恢复原状，左看右看看了下后，开始顾自在地上找食。

庄继业看得羡慕，抬起头来，轻轻地说，爸爸，要不我们也买一只?

这完全出乎庄守城的意料,他根本没有想到儿子会说出这句话,他刚还在想这个动物园喂狮子的肉怎么不是猪肉牛肉什么的,怎么会是活物呢。后来,他突然想到,卖这么高的价,应该就是为了给游客助兴的。他想跟儿子说点什么,顿了顿,又不知道该不该说,接着他把手伸进口袋,摸了下,又抽出手互相搓了搓。看了看庄继业,他的目光正黏在狮子的身上,但他的脸上明显有一种同情溢了出来。庄守城把手再次伸进了口袋。管理员从鸡笼里拎出了最后一只鸡,它在庄继业的手里瑟瑟发抖。阳光遁去,温差拉大,天越来越冷了,鸡也怕冷吧。

庄守城还是想说点什么提醒儿子,他咂了咂嘴,喉结滑动了下,嗯,嗯……在这节骨眼上,却还是没说出来。末了,他才说,你觉得狮子瘦吧?狮子可怜吧?被关在这里,等着人喂吃的,没人喂就饿着。

庄继业的目光又伸向远处的狮虎园,点了点头。

庄守城又问,你觉得狮子瘦吧?

庄继业又点了点头,嗯。

它们可怜么?

嗯,可怜,它们肯定饿坏了!又没朋友。

那怎么办?

刚问出那怎么办的时候,庄继业手中的鸡突然挣扎了一

浮生惑 199

下，冷不防就飞进了狮虎园。这一下似乎一瞬间惊着了前面游客丢进去的两只鸡，那两只鸡突然挣扎着飞起，落下，又东奔西跑地跳将起来。这时，一只狮子猛然就扑了过来，紧接着，又一只狮子扑了过来，然后，在洞口趴着的狮子也出现了，三只狮子瞬间就撕咬在一起。一两秒钟的时间里，三只鸡只剩零星的鸡毛还在空中杂乱地飞动。

庄继业突然怔住了，他啊的一声惊叫起来。

在他惊叫的同时，很多人也跟着叫了起来，那是欢呼的声音。他们刚才还在为看不到他们想看到的场景而悻悻然，正怨声载道时，三只狮子集体突发地表演了狮口夺食。

他们是欢呼的，但，庄继业不是。庄继业突然愣在那里，一脸的茫然，一脸的惊恐。刚才买鸡时的兴奋劲突然烟消云散。

庄守城什么都明白，他掏钱的时候犹豫了，他买鸡时也犹豫了，可是，面对儿子，他不知道怎么样才是最合适的。看着儿子一脸惊恐与后悔的表情，他蹲下身子，摸了摸庄继业的头，轻轻地说，儿子，你是对的。说完这一句，他顿了顿，又补了一句，但你知道你自己又是错的，你能懂么？

儿子庄继业怔怔地看着他，脸上布满的后悔和惊恐像大风卷过湖面的波澜，无声却充满深深的挣扎，但，他一句话也没有说出来。

从公交车上下来，庄守城与庄继业迎来了他们的小客人，但庄继业说，这不是小客人，是小主人——一只流浪猫。也不知道是跟谁上的公交车，在庄守城父子俩上车时，它在了，等他俩下车时，它跟下来了。庄守城问司机师傅，是不是他家的猫，司机说不是。于是，在它跟下车时，庄继业把它抱在了怀里，今天是大年初一啊，怎么会无家可归呢，走，跟我们回家！

吃完晚饭，两个人坐在电视机前，看电视，正好是《动物世界》的春节特别节目。这个节目父子俩都喜欢看。今天白天刚去了动物园，所以，看起这个就更带劲了。

节目主题是狮口脱险，都是小动物们从成群的狮子嘴里逃脱，有小斑马、小野牛，还有麋鹿、豪猪，甚至还有狒狒。从节目开始到结束，庄守城与庄继业都不约而同地站在弱者的立场，每次看到有动物即将进入狮口时都为之惊呼，为小动物捏一把汗。好在，好在，节目里，它们或是被救或是自救，最后都脱险了。

例外的是，节目的最后，有一只大野牛，被成群的狮子攻击，被赶到河里，时间被拖到深夜，这只野牛从河里精疲力尽地返回岸上时，被狮子群攻而终于落入狮口。解说员说这只野牛已经与这群狮子对战了一天一夜，野牛的大部队也都撤了，它的力气也耗光了。

看到这儿，庄守城说，儿子，你看，这些狮子也是饿了，所以，拼命地咬。

庄继业说，它们太可恶了，老是吃其他动物！太残忍了！

他的眼睛盯着画面，嘴上说，它们的牙齿全是尖的，尖牙利齿，一副凶狠的模样，真不是好动物。庄守城的眼睛却没有在电视上，而是温和地看着儿子，和缓地说，可是，它们也是自然界的一种动物，看它们吃小动物真的很可恨，居然把那么可爱的小动物咬碎吃掉了，那么小的生命啊。可是，儿子，可是，庄守城又顿了顿，接着说，可是，儿子，如果它不吃其他动物，它吃什么呢？它怎么样才能活下来呢？

哼！它为什么不吃草！

儿子，其实吧，这世间万物都是有灵性的，即便是你吃的素菜也一样，草也一样。你看，青菜长着长着，叶子长宽变长，你看，丝瓜的藤蔓，一点一点向上爬，在爬的时候，你若在边上给它支一根竹竿，它就会借道竹竿向上。你想想咱们晚饭吃的冬笋，过了冬天就是春笋了，春笋一个劲地长，可以攻破泥土，可以顶破强压着的石块向上长，遇到障碍还懂得绕开长。你想想，它们难道就没有灵性么？它们一样有眼睛，有鼻子，要呼吸，要生长。

说完这一句，庄守城又回到原题上，你说狮子为什么不吃草呢？为什么呢？所以，这就是大自然的安排，你十三岁了，读过很多书了，狮子这类动物只不过是处在食物链的顶端罢了。所有的动物需要吃其他小动物，所有的动物都有自己的天敌，这就是平等的世界。你看，老鹰要吃小鸟，小鸟要吃虫子，虫子要吃比它更小的虫子，对不对？

不对，爸爸，你刚才说所有的动物都要吃其他小动物，这是错的！很多动物是吃草的！吃草的！你看，牛、羊、长颈鹿这些。

噢，你说得也对，可是，你知道为什么有些动物吃草，有些动物吃肉么？这也是大自然的安排。吃草的动物就是给吃肉的动物吃的，而且吃草的动物存活率高，食肉的动物存活率低。你看电视上，总是黑压压的一大群一大群野牛野马在那里奔跑迁徙，而狮子呢，总共就那么几只，数量上永远是不对等的。

那是为什么呢？狮子老是吃其他动物，又没动物吃它，它怎么没有越来越多啊？

不会，因为狮子的存活率很低，一窝生下来三四只，可能只有一只能活下来，也或许一只都活不下来。

为什么？

这个为什么爸爸也不知道。爸爸只想告诉你，人吃肉，猫吃鱼，这世间的生活就是有他自然的法则存在，爸爸杀鸡杀鸭不是杀生，那是工作，是爸爸谋生的手段，这你知道，但爸爸不是杀生的人。我们养起鸡来养起鸭来养起鱼来是

浮生感　203

为什么，就是为了给我们人类吃，这也是一种生存法则。所以，你今天在动物园做的是对的，但……一边说，庄守城一边润了润喉头，顿了下，说，但，又是错的，你能明白么？

庄继业没有立即回答庄守城的话，没有肯定也没有否定，他的表情平静，微风过后的涟漪似乎也淡了。很长一段时间后，他才轻轻地嗫嚅了一句，其实，昨天我看见狮子那么瘦是有些可怜它，但我买鸡时发现小鸡更可怜，它不仅一直在那里被冻得发抖，还有随时被人买走喂狮子的危险。

大年初一的夜晚，鞭炮的声响，零零星星，远远近近，还在提醒着是新年的第一天，但与除夕夜相比，已经显得落寞了。庄继业没有再与老爸聊下去，这个话题说起来总让他不开心，算了，还是去看看家里的新主人吧。

他给它取名叫大卫。这名字庄守城问过他，说中国人的猫什么名字不好取，为什么非要取个老外的名字，是为了洋气么？

庄继业认真地回答，爸爸，你知道幼儿园的时候有一本绘本叫《大卫，不可以》吗？

庄守城说，哟，好像是有这么一本书，说大卫太皮了是吧。

庄继业说，嗯，我一直记着，我就是叫它注意素质，在家里不能太皮，不能捣乱。

这么一说，庄守城就笑开了，心里想，这个儿子也还是蛮有幽默细胞的。临睡前，父子两个给新主人再添了些好吃的，然后又给它铺好了床铺好了被，庄继业用他穿不着又舍不得扔的裤子和衣服给大卫垫了一层又一层。

大年初二的天空一片蔚蓝，真是像洗过一样。庄守城一大早就去了医院。这一天的医院也像澄碧的天空一般空空荡荡，真幸运，取的号居然是第二个。一直听人说医院挤得不行，一大早去排队，中午都不一定能看上。今天倒好，要看病还是要会择日子啊。庄守城心里高兴啊，只是高兴的劲儿刚刚冒上头，马上就被医生扑掉了。

伸出去的这只手把医生吓了一跳，在得知情况后，医生也傻了，说这工作不能再干了，再下去，这手非废不可。最纠结最疑惑的是拍了片却硬是没拍出什么来，医生说，你这手估计得去做磁共振才行，看看具体是不是骨骼炎症，不要是骨节里面有病变了。这么一说，庄守城被吓了一跳，他心里直后悔，早知道还是不来医院就好了，不来也没什么事，最多有点痛，能忍就行，一来医院，没病成有病，小病成大病，吓都要被吓死。

药配了一些，但医生的意思这药估计不会有太大的效果，挂水消炎是必须的，但首要问题是要查出病因，只是做磁共振要排队，估计最快也要半个月后才能轮上。这样一来，刚刚好，庄守城心想，磁共振要好几百块呢，排队要排

浮生惑 205

半个月，他就立马跟医生表示，那就到时再说了，拿了药就走。

在走出医院的大门前，他又折了回去，倒不是折到刚才看病的医生那里，而是折到了医院的人事科，因为在步出医院大门口时他发现了医院张贴的一张招工启事。

回到家的时候，已经是中午十一点多。一进门，庄守城就吓了一跳，家里乱得一塌糊涂。鸡飞狗跳一般，桌子上，地上，全是乱糟糟的一片。庄守城的第一反应是家里进贼了，才大年初二啊，这帮人也太嚣张了，中国人讲究喜庆啊，讲究不出正月不伸手，不出正月不做凶事啊，怎么会这样呢。要偷也不该进这样的门啊。

晦气的话先不说，找儿子要紧，儿子有没有事。连喊了几遍庄继业，庄继业都没有应声，庄守城心里一沉，三步两步从阁楼爬上天台，这是儿子每天的去处。

果然，庄继业正在上面。庄守城的心放了下来，叫了声儿子，正要说下去，庄继业转过头来，庄守城惊了一下，这是他见过十三岁的儿子表情最狰狞的一次。这次他的儿子既没有站着看远处的五星级酒店，也没有看天上飘忽不定的云霞，更没有给鸽子和麻雀喂大米，他一只腿蹲着，一只腿跪着，一只手掐着大卫的脖子，另一只手正猛力地拍打大卫的脑袋。大卫呢，也正冲着他露出尖牙利齿地惊叫，似乎准备着殊死一搏。

庄守城一下子吓坏了，大叫，儿子，你这是怎么了，怎么了呀？

庄继业还没张口，眼泪就喷了出来，他叫了声，爸，大卫，大卫把我的小吉吃了！！一说完，手下却软了，大卫趁机窜过平台旁边屋顶的瓦片，不见了踪影。

下了天台，庄守城到厨房的水槽里一看，果然，这条被儿子取名为小吉且养了大半年的鲫鱼已经只剩下一副骨架。他叹了一口气，唉，这猫也杀生了。

看着庄继业还在一边哭，他也不知道该怎么安慰。他先一样东西一样东西理起来，为了抓猫，儿子庄继业就差没把屋顶掀了。该怪谁呢，他也不好说。其实关于杀生的问题，自己想过很多次要跟庄继业说，可是怎么说都还是那些个生硬的说法。自己虽然也读过初中，上过高中，最后又回归到农民的队伍里来，但很多东西还是不了解，讲不清，也说不透。眼前的事情又该怎么跟他说呢。

按以前的性格，家里闹成这样，庄守城非把庄继业暴打一顿不可，可是这天的庄守城没有骂，一是这还是大年初二，大年三十的不愉快还没有完全消散，不能老这样，再者便是，这个杀生问题一直是儿子庄继业心中的结，这个结只有他能帮他解，但是否能解开，庄守城心里也没底。全部收拾完毕后，他拉过儿子庄继业，捏着他的小手，轻轻地说了一句，儿子，你是对的，但你又是错的，你懂么？

庄继业的气没有完全消散，他从嘴里嘟哝出一句，声音却是硬的，又是这句！又是对的又是错的！

庄守城知道庄继业还不明白，于是说，凡事都应该从正反两面来看，虽然爸爸也说不明白，但有一点是确定对的，那就是我们养鱼没有错，我们收养大卫更没有错，但我们错在不该同时养它们俩。

为什么？噢，噢，这个，好像……庄继业貌似醍醐灌顶。

你看，爸爸昨天说过，人吃肉，猫吃鱼，狗啃骨头，这是自然规律啊，你让冤家对头住在一起，总要出事的。再者说了，猫也可以算是鱼的天敌了吧，鱼在猫那儿就是弱势了呀，它怎么吃猫呢？

它永远也不可能吃猫！

那也不一定，如果猫掉进了河里，这时河里的鱼就可以吃猫。

庄继业想了想说，好像，好像有点道理。

庄守城接着说，事实就是这样，有天敌，有冤家，但谁也不是必定的王者，所有人事物都是随着环境的变化而变化的。你说你觉得蛇和老鼠谁厉害？

当然是蛇厉害！

错！你看，夏天的蛇是厉害，轻而易举地就能吃了老鼠，但冬天呢，冬天的老鼠就可以轻而易举地吃掉蛇。这就是变化。但现在，犯错的并不是鱼，也不是猫，而是你和我，可是，从收养大卫的角度说，我们也没有做错。当然，真正的错是在爸爸，因为你不懂这些道理，爸爸现在在说的时候好像是懂的，但没有及时做好。

听庄守城这么说，庄继业不再说话，他靠过来，靠在庄守城的身边，眼泪又不自主地流了下来，轻轻地说，爸爸，小吉是我朋友。

庄守城说，儿子，爸爸为什么会想不到大卫会吃小吉，是因为爸爸也老早把小吉当作朋友了，也把大卫当作朋友了。对了，儿子，爸爸准备换工作了，过了年，帮鱼场老板再做一段时间，等他找到接替我的人，我就换。

啊？庄继业的眼眶里还噙着泪水，但眼睛明显亮了一下，爸爸不杀生了？

庄守城伸出手刮了一下庄继业的鼻子，都说了几遍了，爸爸这不叫杀生，你怎么还不理解？爸爸只是手比较痛，也比较累，想换份工作了。

在开口前，庄守城本来想承认这是杀生，为了儿子的抗议他选择了换工作，但在说话间，他也是没有转过弯来，他也不想妥协，因为他觉得自己也没有错。

那爸爸找到了什么工作啊？庄继业一脸的急切，要知道，这个小家伙一度在放学后背着庄守城一直给他的爸爸找工作啊。

浮生惑　209

庄守城说，在医院里，给病人推车，从这个病房推到那个病房。时间是三班倒，工资比鱼场高，手与脚是不用天天泡在水里了，而且每个月不定期可以有一两天休息时间。

庄继业一下子兴奋起来，大叫着说，呀，爸爸，这个我知道，就是医院里有些病人躺在推车上，你就是边上推车的人，你也穿着白大褂，噢，不对，好像是蓝大褂。哎，爸爸，你说，你这是不是就属于救人了啊。

庄守城没有吱声，儿子庄继业的脸上绽开了花，他正自言自语着，以前是杀生，现在是救人，真好啊！

看着儿子庄继业破涕为笑的样子，庄守城也笑了，他一边笑一边站起来转过身走到厨房，悄悄地把鱼的骨架丢进了垃圾桶。儿子庄继业不会知道，他马上要到医院上班的工作不是把病人从这个病房推到那个病房，而是把刚刚咽了气的病人从病房推到遥远冰冷的太平间。这个肯定不算救人，但他记得有个词叫救赎，只不过这到底是不是救赎，说实话，他也不知道。

华 盖

去石佛小院的路上满脑子咀嚼的都是母亲的话。

五年前母亲就说过一次了,这一次不过是重复,但语气是决绝的。于是,他似乎一眼就能看到毛骨悚然的场景。孩提时真真切切地见过,浑身乌黑,被人用担架抬着,疯似的冲进卫生院,十几分钟后又被抬出来,抬的人手心里积攒着一层又一层的汗,脸上乌云翻滚,眼里血丝交错,最后他们一系列的焦躁,在人抬进祠屋后,终于成为一只只放了气的球,刚才铆着的劲,全空了。人安详了,睡着一般,只是脸黑得像五官上泼了墨。墨汁边上沾染了无数人的泪。

躺着的人随时可以变成母亲。

他吓了一跳,穿城而过的路上,人流车流正攒着劲闹猛得像蒸笼里此起彼伏冒出的气儿,母亲的声音却是从冰窖里传出来的,你要再离,上午离掉,我下午就喝药。

原本没想过要告诉母亲,但上一次的阴影把母亲罩了个圆,母亲至今没有走出来。圆心里的时光蹒蹒跚跚抖抖索索,间或夹杂些鼻涕眼泪。说到底,离就离了,怎么可以把我的孙子给人家,孩子不是你一个人的。

谁说是他不要呢，还不是怕她想不开。她说如果孩子不给她，不是鱼死就是网破。鱼死网破他不怕，怕的是鱼真的会死。那样，孩子就没妈了。所以，即便把孩子给了她，至少，父母还是双全的。但母亲不认。你这是事后通知。就为了这四个字，母亲跳了车。医院里躺了两三个月，骨头算是接上了，破皮伤肤的也结了痂，但伤一直在母亲的心里跳跃着，时不时地跳出来提醒她，也提醒他。所以，这次，他犹豫了一下。

日子怕是真的过不下去了。他也是不明白，走着走着，怎么就又走到这个岔路口了。上一段还走了七八年，这一段才走了四五年。暗夜里，他也不止一次地想，到底是哪里出了问题，想着想着就迷糊了，感觉自己走进了沼泽地。慢慢地陷进去了，慢慢地拔不出来了，慢慢地沉下去了，慢慢地要窒息了，慢慢地冒了几个气泡。婚姻都是这样吧，远看着湖光山色风景大好，走近了才发现沼泽淤泥却已抽离不了。

想去石佛小院的原因有几个，一是真的想看一眼石佛。

这个叫石佛的小院，其实并不见石佛，据说这石佛早在百年前就沉入了小院门口的河里。深几十米，找到它，需要潜水下去。当年这尊石佛大有来历，但于他而言，只记得有求必应这一条。找到它，见一见拜一拜，不为了婚姻，婚姻就算了，一个人过最好。所以，只为了在事业上有点起色。

几乎与这段婚姻的时间节点是同步的，婚姻走得斑斑驳驳，跟跟跄跄；工作倒是四面叫好，谁都为他的拼劲点赞，领导满意，同事认可。可是一年忙到头总觉得哪里不对劲，三年后明白过来，从抬腿迈步起，屁股却成了百斤重的秤砣再没有挪过，薪水是秋冬的河流一直一直不见涨。

处处都已是边缘，虽有护栏，怎能拦得住呼啸的寒风。他紧了紧衣领，看一眼河。河面宽广，冷风跌宕，也不过是擦出点小皱纹，石佛在哪里，根本不确定。牛仔说已经准备好了潜水衣，这段时间正联系着潜水员和省里的电视台。牛仔的图景很宏大，他的目标是把石佛打造成国家5A级风景区，现在他自鸣得意地打造了自以为是的2A。

一A就是石佛小院，小院里开了个书画廊和金厨房，既古色古香诗意盎然，又青翠葱茏满院留香。只要前来考察石佛的，都可以免费在金厨房享用一顿大餐。另一A是马场，牛仔在内蒙古想方设法弄了几匹高头大马过来，圈在河边。

说是马场，其实不过是方圆不超五亩地的几块旱田。他戏谑，让大草原的马窝在这巴掌大的地里，怕也是这些马的噩梦了。

牛仔哈哈大笑，抬起头，手指向对岸，你看看灵清，大五星酒店就在那儿，这地儿也是寸土寸金，大草原有这么金贵啊？

有道理，只是千里马在意的是金贵么？

有道理，只是我在意的是千里马么？

他见过那几匹马。尤其喜欢纯黑的那一匹。头细颈高，四肢修长，皮薄毛细，步伐轻盈，跑起来，马鬃甩起，似乎随便一跃就能跃出围栏。牛仔说，这是汗血宝马杂交的种，相当于千里马，力量大、速度快、耐力强。当年，城管在市区里开着车追硬是没追上，如果不是怕马伤人，他准备跟他们下战书。

这事儿牛仔是得意的，他是第一个在城市里养马的人，为了这个伤脑筋的事，市里十几个部门坐下来商量对策，从法律到民情，协调来商量去，弄了个把月，也没个主意，最终牛仔看到城管送来的锦旗"种桃种李种春风，养马养草养正气"一下子想通了，出出风头在一时，毕竟养马总不是为了出风头和对抗，而是为了自己想过的生活。那天站在书画长廊下，腰阔膀圆须发冲顶的牛仔居然意气风发地吐了一句，如果要说对抗，也一定是对抗日渐俗庸的自己。这一刻，他不自觉地寒战过身，粗人牛仔，突然间陌生得很。

他去过马场，马厩的空间逼仄简陋自不必说。草场只有几千平米，马厩几十个平米，几匹马紧挨着，初看是耳鬓厮磨，再看便是挨肩并足互相拥挤。去的那天，牛仔正手脚并用，使着劲在绑高并加固马场的围栏，一边加固一边说，来得正好，帮我车上拿点东西，得把黑马的缰绳换一根新的。这一说，他的目光一下子被牵到了黑马的身上。

黑马孑然独立，貌不合群，一副桀骜不驯不屑一顾的样子。它眼神锐利，长长的睫毛下，瞳孔里射出剑一般的光。看见他走近，脚一退，头一仰，一声长啸。那瞬间，他感觉自己的身子连同整个马棚都抖了一下。

就是这一瞥，他突然就喜欢上了它。但黑马歪过头，侧过身，蹄子摆动，露出后面的大长腿。牛仔说，这货粗暴，你离远点。

他莞尔，这不是粗暴，这是个性。人就得有个性。想当年，自己找工作也是这家挑那家拣，验着这家的厚道那家的薄情。其实许多东西他都不在乎，在乎的是情和道，用情真了，道相同了，钱多钱少无所谓，老子为你替死卖命。而真要被伤了心，给再多的钱撂挑子也是分分钟的事儿。只是这一切，如今想来，似乎只是某个夜里的烛火，明暗不定，恍恍惚惚。

偶尔半夜或凌晨，牛仔会叫上他吃夜宵，不是撕扯着要冲进草原吃肥羊，就是叫嚣着要喝顿大酒走四方。在牛仔的豪言壮语里，他有些不耐烦，大半夜的，不要吼了，夜宵也算了，牵出你的黑马，我要在市区跑上一圈。

他就是这样真正与黑马结识的。

与黑马结识后，他在床上躺了一个月。这一个月无风无雨，世界太平，除了喝茶看报玩玩手机游戏，还剩一点点小欢喜的龇牙咧嘴。牛仔来看过他三次，脸上挤满了歉意的笑，说，让你拉紧缰绳你不拉让你踩紧马镫你不踩。他笑了，纵是好马，当然得有脾气。这个月里，他向单位请了假，身体不好是最好的理由。至于婚姻，随时都能抵达终点，所以，也就没有人在乎终点前会有什么风景。他竭尽全力地让自己失心缺肺。于是，有那么几天，他甚至都忘了自己是住在几百块一天的酒店里，牛仔说，这算什么，这个钱我出，我的房子已经卖了。

他不相信自己瞳孔里的牛仔，把一脸的惊诧递过去。牛仔则江山在握笑容可掬，递过来一份晚报，头版头条居然是牛仔的照片，标题是：八〇后小伙要卖房环球旅行，志同道合者便宜十万。

找不到志同道合的人，所以，这十万也没便宜出去，那就给你付一个月的酒店钱好了。

伤筋动骨一百天，好在只是被马踢了一脚小摔了一下，个把月后就能走动了。这个把月里，他总算在脑子里构思了一个作品，但具体到落笔，却头绪万千，飘飘忽忽像是落不了地的云。自从到这单位上班，他几乎没有再写，用牛仔的话说，便是好端端地把一身文气给丢了。时间一长，他真是感觉笔生疏了，灵感也枯竭了。为了单位的事披着星戴着月，怎么办呢，写作在领导看来是不务正业的事儿。

回到家取套衣服，一屋子的凌乱又躁动在眼前。前前后后从阳台到厨房挪了挪身，打开煤气灶，点上烟。烟雾里，窗外天空狭窄，窗内环境逼仄，空气里弥漫着一股互不搭理的味道，这种味道，让他感觉是处在一只巨大的冰柜里，又冷又窒息。他掐灭烟头，骂了自己一句，妈的，居然还敢鄙视牛仔的马！看着冰冷狼藉的厨房，还有厨房外杂乱的几十平方，真真切切的梦一场。

好像上一场还不是这样。上一场是儿子突然横亘在两人之间，似乎不经意间改变了这个世界。两个人变成了两个家庭，两个家庭又成了两个家族，烽火熊熊，不知道是怎么起来的。印象最深的有两次。一次是儿子得了败血症，上吐下泻，连续几天高烧不退。医生轻描淡写，用药却丝毫不见效果。几个人惶惶不安。母亲更是被吓坏了，提出给儿子弄下迷信。由于租房背靠医院，母亲的意思是晚上让孩子回家睡，烧个香念点经请下神赶下鬼喊下魂，第二天早上再去医院。他当然不信这个，但还是答应了。没想到，饭后她一得知情形，看着母亲手里点燃的香和纸，她的手指沾着咆哮的唾沫，愣是不断在母亲的鼻子前肆意跳动。印象里最深的是那句，我的儿子你负责得起吗？母亲一下子手抖得厉害，老泪奔涌而出，连声认错。事后母亲很伤心，孙子也是我的心头肉啊，已经在医院了，弄一下迷信不破皮伤肤怎么就不可以呢。

这一次最后的定论是她家的睿智战胜了他家的愚昧。

后一次是这个愚昧的家庭为了孙子这次渡过劫难要去灵

山寺还愿。而灵山寺在她生长的城市。临行前,母亲带了许多自己做的腌的买的礼物,准备送给亲家。却没想到,这一家人都避而不见。母亲劝他说,没事,估计是这段时间忙。他也找了个理由来安慰了母亲。但他清清楚楚真真切切地看到了这两块大碎片里无数的细小碎片,从儿子落地起,这些泛着光泽的小碎片就腾挪跳跃着,每一片都带着锋利的棱角,虎视眈眈,直到把这个家划得体无完肤。

而这一场,有很多暖心的场景,只是没想到会如此快地转成窝火的场面。细想起来,两个人之间,凡有大事,她就从来没有听过他一次。面上似商量其实是通知。她想干吗就干吗,他想干吗不能干吗。无数次他想学她,可事到临头,他的心又软了。每有主意,聊个天,她永远不在他的点子上。他苦笑了一下,抱起脏乱的衣服一股脑儿地丢进了洗衣机。机器嗡嗡声中,母亲的话又翻腾起来,人这一辈子很短,随便将就一下就过去了。

可是既然这么短,为什么要将就呢?上一次散场前,母亲说,你要离了,我就猪狗不如了。

在老家,母亲是喜娘的代名词。开了花结了果,打得一片好天下,加上脸上永远开朗乐观的微笑以及善于无私为人谋事待物的品德,但凡村里有喜事,母亲是必定受邀的利市人,喜庆,吉祥。落到人家嫁女娶亲,婚房里走进的是第一人,铺床的是她,叠被的是她,抓第一把喜糖往外撒的是她，喝第一口酒的是她，说祝词的还是她。可是自从他离婚后，母亲结的果碎了，有一段时间，母亲天天咽着眼泪，大门不出二门不迈。有一次他妹妹问母亲为何不再去帮人家结亲嫁囡了，母亲唰一下就瞪了眼，就我这身份还能出门？妹妹不明所以，母亲便又补了一句，圆满才是利市人。自那以后，母亲逢着村人的嫁娶喜事就躲，偶有一次人家叫她帮忙去分喜糖，母亲一下子蹦出了泪，哆嗦着嘴唇说，我，我还可以去分么？

现在母亲打的天下除了山上、田里和灶头，再无其他。敲锣打鼓的热闹她再也不敢上前。这次他有了这主意后，母亲发了狠。要么死，要么从此远离老家，让我和你爸永远不要回来。

能去哪里呢？能跟牛仔一样潇洒么？说卖房就卖房，说去环球旅行就去环球旅行？

拨通牛仔的电话，牛仔似乎正在大忙中，手机里嘈杂一片，牛仔的声音像从遥远的内蒙古传过来，哎哎哎，我现在在马场，黑马出逃了，我们正在发动人一起找。

他心里咯噔一下，飞奔出门。

先是去了马场，四周检查了一遍，发现围栏果然折了一截塌了一块。他心里一惊，凭着黑马的力量和跳跃高度，这几米高的围栏不足以困住它。缺口还在，黑马不见了，而其他的几匹马就在边上静静地待着，它们离缺口不过五六米，仅仅五六米。

　　事发前几天牛仔在酒桌上说过这匹马，他说要将这匹马卖掉。原因是烈马难驯。这马买来一年多了，至今没为他赚过一分钱，每天吃掉多少不说，关键是来个朋友要骑一下，不是把人踢了，就是把人掀了。医药费已经赔了三次。这三次，牛仔给了黑马狠狠的教训，先是拴住狂抽一顿，再是拴在马厩连饿三天。只是，即便如此，黑马也没有温顺下来。全身喝得通红的牛仔狂笑着说，这匹马烈得不知道像哪根屌。

　　他心里一晃，二十多年前那个年轻的男孩一下子冲上了脑海。他披着过肩长发，去温州，背上包说走就走。在广东，路遇不平说打就打。没怕过父母，没尿过流氓，该出手时就出手。那时候，父亲拿话狠狠撑过他，生你出来也不知道像谁！

　　夜深时黑马终于被找到，是在距离石佛五里外的一条沟渠里。高高大大的黑马陷在里面，多处已经破皮伤肤，只怕还伤了骨架。黑马却只喘着粗气，并没有哀鸣。他拨开人群，冲到跟前，黑马突然低低地叫了一声。这一声一下子扎进他的眼睛里，他瞬间眼前模糊了。旁边七嘴八舌，有说沟渠太宽，有说黑马夜盲。他看了看这沟渠，不过两三米宽，不要说马，就是人，助跑一下也是可以跳过去的。他侧转身，背对着一大片的嘈杂一头扎进深深的夜色里，有滚烫的东西穿过脸颊。

　　黑马是用吊车吊上来的。整整一天一夜，把牛仔累得有气无力。牛仔说，这马太折腾了，先关个几天再说，待自己恢复点精气神，再来暴打一顿。他说，算了吧，不要再逼它了。牛仔笑着说，它算老几，我他妈的还被人逼着呢。他的喉结动了动，想说，太刚易折，堵不如疏啊，但他发现，他听到的只是口水从喉咙里滚下去的声音。

　　在随后的一段时间里，不管牛仔在不在，他几乎一有空就跑去马场。有时绕黑马而行，有时牵黑马而走。牛仔说，你换一匹马骑吧，这厮受了伤，还没复原。黑马的脾气明显没有刚来时那么傲了，从它长长的睫毛下就看得出来，眼睛里的光不见了，鬃毛也蔫蔫地搭在颈上。他买了一筐胡萝卜，牵一会儿喂一会儿。偶尔他伸过手去，抚摸它身上的毛。这时，黑马会转过头来，大瞳孔看他一眼，眼神突然亮一下。但很快，便又暗淡下去。他想，我也应该是千里马，哪怕是被抓回来，也应该有一次风驰电掣的奔跑。他没有理会牛仔，面上涟漪不动，内心却波澜起伏起来。一个胡萝卜伸出去，触到马的鼻梁，黑马呼哧一下打了个响鼻，一下就把他拉回了手机的世界里。

　　前后连接着两个电话。第一个是儿子的，刚想跟儿子分享喂马的喜悦，儿子却不听，只是问了一句，爸爸，妈妈说，妈妈说，这个月的抚养费怎么还不打。他眼睁睁地看着

华盖　　221

马背上正策马草原的自己瞬间跌入泥潭，一身的淤泥糊在囫囵的身上。一个是现任的，声音粗犷，问那两瓶五粮液是不是喝了。

离婚后，与前妻几乎没有任何联系。所有的话都是通过儿子传的。偶尔打电话过去，接的也是儿子。好歹主动联系的有两次，一次是催要曾经帮他打字录入电脑的工资，一次是索要儿子的培训班辅导费。

五粮液是个当老板的粉丝送他的，看了他的小说，有共鸣，动了情，非得请他吃饭，末了是他付的钱。粉丝非要将带来的两瓶五粮液留下。他知道，她又要去送人了。他在电话里说，为什么一定要对名利这么在意呢？这也要送那也要送，有一天你迟早会把自己也送出去。她回了一句就把他噎住了，你有出息，需要我去送礼？

上一次评职称时，他落选了。同事说，你啥礼也没送吧。他一愣，成绩摆在那里，论文放在那里，为什么要送？同事笑笑，说送礼算什么，就怕你送了都没人收呢，现在不比以前了。从那天开始，他发现有一团气在胸口鼓胀着，堵得他连续几晚没睡好。不送就是不送。要送就送自己一程，天山西藏，内蒙古新疆，扬鞭策马……可是，刚刚的电话把内心的波澜一掌拍死了，掌声激烈，却悄无声息。

几天后，牛仔请一帮人吃饭，他也在被邀请之列。电话里，牛仔激情高涨，说，钱我出，酒大家喝，你们为我饯行。

这一晚，大家喝得面红身赤东倒西歪。他也喝吐了，但神志异常清醒。在散场前，其他人称着兄弟道着别，他却不忘搂住牛仔的肩问了一句，你去环球潇洒去了，你的马呢？

骑马旅行啊。什么叫策马扬鞭，我接下来的生活就是。

他一下子愣住了，这个八〇后的男人活得实在是太率性了，想买马就买马，想卖房就卖房，想结婚就结婚想离婚就离婚，现在他要与我们所有人区别开来，现在他就要策马狂奔，环球骑行了。就为了这个，他把酒倒满，杯举头上，身体前倾，以鞠躬的姿势，说，牛仔，这一杯酒我敬你。牛仔说，你已经敬过好几杯了。不，他说，前几杯都是为了祝贺你，而这一杯，是为了梦想。

几天后，他给牛仔打电话，想确定一下牛仔的出发日期，准备送行。世界那么大，估摸着这一去，没有一年半载牛仔是回不来的。人与人，终归不一样，牛仔说，不要跟人比，别人的生活都是外面看看的，这个年头都疲于奔命，哪有那么好。外表冠冕堂皇，内里满腹心酸，谁知道。他一听，牛仔说得真有道理，是那种他妈的站着说话不腰疼的道理。

电话里，牛仔的声音压得很低，压得比内蒙古还远十万八千里。牛仔说，我已经在土耳其了，那马，都卖啦。

声音还在耳边绕着,心里却已经空荡荡的了。挂了后,再翻看手机相册,那天他牵着黑马的图片一张张扑入眼帘。有一张图,是他与黑马面对面,两两相望,很亲,很近,很安宁。图片精度很高,连马的睫毛都清晰可辨。他看着看着,忽然发现,马的眼神与他的眼神那么相似,有一种深深的忧郁,似乎正有一汪泉水积在眼眶边缘,一不小心就会蹦出来。

现在这匹马易主了,不知道主人是谁,也不知道它在哪里。这样一想,他再也坐不住,在屋子里来回兜了两圈,夺门而出。

万幸,马场还在。除了牛仔不在,其他一切照旧。

之前,牛仔问过他,说要是把马卖了,他要不要。他不置可否。这么多的马,不要说几匹,就是一匹,也不知道怎么养。牛仔说这些马一天就要吃掉一千多块钱。而且,得有人打扫马圈,得有人每天牵出遛遛,得过几天给它们洗下澡梳下毛。

那一刻,他再次发现生活里充满了麻烦。不要说马了,现在的自己就是一团糟,前妻开口必要钱,现任呢,开口不是要钱也是说缺钱,再就是把他人生的晦气数一遍。许多时候,在卫生间,在车库,在马路边,他就静静地看着狂风暴雨和电闪雷鸣在荒原上肆虐。以前实在不顺心了,他可以对儿子发通火。而现在似乎生活的每个角落都需要他笑脸相迎。有时他也烦邻居亲戚朋友，邻居买了车，亲戚换了房，朋友升了职，跟自己都没有关系，但跟妻子是有关系的，这些例子都可以成为她念叨和数落的理由。那天母亲来电话说，老房子瓦片碎了要换，墙破了得修，要跟他商量一下怎么弄。他听着电话心里就闷了，商量什么呢，还不是钱的事。半晌，母亲又说，我们不要你出钱，你爸打零工，我种点小菜卖卖，我们有钱，就是让你出出点子，得让你们和孩子喜欢，不然弄了也是浪费钱。他还是说不上话。眼下，母亲其实最希望他能再生个孩子，可是，折腾了几年，妻子却没有一点动静。妻子说，没钱生出来怎么养？母亲倒是说过，孩子是见风长的，捡垃圾都能养活。妻子却嗤之以鼻，这年头敢允许见风长？是见其他的孩子怎么长你必须怎么长。

　　避孕避了几年，不避了，给了风给了雨给了阳光，种子播进去，却如薄雨入湖海没任何反应。查种子，查土地，查了几万块，就是不破土不育苗。亲戚朋友禁不住他们的四年五年，这问那问，他都笑笑，早着，不急，养过一个养怕了，不想生了。可是冷不防的，有传言飞溅，说种子出了点岔。他冷着眼看妻子，问，医生上次说我是一切正常么。妻子不冷不热地回了句"好像是吧"。

　　他发现自己内心里慢慢地就有了一大团气，越胀越大，直到成大片望无边际的荒原。在荒原里，他横冲直撞。那天他送儿子到了前妻所在城市的火车站，看着儿子脱离他的手，慢慢走远，再也没有回过头。他望着望着，老泪慢慢地就糊了眼。回过头，萋萋荒草，疯长一片。事后忍不住问过儿子一次，为什么一走再也不回头，儿子弱弱地说，我是怕一回头就忍不住要哭。这一说，他心里一下子敞亮了，内心里产生了感谢儿子不回头的念头。因为儿子回头落的泪，会像一把刀，扎到他身上，那一定是他一个人糊下眼睛更好些。

所以，从那以后，他告诉自己，他的细腻与敏感的基因，应该也传给了儿子。所以，他或许明白他。这样一想，气便散了些，想想也不枉他曾经写过他几千篇的成长记录。

那是段什么样的时光啊？

幼儿园放学，接儿子回家，儿子在前他在后，他训练儿子跟他一起走路。跟他说，这一路沿江有五座桥，第一座桥，爸爸驮你走，中间两座桥，爸爸牵着你走，还有两座桥要你领着我走。儿子在他的故事里笑闹，每过一座桥，就停下来要给他敲背。路人纷纷竖起大拇指，生了个好儿子，你算是有福气啦！现在想来，这匆忙囫囵的半辈子，他跟儿子一起仅仅走过了一座桥。

幼儿园要推选故事爸爸，儿子自告奋勇地推荐了他，理由是"我的爸爸是天下讲故事最好听的人"。儿子神采奕奕，满堂彩的几堂课，同学们敬佩和喜欢的眼神，更是让小家伙赚足了骄傲。下课后他要走，儿子不让，非得让他留下来吃饭。他面露窘意，说我要是在这儿吃饭，你们的饭就不够吃了。儿子说我的留给你，我每次都吃不完。那次幼儿园的家长开放日，课间小家伙们一起吃点心，儿子端了一杯牛奶，死活让他喝一口，他若不喝，他便不喝。在医院挂水那次，有小贩进来卖花花绿绿的氢气球。儿子一脸羡慕，盯着看了半天，他准备掏钱，儿子却伸出小手摁住了他伸入口袋的手，说，爸爸，上次买的氢气球还在家呢。

那一段时光就掉落在记忆里。几乎是每天，临睡前他都会在电脑上敲下一段儿子的喜怒哀乐，有哭得鼻子底下吹出泡的，有扎起辫子扮女孩的，还有一次，父子俩各画上了胡子，然后由儿子取名，飘飘胡、帅帅胡、翘翘胡……QQ空间上的文字都配了图片，儿子就兴奋地问，爸爸，你这每天要写我，累不累啊。又问，你要写到什么时候呢？他一边打字，一边笑，儿子，从你出生那天起，爸爸就想好了，爸爸要写到你结婚那天，到你结婚了，我和你妈妈就把你交给你的新娘了。

可是，他怎么也不会想到，只写到了幼儿园毕业。

其实，母亲表过态，你要一个人过也可以，只要把我孙子拿回来。而眼下，不惑的年纪了，可，又有多少事是他自己能做得了主的？

憋久了，气就到处乱蹿。一会儿蹿上眼睛，变成黄斑变性。一会儿蹿到鼻子，成了过敏性鼻炎。用嘴呼吸的日子，整夜整夜地睁着眼，黑夜里一抓一大把的气四处游荡。啃着他咬着他，就像隔壁的小年轻一样不断地撞着墙，不断地折腾着床板。这三十多年前的老房子，最大的优点就是能听清楼上掉的每一颗钉子，也能听清隔壁女孩多种花样的尖叫声。甚至他能看到全真的画面，这一度让他愤怒。于是，他也奋力撞着墙，使着劲让床板发出超越女孩的叫声。可是，马上他就觉得累了。他的脑子里真的出现了场景。这种场景让他一下子散了神。女人背着他去跟男人约会，送酒后的男人到酒店。不巧，被他撞见了。女人说那不代表什么，客户约的饭局而已。那以后，他发现自己爬上女人的肚子时，雄风不再了。尤其是女人翻过身要坐到自己身上时，他一下子软如烂泥。眼前晃动的全是妻子妖娆风骚的画面。可是，现在另外一个男人的影子轻轻松松地就把他的脑浆抽干了。

　　这会儿，他恼怒的是自己了。他停止撞墙，谁没有年轻的时候。想起与前妻在一起，又想起后来，他又恍惚了，场景、姿势、女人，自己真的年轻过么？倒出一把艾司唑仑，就往嘴里塞。临近凌晨，好不容易有了片刻的睡意，楼下女人在隔壁的呼噜声里开始大声呼叫她的儿子，起来了，穿衣服了，吃早饭了，要迟到了。前前后后，重复无数遍，像个复读机，唯一没有规律的是分贝，时而大时而小。而不同的分贝里却随时夹杂着楼上邻居家的狗吠声。

有时真的觉得撑不下去了，若是一个人能为自己而活该多好，想吃啥吃啥想喝啥喝啥，想单身就单身，想不生孩子就不生孩子，想旅行就旅行……那次酒喝多了，被几个哥们拉着怂恿着去夜场。他死活不肯，以前是想去不敢去，现在还是想去不敢去。只是，到那里才知道，原来自己还是个地地道道的男人。那一夜，回到家里，隔壁居然死一般的寂静，他撞了下墙，也没有引起隔壁的回应。清早，在楼下叫孩子起床时，在狗叫声里他却进入了很久很久没有抵达的梦。

梦里，马场在，黑马却不在了。他绕着马场找了半天，最后才发现，在远离马厩的地方，黑马被铁链锁着，四肢连同脖子、马口，缠来绕去，动弹不得。他摸了半天，摸到一枚粗大又锈迹斑斑的锁。这锁很眼熟，很像自己乡下老房子大门上的那一把，他到处找钥匙，可是遍寻不着。他透过门缝，发现有一长线的光，但在中间生生被这锁截断了。这一惊，他又醒了。

去石佛小院的那天，路过算命先生的摊。从没想到伸手，但又怀揣着清晨的梦，犹豫再三还是忍不住伸出了手。算命先生说，忠厚仁义心高气傲，怀才不遇，华盖附身啊。一口箴言，心乱如麻，关键是急着牛仔的事，他没有逗留。回转后，他特地去买了一本四柱预测的书。人生四柱，生辰八字，星宿轮回，神煞临位，果然，自己是华盖一路相随。

从孩提时代，直到落幕年头。这样看来，即便是潜水下去找到了石佛，也未必就有转机了。

有过几次接触，知道是牛仔的朋友，看马人认识他。他惊喜着，咦？牛仔不是说马都卖了么？
是要卖呢，但价钱谈不好，马太多，一般人也养不起。
一匹马要卖多少？
价格不一样，一般从三万到八万。最贵的是那匹黑马，十万。听说已经谈好了一家，还在磨价格。因为这马性烈不让骑，光养着费钱，只有有钱人才能买得起。不过，听说要养的那个主已经在焊接马场了，说是把马场的围栏固好，再付钱接过去。据说，那个马场再高大的马也跑不脱，全是铁栅栏，十几米高。

他一惊，看来这一次黑马是确定要搬家了。看马人说，去那里，这马也算有福气了，有钱人肯定好吃好喝供着，到时比人还自在。

他没有回声，任看马人顾自说着。半晌，他在心里回应了一下，黑马确实是马场里最好的马，牛仔是有眼光的，跟自己一样有眼光。晃着晃着，心情无端地有些低落，于是，他只是在马圈边上走了两圈，然后又绕着围栏转了两圈，仔细地看了看围栏，看了看黑马，然后从口袋里掏出一包烟给看马人，特意嘱咐他，说牛仔不在，这马都看紧了，这么贵的马有个闪失谁也负责不起。最后，他在马场边的石头上坐了会儿。阳光跑进他的眼眶，他闭上眼，想着，过两天要买两筐胡萝卜来，或许这是自己亲近黑马的最后机会了。

几天后，单位领导通知他出差，说有个急事只有他才能搞定。其实单位里的太多事，都是只有他才能搞定，因为他早已不是那个桀骜不驯的年轻人了。这也就罢了，难过的是自己忙成了狗，却冷不防背地里总有一两支冷飕飕的箭从黑暗的角落射过来，给你一大块需要很长时间才能愈合的伤。这也无所谓了。最要紧的是疗伤的药在领导手里，脸上一团和气，手心却紧紧的从不见松开。那次，单位办大型招商活动，他负责策划组织联络，写案例出点子，活动上对接政府各个部门，硬是狠狠地通宵了几晚，大半个月连轴转，人瘦了一圈。事后暗箭却此起彼伏，有说他想出风头，有说他忙个屁，还不是陪人喝喝茶罢了。他本不在意，要命的是领导似乎也有点防着他，他心里一下子就凉了。放在以前，一千次一万次也辞了，可是现在呢？所以，这会儿，他张了张嘴，想补一句能不能加点工资的话。可是，嘴唇哆嗦了半天，最终还是什么也没说出来。

妻子没有来电话，也没有来微信，这算是好消息还是坏消息他不知道。该怎么样骄傲地抬头，该怎么样谦逊地低头，他也不知道。一次次没来由的伤痕让他迷糊了一切。或许来一段安安静静的时光才是解决眼前所有不安的最佳方法了。人到中年，无为而治吧，毕竟锣对锣鼓对鼓的战争太耗精力。

打好包，拖着行李，他再次来到了马场。看马人不在，但没关系，他对马场的一切已经非常熟悉。

除了两匹小马驹，六匹大马现在只剩了三匹。看来，牛仔虽然身在远方，但依然随时控制着马的命运。那些马当然也已经习惯了被人转来转去，被人骑来骑去，被人关来关去。

他径直进了马场，再靠近马圈，解开了黑马的缰绳，先是喂了几根胡萝卜，再慢慢牵出，绕着围栏走了一圈。他抚摸着它，轻柔地，从马背，到马脖。他将自己的头靠在马肚子上，依偎着它，慢慢地又将自己的脸贴到马脸上。最后，他还心血来潮地递过自己的嘴，亲了一下黑马的脸。

如果这时骑上它，然后一路狂奔到荒无人烟的大草原，那会是什么感觉？这时他听见牛仔的笑声，你注意啊，不要再被踢了去，这马性子烈。

环顾四周，只有凛冽寒风。他大笑一声，烈马才是好马！

手一伸一落，一掌猛拍在马屁股上，黑马长啸一声，前蹄立起，一下就跃过了围栏。

仅仅隔了一天时间，牛仔就来了电话，声音急切，说黑马再次出逃,这次连痕迹都没有,现在派了很多人在找,一直没有找到,白白亏了十万块。他听着牛仔带着哭腔的歇斯底里的声音,没有吱声,心里却似乎听见一声暗沉的笑,鬼魅地潜伏着。挂完电话,他调出手机银行,拿出K令,将刚刚借来周转的十一万都转了出去。

一个月后,他又辗转到了另一个城市,忙碌着领导交付的任务。在这个月里,他与妻子通过一次电话,没有吵也没有闹,只是互相问了问情况,电话里,两人像林间的滴水叩石一样一问一答。母亲的电话倒是来过两次,问寒问暖的都是些重复的话,在母亲的絮叨里,他也便冷热交替地喔喔应着。

有些事慢慢地总会过去,不是说时间是疗伤的良药么。他学着把该忘的人事物尽力地忘掉,即便忘不掉,模糊一些也是好事。这样一来,牛仔也渐渐地游离了他的脑海。他记得,牛仔说过,人与人没法比。牛仔才是真正的千里马,而自己充其量不过是一头被套着枷锁的牛罢了。但没关系,他心里的千里马已经绝尘而去。

所以,在这个时候突然接到牛仔的电话,他着实有些猝不及防。他不知道自己该说什么,心里掠过一层又一层的惊慌。牛仔会怎么说,自己该怎么回。他站起,坐下,又站起,手机第二次响起,且再次要冲破六十秒的时候,他才摁下了接听键。听得出,牛仔的兴奋已经飘到了半空,他担心一不小心自己的手机就会被他炸开。告诉你一个好消息，黑马找到啦！他手机差点掉落，牛仔的高分贝却依然持续着，这黑马老是出逃，它不知道这是钢筋水泥的丛林，不是大草原，再跑又能跑哪儿去。这次找回来瘦了不少，妈的，还花费我不少钱，这货真是以为跑出去就能自由啊，在这年头，在这片土地上，连活都活不下去……

牛仔的声音像呼啸的台风，他发现耳朵里轰隆隆的，什么也听不见了。

莫名其妙就倒下了，不确切是染的风寒，还是什么疾恶病兆，连续几天头晕眼花，鼻塞憋闷。床上躺了几天，挂了些水，人却依然绵软无力。窗外，阵阵阴雨，玻璃上点点滴滴。他掏出手机拍了张图，写了句话，发了个朋友圈，室内室外皆阴雨。没过几分钟，母亲的电话进来了，问他怎么了，是不是又发生什么事了。他大惊，说没有没有，外面下雨闹着玩，什么事也没发生。这个老人有时嘴上不说，过段时间会旁敲侧击问这问那。第一桩婚姻里，已然千疮百孔，她仍然坚决反对他离婚。只要他们两个好，她任何事都可以接受。在劝他不能离婚时，她跟他说，前几天我给她打电话了，她在电话里叫我妈了。言语里像小孩子一般，满是欣喜和兴奋。那一刻，他犹如咽下了黄连。而现在，她更是注意着风吹草动，偶尔也让父亲来个电话，故意说些漫无边际的话，然后言里言外地说儿媳妇有多好，话里话外又说一辈子很短，啥也别计较。

挂掉电话，他火速打开微信，发现已经有很多人回复，有调侃的，有关心的，他手忙脚乱地赶紧删了这一条。已经很久很久不发朋友圈，他知道，越是很久不发就越不能发了。因为盯着的不仅仅是母亲。你的喜怒哀乐跟任何人无关，但又跟很多人有关。

拖了几天，单位明显催急了，于是他不得已拖着病身风尘仆仆地往回赶。但下了飞机，他没进市区。

尽管是抱着可能见不到的心态，但真的看到马场的凌乱和破旧时，他的心里还是很吃惊。马场里已找不到一匹马，心中的黑马更是遍寻不见。才几个月工夫，围栏已经断的断，残的残，塌的塌。噩梦成真了么？这他妈的太像生活了，好好打理不一定能精致，但要想糟糕真是分分钟的事儿。

回转身，却与看马人对个正脸。他急切地抛过去闪亮的眼神，问，你知道黑马去了哪里？

看马人倒是一脸素淡，牛仔卖了，卖到哪里我也不知道，好像是以前说的那个老板，也可能换了一个更大的。他的眼神一下子暗淡下来，叹了一口气，纵然是能跑千里的高头大马又能怎么样。对了，牛仔呢，有回来过么？

没有回来，只来过电话，说价钱谈好了，老板来时，让我帮着装车。

他悻悻地，从喉咙里努力地吐出一口气，这口浑浊而沉重的气，在他胸口徘徊久了，此刻却有着冲向天空的冲动。唉，做人还是牛仔舒服啊，想环球旅行就环球旅行。

环球旅行？他母亲不是得了重病，送去了北京的医院么？这不，之前他卖房卖马，应该都是想着凑钱送医院吧。这孩子，看看风光得很，也是折腾的命。看马人边走边说，顾自挪开了步。他的手里以前牵过马，现在变成了两只羊。羊咩咩地叫着，慢慢消失在了水草般的炊烟里。

他有些吃惊，远处，没有牛仔，马厩也是空的。有那么一瞬，他陷入深深的怀疑，怀疑这里出现过大碗喝酒大块吃肉，叫嚣着与城管对着干，要跑遍全世界的牛仔。怀疑这里出现过一匹乌黑英俊昂首长啸一跳就能跃出围栏的高头大马。但他依然相信牛仔一定有过环球旅行的想法，他想干敢干，他不是尿货。

所以，他不敢确定，看马人说的是不是真的。掏出手机，他输入了牛仔的号码，连打了三个，都没有通。

他不会知道，牛仔确实带着母亲环球旅行了。前半程旅途母亲笑着坐牛仔旁边，后半程旅途母亲安静地待在了牛仔的包里。

离　岸

　　这一年的冬至，雪来得有劲道，马路上厚得一踩就没了半个裤管。但还是没挡住秦浇水。

　　进门第一件事是脱掉大棉袄，露出一身耀眼的红。每年都得像第一年一样。阳光灿烂。在门边的镜子前转了个身，照了又照，头发往后拢，昨夜新染的头发有着明亮的光泽，植物的馨香还弥漫着。

　　哟，秦阿姨来了？有人叫出了声。

　　秦浇水转过头，顾盼生姿的模样，嗔怪着，要叫姐姐。

　　嗯，姐姐好。

　　秦浇水从口袋里掏出糖，一把把散开去。从这个办公室到那个办公室。大家的目光都聚拢来，脸上满是羡慕和嫉妒。倒是一个面生的姑娘说了声，咦，姐姐拍照就一个人么？

　　秦浇水倒笑得灿烂，是啊，这几天老徐出差啦，但不管他在不在，咱这么喜庆的日子不能变，对吧。

　　是啊，纪念日嘛。大家都知道。

　　大红的背景下，前台的几个字鲜艳异常：××市婚姻登记处。底下还有一排字：××××年××月××日。月日都几十年如一，变的是那个年份。一晃二十多年了。时光催人老啊，好在，纪念日不老。秦浇水笑着，说，你们这里的工作人员哪，没有一个有我的时间长。话一转，她又补上，你们要换班换岗，只有我，不用。

这倒是。不要说人员换了一茬又一茬，就是婚姻登记处都换了五个地方了。一开始在朝阳桥头的民政局大楼一楼，接着又改到了通畅路的交通银行边上，后来又到了青春路的青春宾馆，以及初心路与前进路的交叉口。这会儿到了妇幼保健院的裙楼。五年换一个地方，所以，秦浇水说，你们今年是不是又要折腾新地儿了？

这么一说，大家都笑。笑完，收起手机，说糖吃着，高兴着哈。然后往侧边走，走进离婚登记处，也给大家散了糖，说，谁还没个吃饭噎着，吃鱼卡刺的时候。人生苦短，凡事别计较。

话一搁，糖一分，也不冲谁打招呼，转过身再回到大门边的镜子前，秦浇水冲着镜子里的人晃了晃脑袋，再扭了下身，走啰。留下身后离婚处的人目瞪口呆，结婚处的人一脸羡慕。活得那叫个滋润。

出了门拎上门口的大袋子先是上了趟山，送了一些菜到庙门口。下雪天，山上的人要弄点菜不容易。下山回了头，就直奔朝阳桥头。

朝阳桥头是一定要去的。那地儿是和老徐的第一次。那时两人都傻，拍个证件照，你坐你的，我坐我的，摄影师说头靠近哎，秦浇水脸上一红，象征性地一靠，身体却没有挨过去。所以，老徐在后来的日子里每每看到这照片就说，有多爱我，看看这张照片就知道。秦浇水却自带撒娇式的强势，说我们的人生里，你给我的是水，我给你的是空气。

那时的朝阳桥，只有四五米宽。晴天一身尘，雨天一身泥。老徐骑着自行车带着秦浇水过桥，人多路颠，秦浇水差点倒了地。老徐一个转身抱起，弃了车直走。他们把羡慕的目光从桥上一直引进民政局的一楼。把证领出来，两人才回想着万一被父母知道怎么办。老徐说，还能怎么办，反正生米煮成熟饭，他们爱怎么拌就怎么拌。这时的秦浇水才一头扎进老徐的怀里，甜得汁液满溢。

哪对父母能拗过孩子呢。但这偷偷摸摸的领证不作数。于是，第二年，还是朝阳桥头，老徐与秦浇水再次来到婚姻登记处。当然不用重新登记了，拍个照，当作重新登记，也便是一周年的纪念方式了。秦浇水那时便在心里落了定，以后每年都要来，每年都要拍一次。

直到婚姻登记处搬离朝阳桥头，两人又是打电话又是问人，最终找到通畅路。这一晃啊就是好几年。到通畅路的时候，照片里的两人变成了三人。哎哟，徐小巧那小嘴嘟得，一脸的不愿意，哭哭啼啼。转眼又笑得没了眼睛，那小脸胖

离岸　239

得让人真想捏一把。负责拍的姑娘顺了颗糖到嘴里,然后唰一下抱起徐小巧,脸就贴了上去,嗯嗯嗯,沾沾喜气,我以后若是结婚了,也要生个这样的俏娃娃。

小巧迷她们,她们也让徐小巧入了迷。徐小巧每年最盼望的日子有三个。一是过年。二是生日。三便是老妈秦浇水和老爸徐永成的结婚纪念日。在这三天里想吃啥吃啥,想喝啥喝啥。尤其是老妈老爸的结婚纪念日,除了吃喝,还可以去拍照片,可以跟姐姐们玩。一年一次。每年翻看前几年的,都能发现从胖得像猪的自己,再到脱胎换骨的自己,脸形从妈妈的圆形长成爸爸的方形,再长成一个不折不扣的美女。一年小变样,五年大变样。徐小巧说,妈,我要跟你们拍到老。又说,等我以后长大挣大钱了,我要买最好的相机给你们拍。

老徐嗤了下鼻,就你们花样多。

徐小巧记事的时候,婚姻登记处已经来到了青春宾馆。

在青春宾馆的房间里,秦浇水掏出口袋里的券跟老徐说,今晚咱们在这里免费生儿子。老徐一脸坏笑着说好好好,先开花后结果,人生大圆满。秦浇水一跳,双脚就勾住了老徐的腰。

住宾馆,对秦浇水来说就意味着免费洗澡,免费看电视,最重要的是免费玩生孩子的游戏。宾馆的床为什么那么大,设施为什么那么好,方便!

一直以来，她都想再生一个。儿女双全最好，但，不是非得要儿子，只是得再要一个。父母总要老的，就像自己，就一个。除了老徐，世上的亲人都在慢慢老去，如果有一天，老徐也走在前面，那人生该多孤单啊。自己孤单不要紧，孩子的路长着呢。让他们有个伴，有商有量走得长啊。

秦浇水连名字都取好了，就叫徐青春。男孩子可以，女孩也不错。俗点，好养。

青春宾馆里涌动着秦浇水和老徐最汹涌的青春荷尔蒙。老徐喘着气，说，谁也没想到，你们单位发的中秋福利居然是宾馆券。秦浇水也喘着气，大笑，多，多好！

几个月后，秦浇水被叫进了领导办公室。办公室主任只是介绍了下几个陌生的什么计生办领导，秦浇水就先开了口，中秋节你们什么不好发，非要发宾馆的房间券。

办公室主任一愣，说中秋节发宾馆券，是考虑到咱们职工多，中秋团圆，外来的亲戚多，可以有地方住啊。谁让你跟老公去了？

秦浇水火冒三丈，哟，你的意思是让我带其他男人啊？

几个人面面相觑，办公室主任哭笑不得，秦浇水便翻了脸，你们发了券住什么人还得由你们定啊？

券给你们，当然由你们，但你怀了孩子不能怪单位发福利啊。

秦浇水的眼泪在眼眶里打转，声音却明显轻了，你们不发宾馆的券，不就没这事了么。

办公室主任看着她，脸拧成了麻花，还讲不讲理？青春宾馆是我们的合作单位，钱收不进来，能抵一点抵一点。你倒好，给你福利你还粘上了。谁知道你是在哪里生进的孩子！

回到家，秦浇水跟老徐磨，这是个儿子，必须得生。就算自己跟单位跟那帮人杠上也不怕，你说过，开花结果人生圆满。

老徐却叹了口气，抚摸着她的肚子，柔声细语，人这一辈子，前半辈子父母陪着过，后半辈子爱人陪着过，而孩子，你终归只是送一程罢了。

那一刻，她居然怀惴进了蜜似的，暖着，甜着。好一会儿，她才说，可是，我还是舍不得。就算是送一程，我也愿意。咱俩送一程，他俩可以相伴走一生呢。

老徐就不说话了，走到阳台上，半天没回头。再回头时，浑身有了烟味。他看了看秦浇水，坐下，顿了顿，又站起，突然说，领导说这事不处理好，竞聘中层免提，单位也不用去了。

徐小巧二十岁的时候给秦浇水挣了一笔不菲的收入。

老徐说，看在钱的面子上就算了。秦浇水一下子就把水浇到了老徐的头上。老徐没有骂也没有动，他任头上的水一条一条落在衣服上裤子上,一滴一滴落在鞋面上。老徐轻轻地说,保险公司说比起人家我们家算多了,她毕竟救了人,赔偿金里还加了慰问金。秦浇水再次把一盆水泼在老徐的脸上。老徐抹了一把,与眼眶里的水混在了一起。是咸是苦,分不清。

秦浇水不同意几个丫头片子出远门,路上远不说,人那么多,谁知道会发生什么。老徐说,你捏在手心里怕捏死,含在嘴里怕化了,她怎么长大?徐小巧昂首挺胸,还做了刘胡兰式的表情和动作,说,对,所以,我必须出去,安徒生还说过呢,旅游是恢复青春活力的源泉。秦浇水一脸鄙夷,狡辩。

老徐在一边莞尔,人总要自己长大,以后我们老了,你还能陪多久?慢慢地总要她自己走,该放出去就得放出去。徐小巧一手挽住老爸的臂膀,头一歪,靠在老徐的肩上,还亲了一大口,还是我上辈子的情人好。说完,又扬起手机冲秦浇水喊,有微信,世界就在眼前。秦浇水哼了一下,乜斜着眼,一脸的醋意,宠!

现在整个世界没了。想起来,秦浇水又怪自己,她扇自己的嘴巴。一掌比一掌响。为什么说着说着就听了老徐的,说着说着就放任小巧走了。又说,每次跟小巧说,要注意安全,可就是不注意。啪啪两大耳光又落在脸上。老徐抱住她,使劲摁住她的双手,眼圈红得吓人。说注意着呢,不然，小巧的同学咋活了下来。是小巧救的她啊。秦浇水大喊起来，为什么救人的人没有好报。老徐就噎住了，给秦浇水擦眼泪的手一下子垂下，断了似的。

出市区上的高速。才一小段路，便追了尾。大巴车里哭成一团。徐小巧真幸运，她从车窗爬出来，只擦破点皮。出了车窗，她才发现，另外几个同学都还在车里。于是，她又爬进去，抱一个出来。再爬进去，把一个被压了腿的往外拉。同学哭得歇斯底里，脸成了花猫，她露了个鬼脸，真难看，坚强点。说完，她听见对面的同学大叫了一声。同学看见一辆大货车从后面追上来，轰的一下，把小巧送出了路外。

老徐说，小巧已经救了两个了。

秦浇水说，谁让她救了！有本事她救下自己啊。

老徐抱着浑身发抖的秦浇水，两个人坐在冰冷的地板上，抱了一天一夜。天亮时分，老徐看到秦浇水披头散发满脸带花地眯着了，他轻轻地说，浇水，我们可以再生一个。

秦浇水睡着了，没有回音，眼泪却唰地从闭合的眼皮中跳了出来。老徐又补了一句，哪怕没有了单位也生。

徐小巧应该从来没有想到过，自己的笑容从这一天起会弥漫在家里的每个角落。从客厅到阳台，从厨房到卧室，甚至于洗手间的墙上、镜子上，都是徐小巧的笑。秦浇水将徐小巧从小到大的照片洗出来，按不同的风格，不同的色彩，贴在不同的地方。只有结婚照她收了起来，每年一次的婚姻登记处照片，她收进了盒子。以前是两个人，然后是三个人，现在又复归了两个人。

工作人员笑说，怎么，小巧没来？嫁人了来不了了吧？

秦浇水也笑，嫁人还早哪，外地上大学呢，女孩子家没办法，上了大学还真是不一定回得来。

是啊是啊，孩大不由娘嘛。

秦浇水依旧给大家散糖，笑着说，吃啊吃啊，多吃多甜。

老徐不说话，只在一边附和，眉头皱下，又松开。秦浇水却支了支肘，愣着干什么，给大家分糖啊。喜事办到老，就要开心到老。

大家也高兴，就羡慕这一对啊。年轻人的相亲相爱算什么，看姐姐和姐夫才是真爱。

是啊是啊，今天来结婚，晚上又可以洞房啦。众人欢笑着给他们拍照片，跟他们说笑话，甚至还说两句荤段子。

老徐还是不笑，秦浇水就生了气，说大好的日子，怎么不高兴？"嫁"给我吃亏了啊？

秦浇水兴奋得手舞足蹈，还亲了下老徐的脸。老徐终于生硬地将皱纹挤在了一起。跟前一晚一样——

秦浇水在床上抱着他，轻轻地，有意无意地说了句，明

离岸　245

天还得起个早。

老徐说,怎么了?

秦浇水说,去得晚要排队。

老徐说,去哪里?

秦浇水说,明天是冬至。

老徐说,冬至怎么了?

秦浇水呼一下从床上坐起来,徐永成,你把这么重要的日子忘了?

老徐侧过身,声音却不细,女儿都没了,你还有心情做这事!

秦浇水的声音轻了,女儿没了,我也要把我的日子过下去。

老徐唰一下坐起来,你不是为你自己过,你是过给别人看!

黑暗里彼此看不清脸,但唾沫能喷在对方的脸上。有时,唾沫是剑。

秦浇水缓缓地放倒自己,慢慢地侧过身,轻轻地说,是,你不过给别人看,为什么我要生一个,都六七个月了,你把头缩起来了?如果那时再生一个,现在还能留住一个。

老徐的喉咙像被桃核噎住,再也说不出一个字。冬至到来真是冷。他也慢慢躺下,拉了拉被子,又翻到右侧,慢慢伸出左手揽住秦浇水的肩。可是,楼上楼下都知道这事了,你再去婚姻登记处不被人笑话么？

秦浇水打掉老徐的手，说，他们知道就知道了，城市这么大，婚姻登记处的人永远不会知道。其实，秦浇水的心里还有一句没有说出来，女儿小巧说过，要给你们拍到老。所以，现在不仅是自己的事儿了，不管老徐同意不同意，都得去。

秦浇水转过身又亲了一下将皱纹挤在一起的脸。登记处的小姑娘们一下子被她的热情点燃，说秦姐姐是越活越年轻，看来都是徐老师的滋润啊。秦浇水一把挽住老徐的手，转过头，说，走啰。

众人又是一阵笑。说这是入洞房的节奏啊。

众人的笑与徐小巧的笑都在老徐的脑海里，一浮一沉，上上下下。最终，老徐说不行，还是不行。秦浇水什么话也没有说，无边的黑暗里，伸过手去，摸了摸，叹了口气。

老徐说，我脑子里全是小巧的样子，全是她。

那天两人疯着似的去了那条高速公路。路已经通了，人在外边。但高速路上干掉的血渍还在，黑黑的，一摊又一摊。秦浇水靠着老徐，几次腿软要跌倒。老徐扶着她，喉结动了动，一句话也说不出来。

最后老徐自己也跪在了一边，他抱不动秦浇水，只能和秦浇水一起抱徐小巧。白布里的脸认不清五官。她完全不是可爱漂亮爱臭美要旅行的徐小巧了。

这张脸一直盘桓在老徐的脑中。老徐头疼得要炸开，睁开眼是高速公路，闭上眼是白布下的脸。秦浇水说，你还记得女儿的笑不？她笑起来很好看。老徐就一头撞到了墙上，说我不记得不记得。

于是，秦浇水就用了一个通宵，让整幢房子溢满了徐小巧的笑。

徐小巧笑了大半年后，秦浇水终于答应了老徐。为了忘掉一切，秦浇水特意选在了冬至这个至关重要的日子。

现在的秦浇水又重重地叹了口气，侧过身把右手从下面移到了枕头旁，轻轻地抚了抚老徐的脸。颧骨一下子高了。其实，就算你行，我怕也是不行了。即便怀上了，也不见得保得住。即便生下来，也不一定养得大。即便养大了，他大的时候，我们也七老八十了，看不了他结婚，看不了他生育，看不了……

秦浇水的声音很轻，越说越轻。没有波澜，就像深夜的井水一样，漆黑沉静得深不可测。

徐小巧的笑像潮水慢慢退去，老徐伸出手，抖抖索索地顺着秦浇水颤动的喉音，也摸了摸她的脸，一手潮湿的黏腻，说，我对不起你，要不我们离……秦浇水一下子捂住了他的嘴，说，想让我活下去就不准再提。老徐用力抱住秦浇水，两个人都是冰凉的。

冬至的天气，三九的严寒才真正开始。

在秦浇水看来，那句话是老徐拆徐小巧微笑的理由罢了。

人这一辈子，前半辈子父母陪着过，后半辈子爱人陪着过，而孩子，你终归只是送一程罢了。秦浇水就怒了，都是你这乌鸦嘴，送一程送一程，结果你把小巧送走了！

老徐一下子怔住，他的左手捏着徐小巧的微笑，右手握着老虎钳，钳子正咬着钉子。徐小巧的微笑就这么斜着歪着。

秦浇水把桌上的杯子砸了。吓得徐小巧的笑也啪一下跌到了地上。

清冷的夜将路上的人都赶跑了，却把秦浇水从房子里赶到了大街上。街头灯光闪烁，却没能驱赶一丝寒冷。秦浇水想想刚才，眼圈有点打糊，她搓了搓双手，放在嘴边哈了口气。抬头，边上宾馆的灯箱广告让她眼前稍稍亮了下。而心里的火突然又升了起来，只是再看了看楼面，火下去了，内疚慢慢地摇晃上来。

什么时候青春宾馆变成了如此模样？当年那么大的广告牌，那么气派的门面去哪儿了？秦浇水走进去，想再看看当年的房间，大堂里趴着的孩子却已经睡着了。秦浇水刚刚张开的嘴巴又合上。临出门，脚边踢过一张名片，捡起来，上面是一个半裸的女人。

离岸　249

推开书房的门，老徐的烟把书房里徐小巧的微笑已经熏黑了，而他的呼噜正在不断地撕碎烟雾。秦浇水的呛声响起时，才突然发现，自己好久好久没看到老徐睡觉的样子了。每天醒来，老徐不是在洗手间，就是在厨房，或者在洗衣机边上。而每天自己躺下时，老徐书房的灯还亮着。

对不起。秦浇水打开手机，画面燥热，声音刺痒。惊醒的老徐一下涨红了脸说你从哪儿弄来的。秦浇水不说话。她也红着脸伸过手，学着画面的样子俯过身去。

半天后，抬起头，秦浇水发现老徐的脸上有泪痕。他指了指柜上的书，抽下两本，翻开，里面露出一张碟片。上面是赤身裸体的女人和男人。

老徐又把书合上，转过头，把书丢到了垃圾桶。说，医院也去了，没用了，生不了了。

秦浇水关掉手机，靠在他身上，用袖子抹了一把他的脸，笑了一下，说，逗你呢，不生了不生了，再生出来咱也吃不消养了。

一年一次的拍照，秦浇水还是去。有两年，老徐没有拍成。单位总在那段时间派他出差。老徐说，单位安排的会议很重要，以前不重视，现在换了领导很重视这个会，所以，每年这个时候都得去参加。

秦浇水很无奈。直到第三年的冬至，老徐又要出差时，秦浇水直接找到了老徐的单位。单位的领导大吃一惊，说，临近年关，单位里忙得要死，徐永成却要请假。这两年也不知怎么回事，好歹是个中层干部，做事老出错，动不动要别人给他擦屁股。秦浇水被堵得一脸一身的窘。

家里没人。秦浇水直接就把老徐整理的旅行包塞进了垃圾桶。

包太大，张着嘴的垃圾桶就盯着陷进沙发里的秦浇水，她眼神空洞，手足无措。她看见自己眼前的人生一会儿深得像一片墨色的海，一会儿像扎进了一个时光黑洞，通向不可预知的黑暗里。

两个多小时后，老徐开门进来，发现秦浇水烧好了一桌的菜，脸上有些不自然，说怎么了，做这么多菜？秦浇水却笑着说，我看你包这么鼓，想来这趟远门会辛苦，以前不够关心你，所以，今天为你好好饯行。

这顿饭秦浇水一直在说着笑着。收碗时，秦浇水说，老徐，这是你用语气词最多的一天。老徐脸上的肌肉动了动，呵，是么。

半夜，卧室的灯关了。书房的灯还亮着。

不止一次了，书房的门锁住了。秦浇水进不去。秦浇水恼过，转眼又释怀了。一样的命一样的生活，谁也安慰不了谁，那么多苍白的气息在卧室，总要留点在书房。

这一夜又跟无数的夜一样，辗转，翻来覆去。想着想着，枕巾就湿了。突然像听到什么声音，秦浇水才发现自己睡着了。声响来自哪里，伸手摸了摸边上，空的。秦浇水赶紧坐起，披上衣服。

书房亮着，有一道光正从门缝里拼命挤出来。

秦浇水想回卧室给老徐拿衣服，却隐隐约约闻到了一股腥味。味道熟悉却又似乎很久远。她心里咯噔一下，来不及去卧室拿衣服，循着气味搜索。腥味牵着她的手悄悄地推开了书房的门。

老徐正左手握着下体，右手拿着纸。光亮唰一下冲进门外的黑暗时，老徐浑身一哆嗦，然后他手忙脚乱地提了提裤子，手上的纸被迅速地揉成一团，丢进了垃圾桶。

秦浇水的眼睛一下子瞪圆了。她背转身，用力闻了闻。是的，这团液体，在当年，曾经变成一个儿子在她的肚子里。

眼泪唰一下就下来了。

天刚亮就出发了。出市区，一拐，上了偏道，左冲右突。终于在一座山脚停好车，开始爬山，爬了个把小时，在山后豁然开朗的地方，一下子熟悉了。老徐把自己坐成了一个傻子，不闻不问不吱不语。高速公路上，车辆倏忽而过，有鸣笛的，有加速的，有放缓的，他们可能都看见了防护栏外的中年男子，他先是跪着，然后又坐着，后来又跪着。

几个小时后，他才起身，开了车转到了市郊。阳明山墓园。在一座墓前，他把这一天的光阴都坐没了。天黑时，他从口袋里掏出一封信，读了几句，就读不下去了，然后倒在墓前，侧着身子，像个流浪汉。流浪汉最终哆哆嗦嗦地掏出了打火机。

秦浇水把老徐的行踪全程摄进了双眼，如果不是老徐背上那个沉甸甸的包，她一定会冲上去，狠狠地抱住他。

这次婚姻登记处是去不了了，第二十八个年头，终于出现了空白。就像一场马拉松，一开始是一个人，然后路上找到一个，两人并肩前行，跑着跑着又多出一个人。一段路后，一个突然就不见了，慢慢地，另一个也掉了队。到现在，复归到一个人。终点还没到，却一眼就能望到头。这个时间点，老徐的方式让秦浇水醍醐灌顶。

这一晚，秦浇水没有再管老徐，顾自回了家。

连续一星期，老徐再没动静。过去两年的冬至后，最多三天，老徐就会回来，这一次，却似人间蒸发。

秦浇水没有主动联系，书房一见，秦浇水想死的心都有了。该做的自己也做了，还能怎么样。一个女人多少还是要点面子的。

原以为那天晚上回市区，他便会回家。可是，现在似乎一切都超出了自己的想象和控制。照没拍成，人已不见。无边的夜色轻易地就把白天给吞没了。

慢慢地回想琢磨老徐出走的前后。秦浇水开始有些恍惚。想着想着，那种味道突然又弥漫上来，把她团团围住。秦浇水发疯似的跑进了书房。

垃圾桶里的所有纸都被倒了出来，秦浇水把每张纸都贴近鼻子下，闻了又闻，嗅了又嗅。

终于她找到了那张被揉成一团的纸，她慢慢地抻开，抚平。上面一大团深色而潮湿的痕迹还在。浓重的腥味，熟悉的味道。

秦浇水瘫坐在地板上，泪不由自主地滴在纸上，滴在那团潮湿的印迹上。过了半天，她再次把纸贴到鼻子底下闻了闻。她深呼一口气，仔仔细细地端详起纸上的这片痕迹。也就在这时，她才发现这纸上写满了字，工工整整，从上往下。

色不异空，空不异色，色即是空，空即是色……不生不灭，不垢不净，不增不减……无眼耳鼻舌身意，无色声香味触法，无眼界乃至无意识界，无无明亦无无明尽，乃至无老死，亦无老死尽，无苦集灭道，无智亦无得……

老徐的字迹。那么熟悉。

两天后再次见到熟悉的字迹，是在签收快递的时候。

里面也是一张纸，从上往下，工工整整。

我去过无数次车祸现场，见过小巧无数次。挥不去了。

我再也提不起任何生孩子的兴趣。不是兴趣，是能力。

不仅生孩子，其他所有事的心劲都没了。

这段时间在抄读《心经》，终于知道该怎么做。

……

瓦长青草，屋檐漏风，梁柱斑驳。是个破庙。没有其他人。从这个庙门口望下去，正好可以看见那个点。

秦浇水就是用冬至的前半天躲在这个破庙旁目睹了老徐呆若木鸡的一上午。

现在这个叫徐永成的人成为了这个庙的主人，他念完经，抬起头，对站在门边上的人说，我现在的法名叫无得。

秦浇水转过身，泪在眼眶，奔跑，下山。

老徐缓缓地将庙门推上，额头抵着门闭上了眼，好一会儿，才睁开眼转过身，一步一停，终于走到庙后破败的厢房。进了门，他侧身从边上柜子里掏出一只泥盆，盆中间是一个尚未干透的小泥人。他就这么看着她，静静地端详了良久，接着他翻了下包，于是一只针管从他的手臂上扎了进去见了红。这一管红又慢慢地被注入了小泥人的体内。一下子，他就听到了小泥人的笑声。

如果再来的话，她会不会发现菩萨身边多了个小童女。这么一想，他脸上也微微漾起了一点褶皱，不过，很快又没了。

女儿的笑容再度在卧室绽放。而结婚开始到现在的婚姻登记处的照片——在客厅亮了相。

每天回家,她会去看一眼。看她的调皮,看他的笑。一年年的时光也就是几场日出几场雪罢了,时间能杀死一切,平复一切。谁也不怪,每个人有每个人的命。有时她也会多买点菜,送到庙门口。

这天买菜回来时,听物业说对门的楼房卖掉了,价格达到了三万一平米。秦浇水就想到老徐曾经提出过卖房的主意。而其实秦浇水不是没想过卖,她怕卖了徐小巧清明冬至回不了家。

这天,门被敲响。这是个多久远的声音啊。秦浇水心里咯噔一下。

开了门,是个陌生男人。脸上的热情便收了些。他说自己是对门的新邻居,想借把起子。秦浇水有点疑惑,正犹豫间,对门又走出来个年轻女人,手上还抱个孩子,叫了声,咦?姐姐!秦浇水抬头一看,感觉有点面熟,门打开了,请人进来,却怎么也想不起来是谁。

女人说,秦姐姐,你不记得我啦,我是婚姻登记处的呀,以前你不是经常叫我给你拍照片嘛。我还抱过你女儿好多次呢。说着又对着秦浇水看了看,哎呀,姐姐,您比以前更漂亮啦,怎么瘦了这么多?用什么方法减肥的啊?对了,您好像有几年没来拍了呢。

秦浇水脸上掠过一阵慌乱。但马上她就反应过来，说，有拍啊有拍啊，你看我墙上都是呢，一年一年的，每年都有呢。我这两年去拍时，你肯定不在吧。

年轻女人环视了下客厅，在的呢，不过，也有可能您来那会恰好有事出去了。说着，眼神放光，一脸羡慕起来。哎呀，您女儿都工作了吧，还是你们好，孩子大了轻松啦。这不，我们两个孩子，还不知道几时能轻松呢。

秦浇水一惊，啊，你有两个孩子？

女人说，大的小学刚毕业，这个才一岁多。现在开放二孩嘛。不生吧，觉得少，生了吧，觉得累……

关上门，秦浇水的心七上八下，她希望，她再也不要来还起子，就送给他们好了。

女孩子不会知道，现在的秦浇水不去婚姻登记处了，也不带糖了。她可以在大马路上随便找个广告店，设计师说，不仅可以把她P得更漂亮，还可以在她边上加人。想加女儿就女儿，想加老徐就老徐。只是，她现在突然真的想卖房了，而且越快越好。

清明上河图

一

命运是个吊诡的东西，不同的人不同的雕琢就会有不同的色彩。

建国说，如果你坚持下去，穿长褂端坐台上接受徒弟们三叩九拜的一定是你，那时咱三人里就你的悟性最高，天赋最好。

原话出自师傅，他用狂放不羁的骂语贬低晨阳和建国的同时，抬高了我。一凿一斧，椴木樟木，他的骂张口即来环绕其间，顷刻便是电闪雷鸣。尤其是晨阳，笨、傻、愣、钝，师傅的唾沫有着不同的注解。

有时忍不住，便向母亲告师傅的小状，母亲却不以为然，学手艺打骂又算什么。

当然，有些骂是必须承受的。最让人接受不了的是大冷天，建国在磨凿的水盆里撒尿。

冰冻三尺，也不能耽误磨凿。右手仰握凿柄，左手的中指和食指压住刀面，按住刀锋上部的附近，前后直线来来回回推磨。先用糙的磨刀石,磨出从刀身到刃之间的规矩斜面,慢慢磨出一致的刀锋。刀之冰,水之寒,都冷冽入骨,但仍需要角度一致地均匀使力。这很难。对于新人,力度一致尚不能完全控制,要角度一致更是难上加难。

磨着磨着,刀刃边上的斜面开始左右不平。磨着磨着,刀锋卷了一茬又一茬。又或糙石尚未磨透,便急着细石轻荡。师傅的骂便猛然炸开,然后一把将凿扯过手中。青筋暴露的手唰唰几下,寒光再现,却已与我们手上的全然不同。糙石粗磨开锋,细石轻荡润锋,几个轮回,一刀的寒光就映出了我们三人的尴尬时光。

我们一开始不明白,为什么这手艺需要那么多的凿具,光修光就有几十种,平凿、弯凿、翘头凿、半圆凿、三角凿……大大小小各形各式,连带着逼我们把磨刀石也制成奇形怪状。而每一种凿又是不同的磨法,我们的手需要有着完全不同的多种记忆。磨着磨着,摁着刀面的食指或中指上的皮没了,浑水里火辣辣,提起手指一瞅,血红的一块露着。一次比一次削得深。我们忍着,都盼着冰水里磨刀的日子能快些过去。晨阳光头浑然不觉,拿凿浸入换了水的盆,却惊叫出声,我们知道,建国又一次将尿撒进了晨阳的盆里。

晨阳明白自己的智商,跟我们的头发一样,我最茂密,建国次之,他是光头。所以,他比我们要努力得多。因而,对于建国在他的盆里撒尿,他一直是一笑而过,甚至于笑容

清明上河图　259

里都没有一点点气恨。

而建国的最大成就不是对我们撒尿，而是用尿撒退了一个又一个慕师傅大名来学木雕的人。最后泡在尿盆里的我们仨留下了。

这三个是好苗子。师傅背后不止一次对人说。就是晨阳差点。

晨阳不仅头上寸草不生，家里也是如此。除了他，我们都给师傅送过东西。最好的是人家给我爸送来的麦乳精，母亲怂恿着，却硬是被师傅退了。不过，来自上海的甜点和黄酒被师傅收下，师傅对建国母亲摆手，不收我也会教孩子。建国的母亲说，没有正儿八经地拜师，你收下我放心。

那时候，砚村大大小小的木雕厂有好几家，但大名鼎鼎的师傅只有一个。谁家都以能入师傅门下为荣。师傅与木雕厂毫无瓜葛，又似乎有着千丝万缕的联系。据说，此前师傅带的几个徒弟现在都成了几家木雕厂的领军人物。他在木雕厂随便一口唾沫便能在地上砸出窟窿。所以，村里村外，每年都有大量的年轻人上门求师。

师傅会开门，先是磨刀亮凿。在磨刀时他会暗暗观察，从耐心到灵气，如果还可以，就进入到下一步，试着修光。如果不行，则直接淘汰，在他眼里，一切上门的人都只是磨刀徒。长得再帅再漂亮的脸蛋都休想随便长出大米。

二

师傅姓庄，他的故事长在砚村人的嘴里。外地过继来的穷孩子，养父母又走得早。当年为了拜师硬是在大冬天里用膝盖磕败了天寒地冻的夜。

都说学手艺是为了吃饱饭，师傅却根本吃不饱。每顿饭只能盛一次，夹菜与盛饭都要看着手艺变化。学得多了，跨过溪。再学得多了，蹚过河。能做整桩活了，算是越了山。跨了溪蹚了河再越过山，才能夹整桌子的菜。那没有个几年十几年怎么行？

这些话我断断续续地听过，磨凿时工友们在那里扯，回家时父母亲旁敲侧击地灌输。

师傅确实瘦，不到一米七的个头，形如芦稷秆。头上的鸟窝乱成一团，发际线往后拖，将又黑又黄的面孔拉得很长。只是，尽管瘦弱，他依然有着鹰一般的双眼，总是带着寒光与杀气。

打记事起，这个我叫庄伯的人就常在我家出现。来时手上会带颗糖。一颗又一颗糖把我甜化了。那几年，一见到他，便是我人生里最甜蜜的时光。慢慢地，父母亲也会嬉笑着让我长大了跟他学木雕。他总是不置可否，不答应也不拒绝。更多的时候是与父亲一起喝酒。脸上用酒气涂得又红又紫了，父亲再提这事时，他就说来日方长各有造化，学手艺是件苦差事。父亲便口无遮拦，我的儿子就是你的儿子，只要你肯教，随便骂随便打。师傅就转过脸来，满嘴的酒气哈向我，糖好吃么？我说好吃。庄伯说，这糖是他上海的徒弟寄来的，叫大白兔。我问，你的徒弟在上海干什么？他说做木雕。我说我也要做木雕。他的笑声就慢悠悠地从桌上跳到了地上。

建国比我大两岁，他的父亲拎着礼品去敲了几次门，都没有开。最后一次师傅把门开了，说这孩子古灵精怪，是块好料，但怕他沉不住气。建国父亲说，这孩子是皮了点，长大就好了。师傅摇头，欢迎进来坐，但不说收徒的事。建国父亲就急了，难道我要像陈国旗一样瘫痪了你才收我儿子？

陈国旗是我父亲。那年摸黑挑柴下山时摔了一跤，就再也没能从床上起来。这是我的敲门砖。

只有晨阳，听说轻而易举就被师傅收了。我和建国都很意外，这个光头平时不善言辞，你就是打他，他也不会轻易跟你翻脸。砚村人说一个人厎会说三脚踢不出一个屁。师傅却说，一个没父没母的孩子，谁要是踢他他就跟谁翻脸。

等我们正式进入木雕厂的时候，师傅完全换了一个人。我总是纳闷，为什么大名鼎鼎的师傅，有着如此明显的骂人劣迹大家却互不知晓呢？

晨阳肯定没听说过，所以，只有他，面对师傅的骂，他很少抱怨，哪怕是我们仨的私底下闲聊。最多也就是在师傅骂他时，他那磨着刀的手抖一抖罢了。我和建国就想，没有父母为自己撑腰，就是连抱怨的资格也没有了。

三

叫木雕厂是后来的事儿。

师傅学艺时，叫木雕生产合作社，后又改名叫木雕生产工艺合作社。师傅主事时，变成了木雕工艺厂。到我们学艺时，木雕工艺厂遍地开花，成了笔村木雕厂，墨村木雕工艺厂，纸村木雕工艺生产厂，以及我们的大砚村木雕工艺制品厂。其他用人名命名的木雕厂更是如雨后春笋。那些年我们周边的所有村子，似乎都与木雕铆上了劲，每个村庄的上空都飘浮着各种木头的香味，每个村民的唾沫里都夹杂着木雕的问候。

在师傅要收我们为徒前，听说他已经有弃凿不干的念头。一是年纪大了，说是时候让年轻人立门户了。二是自己已不在木雕厂工作，在家里带徒弟不像样子也学不到东西。可是，几大木雕厂的负责人不干了，说就等着他为家乡培养出几个大师来。如果断了香火，他难辞其咎。于是我们就被师傅带进了木雕厂。

那个时候谁也不说什么传承之类的大话。天底下乌泱乌泱的人似乎全在做木雕，整个东阳，再到边上的义乌、磐安、诸暨、浦江，家里有几个钱的还能往学堂里放，其他的似乎都在往木雕行业里钻。钻不进来的人只好去做点别的，比如有些义乌人就去鸡毛换糖，有些东阳人就拎起砖刀泥桶，再有的去做木匠或拔草药挑柴火捡破烂啥的，反正都找别的门路去。我们砚村人也是削尖了脑袋往师傅家门口撞。

不得已，师傅开了门。近邻全是亲，应了这家拒那家不合适，想来就来吧。但从磨刀开始，能坚持有灵气的则继续，不然，从哪里来回哪里去。这条规矩立下，谁也不敢有二话，面子给足了，成与不成就看孩子造化了。

留下的是你们仨，多幸运啊，母亲很激动。建国的兴奋洋溢在脸上和身上，多动症超能量上演，晨阳倒只是腼腆一笑。建国的母亲上门来，拉着我母亲的手，激情满怀地说，天底下的大考通过了，是儿孙的福更是咱们做父母的运气好啊。父亲躺在床上，也附和着她们，笑容从床上流到地上，从地上又随着母亲的笑声翻着跟斗到门口。似乎天下三分已定，自己人都有地盘了。

父母亲都说过古时候的人学艺有很多规矩，这些规矩师傅明里暗里也说，只不过，师傅说得更有文化，全是五个字的，比如夹菜夹面前、撒尿撒桶沿等。

建国偶尔会表现出对这类规矩的抵触和不满，虽不明显，但师傅是明眼人，每每这时，他便说，规矩先立着，用不着最好，以后若是去人家家里做，不会被人说没师傅教。想当年，我们走家串户，雕千工床，雕繁花橱，规矩要走一步背一步。

后来，我们跟着师傅去过邻村的一户人家。彼时，我们还不太能上手，只会跟着做一些简单的粗活。席上，师傅吃肉喝酒，也给我们夹菜，但肉与菜限于一顿夹一次。我们仨，看了半天，也咽了半天的口水。

建国的筷子多次要离开自己的碗，都被师傅的眼白克住了。我也没敢动，而晨阳根本就没有抬头。最后，师傅让东家多盛了一碗饭给我们，也多夹了一次菜。而建国，多盛了两碗。多年后，建国依然对那顿饭耿耿于怀，说，没有菜，谁吃得下去啊。

事实上，那一次是师傅唯一的一次。后来师傅说，第一次是一定要立规矩的。第一次带出门，人家不仅看师傅也看徒弟，徒弟做得好师傅脸有光，师傅教得好，咱砚村有光。但现在是新社会，总不能让你们长身体的孩子吃不饱。

四

磨刀到了一定的份上，自然而然就进入了修光。耳濡目染，我知道木雕大师都是打毛坯的高手，但师傅说，不会修光的毛坯师傅永远是毛师傅,打不出好作品。不知道修光的苦就不会有打毛坯的精。

先从椴木和樟木开始,这两样是砚村木雕里最常见的木材,尤其是椴木,质地纯白,轻软,细致,纹理清淡,有丝绢般的光泽。与师傅所说的东阳木雕的精雕细刻和清淡素雅的"白木雕"相符合。我用凿子凿一切,凿子果然锋利,椴木果然柔软,真正的削木如泥。

师傅在旁边冷笑,年轻人有的是力气么?他就顺手捡起一块边上废弃的木料,来,给我削。我左手摁住,右手提凿。一凿下去,一吹,卷起的木屑如浪花一样翻腾开去。

可是等我削到后面,我发现木料小到两个手指已无法摁住。讨教师傅,他哦了一声,说,不是有小的凿子么?我那时才想起来,木雕工具里最小的是刀口不足一毫米的凿子,几同于针。师傅白了我一眼,什么样的图形用什么样的凿,你以为有蛮力就可以随便使?然后他再次捡起一块同样的木料说,这上面有一朵小梅花,可是你却以为只是废料,现在整块都没用了。经师傅一说,我才翻来覆去仔细查看,果然!只是眼前这块木头已被削废掉了。

经历过小土豆,我再不敢大意。这一次师傅没有骂。建国和晨阳自然也强不到哪儿去。所以,我有这样的表现,倒是救了他们俩。

马上,正式的花板上手了。

是骨灰盒。

我们很惊奇，那时还不太明白骨灰盒的意思，因为我们砚村还是土葬。到后来才发现，出自我们手下的木雕作品居然是作为人死后烧成灰的存贮场所，一下子就觉得崇高肃穆起来。刚开始拿凿子的手会发抖，觉得我们的事业过于伟大，怕一凿下去，切了花瓣碎了叶。后来还是抖，终于明白，其实是自己的凿劲不够。凿劲是力气，又不是力气。手中的凿需要控制力量又要运用力量，是虚浮之力又是沉稳之力。师傅说，练好修光，便也能吃一碗饱饭了。因为在木雕的流程里，毛坯工与修光工基本是分开的两个工种。但会修光的人打起毛坯更容易，也更能体会修光时边边角角的设计与处理。

看着我们的毛糙手脚，师傅说了两句话。一句是刻一刀要像一刀，能一刀干净绝不用第二刀。而这并不容易，我们总是一刀铲完看着毛边再来一刀，结果一连三四刀。师傅的另一句话是刀刀清。说凿头要清爽，才能使雕出来的形象有光泽，看起来既流畅光洁，又富有质感和韵味。但这，都需要在锋利的刀锋下使出柔和的凿劲。面对骨灰盒的面板，一开始需要切边，将四条边线切直，然后进行内图的剔地，将图案下方的空地剔平，因为地平整了，才会有图像的基准线，才会有层次感。

一开始，我们仨的工作就是帮修光师傅们把图下空白的地剔平,仅仅是这道活儿,建国被骂了,晨阳更是被骂得狗血喷头。而我,算是徒弟里最出类拔萃的一个。经历过废旧木料的尝试,我知道,除了刀功,还有眼神,要会认图读图,要会认木研木。

其实晨阳很认真,从来不怕吃苦,努力得有时一天不抬头,恨不得把自己整个人扎进骨灰盒面板的图案中。

偶尔回头看他一眼,他总是用光头的亮光对着我。每每这时,我就会哼个小调,调子吊儿郎当,混杂着那么点小得意。他的存在和努力,很好地衬托出了我的高大和灵气,乃至智慧。从磨刀,到修光的剔地、镂空、顺雕、逆雕、切平面、清死角……每个动作看上去我都比他娴熟。我的一戳一卷一翻一吹,一气呵成,板面干净。建国虽然比不上我,但比起光头的晨阳,绰绰有余。

师傅说,这才像做木雕的样子。

而晨阳,一伸手,猪肝就上了脸,师傅的响声在头顶炸开,再炸出一连串的响晕,一直晃荡,晃得我头晕耳鸣。他下刀狠,一刀下去,凤冠掉落。椴木在他手下软如豆腐。或者下刀钝,费了N刀,地未平,马鬃已乱,鹿角被折。那次晨阳一而再地剔与推,结果薄薄的面板在他的凿下被洞穿。师傅一气之下打了他一耳光。给我磨刀去!

后来我明白,我的刀永远没有晨阳的快。晨阳用了两年的时间磨刀,他的磨刀技术已经成了一绝。

五

砚村的木雕厂不算大但也不小，一个大厅里，一张张桌子一列列排开，跟上学堂时一样。傍晚，夕阳的余晖从窗棂间透入，映在木雕桌雪亮的凿子上，映在椴木的白木雕上，让人心生恍惚。这样的时光与学堂里是多么相似啊。有些工友带着收音机。收音机里流出来的音乐和相声小品是我最喜欢听的。那段时间，我差点忘了自己，我将我曾经的梦想与之相连，觉得这才是我真正的生活和未来将会闪光的时光。

除了经常被骂的晨阳，建国的尿也是这段时光的兴奋剂。我们都是穷疯子，木雕厂里最开心的事，第一就是师傅骂晨阳，等师傅一走，很多人都会学着师傅的腔调有模有样地挤对晨阳。晨阳也不恼，他最多抬头笑一下，偶尔还配合地吱一声。看完晨阳的笑话，就是听收音机。听完收音机后，木雕厂里的嘈杂就开始满溢。嘈杂的来源一般都是从尿开始，然后到女生的米字旗，再到男女的暧昧与调情。工友们总是用哪个女生碰了建国的尿哪个就是建国的女人开始，然后问建国，有没有降下女生的米字旗，降了几个女生的米字旗，是穿的确良的那个，还是穿开司米的那个。说到这些，我和晨阳会脸红，大气不敢出，却又怕他们停住不说。而建国却兴奋得像个孩子，每每有人点火，他就说，他已经把厂里所有年轻女师傅的米字旗给降了。人家问，降下米字

清明上河图　269

旗后有什么不同，建国说，有大有小。这样一来，厂里就炸开了锅，师傅们脸上溢出来的笑和眼神里跃出来的亮，还有一些贱贱的表情全都交织在一起，这种气氛让我们心怀惴惴，却又让我们觉得是冬日暖阳中的一把糖。

　　实话说，如果没有师傅的骂，那段时光应该是生命里最葱茏有趣的时光。每天我们都有听不完的笑话，建国的油，晨阳的愣，以及学不完的技术，每天都有新的发现。我们在浮雕的世界里学到了很多。从薄浮雕的窗棂板，到浅浮雕的骨灰盒；从深浮雕的台屏，到镂空雕的屏风。所有国画的世界似乎一下子被拉近了，山水人物、花鸟虫鱼、神话传说、名家书法不一而足。厂里偶尔还会出现圆雕，十八罗汉、四大金刚、释迦牟尼。这时师傅才会出手，那时，几乎所有人看师傅的眼神都是向上的，目光里除了羡慕就是敬重。

　　我们看着那些在我们仨磨刀时开始打毛坯的师傅，他们的刀柄渐渐地长出毛发，长成蓬头垢面的模样。要知道，看一个打毛坯的人成不成熟，只需要看他的凿具，如果一把把凿具的柄都披了头散了发，说明这个师傅有年头了。因为披头散发的样子就是靠小斧子一锤又一锤锤出来的。按手艺人的说法，放在以前，他们在桌上吃饭就可以跨溪蹚河越山了。

　　这时的我就一心想着早点打毛坯，有一段时间我以为这就是我毕生的理想了。而此时的晨阳是一心想着先做成修光的大师，他说他没有多少理想和愿望，凡事简单就好。简单的终极就是尽早离开。他不回骂，也能忍受，但他私下告诉我，终有一天会忍不了。

而建国却总是吊儿郎当的，他觉得木雕的作品都太小，一米二米的，那又算得了什么。他说自己是风一样的男子，他的人生目标不是手握千奇百怪的小刀具，囿于小方块里刻龙雕凤。他说，老子的尿要撒到祖国的大好河山去，要用尿写遍孙悟空的到此一游。

本来是我。但是师傅考虑再三，还是选了他。在师傅眼里，我是实诚，他是精怪，晨阳是木坨。而第一次出海试航最好是精怪点的人，敢出去也能回来。谁也没有料到，第一次把尿尿到几百里外的建国就一去不回了。

目的地是温州乐清的一个小岛。带去的人是以前师傅的手下，笔村木雕厂的段师傅。他去温州闯荡了几年，说现在开始流行家具装饰木雕了，咱再也不能固守在传统木雕的圈子里了。

师傅老早就琢磨过这事。听说在收我们为徒之前，他还是个开朗的人，喜欢说说笑笑。可是，到我们拜他为师后，他独来独往，显得闷闷不乐。后来我们才知道，他的心思一直在研究木雕的变化上。从那次他说木匠开始。

那个黄昏他刚刚喝了酒回来，一个人坐在厂门口抽烟，

清明上河图　271

抽着抽着，却突然掐灭了，转身高高低低地研究起木雕厂的房子，看着木头结构的梁和柱，又看看雕饰精美的牛腿，却重重地叹了一口气，复又坐到厂门口的石头上，他的瞳孔里装满了远方的新房子，被砖头房子挤满的眼睛，眼神里空洞又茫然。

这几年村里的老房子倒了不少，新房子陆陆续续地开始生长。原先外墙都是石头泥巴、内里是木头结构的房子越来越少。砚村人都很高兴，觉得时代变了，社会发展了，现在慢慢生长的新房都是钢筋水泥来做筋骨了。

我们不懂这样的筋骨对师傅有什么影响，直到很多年后，我们才明白他当时的隐忧。

传统木雕的地盘在木头结构房子的迅速退化中缩小让师傅觉得木雕转型的时间越来越紧迫。除了房屋的装饰性木雕，砚村的传统木雕还总是在陈设鉴赏品上动脑筋，殊不知时代变化太快，现在已经走向工艺家私的装饰型木雕了，单纯传统木雕的陈设鉴赏品市场买卖量已大幅下降。于是，面对段师傅的上门，师傅内心是感激的，虽然脸上毫无波澜，但他心里觉得一切都来得刚刚好。而且，他手上正好有一个特别合适的人选。

这个最佳人选坚持了三个月，终于跨出了他自选的人生第一步。事后建国说，那算什么木雕厂，就是家私厂而已。

几大工种挤在一起，先是木工做圆桌矮凳，再轮到建国雕刻，而所谓的木雕，建国发现与砚村的传统木雕相差太远。无论是圆桌边上的洋花修边，还是椅子靠背上的剔地修花，都特别粗糙。不管他刀刀清到何种程度，凿头有多清爽，磨砂工上来就是一通砂纸的打磨。所以，他突然觉得自己被淹没了。木雕在这里根本不重要。最让建国接受不了的是，老板看他总是一副爱理不理的样子。而十块一天的工钱，却从不曾提起。趁段师傅去温州另辟疆场那段时间，建国就准备翻个身。

建国从小的梦想就是要赚钱做老板，如果不是父亲非要让他入这一行，他一定不会选择木雕。他老早就跟我和晨阳说过来钱太慢了。木雕行里有句古话叫，三年徒弟，四年半作。而事实上，如果不主动直接脱离师傅，做学徒其实至少得五年，前三年没有工资，后两年的工资有些师傅还要抽成。建国说，这他妈的手艺根本与钱无关。

段师傅一去不回，建国特意跑到镇上给他打了个电话。他想好了，砚村人不怕吃苦，但要吃得有价值。于是，在电话里他恳请段师傅，在老板面前说几句好话，将家私木雕的活包给他。凭一两个人是干不完的，有钱要大家赚，他觉得如果把厂里所有的木雕活包下来，他可以回砚村带上一帮人，比如我，比如晨阳，还有砚村的女工们，他觉得到时砚村帮可以把家私厂里的木雕活干个底朝天。

六

把十八代祖宗骂了一遍的师傅歇斯底里，他骂天骂地骂师母。师母泣不成声，建国的父母也低头垂手在边上听着。那天砚村的天空被师傅的唾沫撕扯得全是窟窿。

得到消息时，师傅的斧子和凿子正在十八罗汉的身上。这种大型圆雕是我们很少能接触到的。这是一桩大活，雕好要送到杭州的灵隐寺去。释迦牟尼佛像与观音像正在另一家大木雕厂雕刻。师傅正咽着唾沫跟我和晨阳说要怎么处理衣袖的皱褶时，有人来电话，叫师傅去接。那时我们全砚村就一台电话，从厂里走过去要十来分钟。来回半小时的样子，师傅回来整个人都变了。他完全忘了之前在教我们什么。眼神涣散，脸色铁青，进了门，先是倚在门边上，半天不说话，然后突然就派晨阳去叫建国的父母。等建国的父母赶到时，天已碎了一半。

建国的父母也傻了，他们怎么也没有想到建国会半路跑掉。段师傅说等他回去时，他已经一个人顾自走掉了，老板也没给他结一分工钱。听老板说，建国当时有想法要承包木雕工的部分，但老板看看这个毛头小伙，就说了他两句，建国背上包就走了。

建国的父亲说，等他回来，我一定狠狠收拾他，一定把他的腿打断，生是砚村木雕的人，死也要他做砚村木雕的鬼。这话真狠,我们都是第一次听说,吓得我和晨阳把头都缩到了裤裆里,连呼吸的声音都不敢让自己听见。

第二天,师傅特意在家里让师母烧了几个菜,带我和晨阳过去吃饭。我俩都不知道犯了什么大事,我们的心跳在喉咙口,一直阻挡着米饭的进入。坐在桌子上,我和晨阳面面相觑。不要说夹菜夹面前,头都不敢抬起来。师傅却一反常态,连连给我们夹肉,夹鱼。还一个劲地说,吃,多吃点。

我和晨阳已经很久很久没碰荤腥了。在我们习惯了天天吃家里带的梅干菜时,突然来大鱼大肉怎能不心慌。这是我们人生中第一次看到与吃到的最好的菜,但我和晨阳都不敢吃。有那么一刻,我看见晨阳的手又抖了,米饭夹在筷子上,又掉到碗里,夹了几次,他才把它送到嘴中。

我们以为师傅要说点什么,比如前车之鉴后事之师之类的。但师傅什么也没说,我们战战兢兢地把饭吃完,回到厂里,一边雕着春花秋月,一边哆嗦着心事。直到三天后,没发现任何风吹草动,我们的心才慢慢回到原处。

师傅的那顿饭还是有成果的,从那以后,我和晨阳发奋地学习。只是,少了建国的日子,木雕厂里似乎清淡了许多,枯燥了许多,快乐也好像被他带走了。

后来,我们发现被带走的还不只快乐。原先乌泱乌泱的木雕厂,似乎人声也没有过去那么嘈杂鼎沸了。我觉得,建国真厉害,他在时,整个厂里一片闹腾,他一走,似乎一切都慢慢地进入了另一条轨道。

七

在建国离开的这段时光里,我和晨阳倒是因祸得福。人家说徒弟出师饿死师傅。可师傅一看就是宁可饿死也要逼我们出师的状态。这两年多的时间里,人家师傅藏着掖着的圆雕、半圆雕、透空雕、阴雕、贴片雕等,师傅一有机会就向我们展露。这种活不是说学就能学的,要厂里正好接到这样的活儿,你才可能观摩和接触。观摩自不必说,有任何师傅出手,我和晨阳都会偷看着点。但接触就非常珍贵了,也仅仅在还是木料时,让你按大致轮廓先凿上一会儿。但即便如此,我和晨阳的内心也如天降甘霖一般。

从修光到打毛坯的路,我们比建国长。建国在去温州前就开始学起了毛坯。而我那时还在做修光。晨阳呢,师傅开始安排他去拉铜丝锯。那段时间厂里开始出现大量的透空雕作品,需要铜丝锯把木雕花板的空地部分先拉出。奇怪的是一直被师傅骂的晨阳居然在拉花机上得心应手,经他的手拉出来的花板,绝不会吞线,也不会留线,他能很齐整地咬住线拉出一块一块花板不需要的空地。这一度让我眼红,有那么一段时间,我突然有点害怕他会超过我。

我特意带东西给晨阳吃,要晨阳教我拉花。晨阳很大方，每次都教我。可是，我每次上去拉，不是吞线就是留线，完全无法让一块木板弯来曲去的花纹线正好咬合。如果留线还好，我还可以用毛坯凿具切下那些多余的。但如果吞线了，有时就很惨，因为本该有的花瓣、鸟喙或龙爪被拉掉了，补都没法补。试了几次后，我就丧了气，只能歇手。晨阳切着小木料拿着502特质胶水为我补那些鸟喙或龙爪时，我却满脸不高兴，莫名其妙地会说一些含着怨气的话。我知道，我的内心还是不服，但又无可奈何。

真正迫我停手的是几个月后。

对于晨阳胜过我这件事，我一直耿耿于怀。师傅这个天天骂他的人，居然偶尔开始表扬他，这让我接受不了。于是，在那个晚上，我再次启动了拉花机。可是，才十来分钟的时间，由于没有用力按住花板慢慢移动，整块板被铜丝锯突然拉起飞速旋转，我的脸被打肿，右手食指也被铜丝锯进了一小块。好在我神志清醒急中生智，及时用脚踩掉了插座上的开关。

第二天，晨阳关切地问我怎么回事，我恨恨地回了句，要你管！在我心里，如果没有他，就不会有我的今天。晨阳一头雾水，非要陪我去三里开外的卫生室消毒。他说以后有事一定要叫上他，打不过人家，他也一定不会袖手旁观。那一刻，我心里咯噔一下，但嘴巴依然延续着惯势，就你的智商，人家把你揍扁了，你都不知道是谁。

清明上河图　277

拉了几个月拉花机的晨阳最终和我一样汇到了打毛坯的队伍。但他比我多了一项技能，那就是拉花工。在当时的砚村，晨阳忽然之间就成了最出色的拉花工。师傅说，人各有属，你看那个木坨，学个修光要几年，拉花倒是一点就会。

为了这句话，我又铆足了气，不管怎么样，打毛坯与修光我不能输给他。要知道，他在所有人眼里，是木坨啊，而我呢，我那么多骄傲的时光不能成为暗淡的过去。

所以，即便发生大事，我的第一反应仍然是与众不同的。

那天修光的是大活，每块台屏都有五十厘米左右长和宽，不像普通的骨灰盒面板可以随时前后左右地调动。所以，我们的用凿方式就只能以板不转凿转的方式进行，这样一来，反手从外往里修的概率就增大了。可是这样的动作考验的是一个人对凿劲的虚实把握。如果轻了，戳不起板花不说，肯定修不好。如果重了，很容易直接就把毛坯成型的花式给切断破坏。所以，一般此时，木雕匠们都会将右肘支在花板或桌上，左手摁住花板，右手抬高，再用手里的凿子由外向内使劲。偶尔还会双手一起使。晨阳的力气真大，就在这一环上，他创造了我们砚村木雕修光史上的第一。我知道这事是由于背上的衬衫冰了一下，随之是晨阳的惊叫声。我急转头，晨阳正捂住左手的虎口，血像柱子一样还在喷。我惊得面如土色，半天回不了神，其他的工友像潮水般扑过来,有的拿红花油,有的拿创可贴,拼命朝晨阳左手的虎口上倒或贴,但鲜血像泉水一般仍然汩汩地往外冒,完全止不住。

这时师傅出现了,直接把晨阳拽上一辆破旧的自行车后座,风一般地蹬了去。

这一次,晨阳足足有三个多月没有出现在厂里。我从来没有想过,这么一个木讷的人离开也会像建国一样引起大家的关注。似乎每天都会说起他,而每天说起他时,除了偶尔说他笨,居然都开始说他的好。我发现在这样的时光里自己有些不安和躁动,我既希望晨阳早点回来,又希望他永远不要回来。

三个多月后,晨阳回来的第一天,我故作兴奋地欢迎他。我用特别高亢的声调说,晨阳啊,好了伤疤不能忘了疼,这下咱一定要记住了,尤其是像你这么笨的人更要注意,铜丝锯拉得再好没用,做个修光都能把自己伤这么重,如果你当时不是左手摁着板,是双手一起戳的话,很可能一刀就插进了胸膛,那我们这会儿就可能在山上了。对了,上次你的血喷在我白衬衫上,弄得我洗都洗不掉,要你赔呢。

我本来还有好多话想说,但说着说着,突然发现厂里出奇的安静,斧凿声完全消失,收音机也不知什么时候停了,环顾四周,旁边所有的师傅工友都像被外星人叫停了时间一样,正愣愣怔怔地看着我。而我师傅,这个我叫庄伯的人,他正用前所未有的严厉眼神瞪着我,那一刻,我感觉他的血盆大口随时会张开吃掉我。最后,他动了动喉结,大吼了一声,干活!

八

我原以为,经历过这一出,晨阳或许就真的走了。但我没想到,晨阳目光坚毅,说我迟早要走,只不过,我得先学了打毛坯再走。

先是花鸟。在浮雕里这是最常见的。壁挂、台屏,都以花鸟为主,百鸟朝凤、花开富贵、梅兰菊竹等。可是即便是最常见的仍然有很大的难度。原先只是在人家打好坯的基础上修光,先是修干净,再是修出灵性和神韵。而打毛坯则完全不同,就是在一块啥也没有的平木板上要使之呈现出上下、高低、远近的图案来。而这些图案的比例、大小,构图的准确性直接关系到下凿。而每一次下凿更是直接关乎木板的成与废。我小心翼翼,一斧一凿都如履薄冰。师傅会说,花瓣都要从花蕊底部中长出。再说,前面的花瓣不能雕太薄。还说,枝杆要在花叶中间,等等。我听了,可凿子不听。每每下了刀落了凿,不是深了就是浅了,不是猛了就是硬了。有时缺乏果断刚劲,有时少了温和柔度。心里一直想着的打毛坯,想成为大师,在这一刻才觉如登天之难。好在令人聊以自慰的是，我的身后总有晨阳。在打毛坯这件事上，我还是走在了他的前列。我浪费一块板，他却已经浪费了五块。

可是，师傅却显得有点着急了。他似乎迫不及待地要教会我们。所以，骂声再度响起。从花鸟虫鱼到亭台楼阁，从山水树石到湖海帆船。

这期间，我们又开始学习人物的雕刻。人物是木雕里最难学的技艺之一，难度最大，要求最高。面对木板，师傅一手拿笔，一手握凿。刻画人物，首先要注意人物身体的比例关系。他一边说，一边在板上画了张人脸，那，站七坐五盘三。这样的口诀我们当然不懂，好在他虽然脾气差，但还算有耐心。用笔勾勒出了人物站高七个头长，坐高五个头长，盘腿坐高三个头长的比例。我们瞬间明白过来。那时他还给我们买了工笔画的连环画册，连环画上是《三国》、神话，或是《红楼梦》《水浒传》这些，然后他就指着画上的人提问。我们当然都不太敢回答，其实都怕答错。最后还是他自己给答案，诸如"文胸、武肚、美女腰"等，后来我们才知道，"文胸、武肚、美女腰"就是文官要体现胸部，以示其韬略；武将要缩肩凸肚，以示其威猛；而美女则要溜肩细腰，以显其婀娜妩媚。这样说倒是简单了，可是真正落实到具体的人物上，我们又傻了。那些"三庭五眼"的人物雕刻规则，在我们这里怎么也起不了效。斧子敲着敲着，三庭就

清明上河图　281

跑了。凿子凿着凿着，五眼就散了。而我们脑海里或威猛或俊俏的人物一个个还在脑海里站着坐着。

师傅也会帮我们修改。最佩服他的就是在我们手上黏滞邋遢的木板，到他手上几分钟就棱角分明。半小时前还不人不鬼，半小时后却完全呈现出了猛士或美女的轮廓和模样。每每这时，我与晨阳就会相视一笑，笑容里隐藏着的是焦急与内疚。

一年后，我终于发现自己打开了一扇门。一脚跨进门内，龙凤呈祥，鸟语花香。晨阳却在门外抓耳挠腮地奔波着，我在门内尽量为他做些小指点，可是他依然没有找到我眼中的那扇亮堂堂的门。我想，他可能真的不适合做木雕。有很多个黄昏或深夜，收起一天的凿具，洗手准备离开时，我发现光头的晨阳依然埋头在花板里。

光头的亮色与斧背的黑色嵌入我的脑海，即便铜丝锯拉得再好，仍然与木雕是格格不入的。我悠然自得的感觉不自觉地像水草一样又从心里慢慢地浮了上来。

九

手上的老茧越长越多时，任务从天而降。

这个任务把母亲吓坏了，母亲对我被师傅打骂的怨言毫无所谓，但这一回她却紧张无比。她对师傅说，这孩子可是去趟城里都不敢过马路的啊。师傅却笑，那是我第一次看见师傅如此和蔼地笑。他说，你要相信你儿子。出去了，才有天地。

师傅说，你还记得小时候我给你糖吃么？我点点头。

你还记得糖是谁寄来的么？我又点点头。

这次你就去找他，把你雕的这块百鸟朝凤给他。

这一块台屏很精致。有时我都怀疑这作品是否真出自我手。师傅对我的赞赏，厂里所有人看我的目光，让我发现下凿时的劲确实是我使的，修光也确实是我修的。厂里很少有自己打毛坯又自己能修光的，我是其中一个。

回家，我跟父亲说，我要去上海。父亲深陷的眼眶一下子亮了，打量了我半天，又从头看到脚，然后朝地上努了下嘴，说，换上。他六七年前的鞋子新得就跟刚买的一样。

出门那一刻，有喜鹊从枝头飞过。我在心里暗暗给自己打气。我从来没有想过，我的人生会突然如此有方向有目标。手心里全是汗，跟儿时母亲带我去城里拽着时的手心一样。

这一天，我哆哆嗦嗦地行走，买票，转车，找出口找进站口。没有师傅和母亲的保护，每一步都胆战心惊。

说是上海，其实是松江。在一个小村庄。离上海很远，离松江县城也还远着。

我不认识师兄，也不认识路，但母亲说过，路长口里。

而师兄就长在路上。

第一次见到这么大的厂房，比砚村工艺木雕厂要大上几十倍。我敲门进去，谁也不认识，在怀疑和盘问后，我说出了砚村，这两个字是这里的通行证。

师傅的徒弟，我从未见过面的师兄，已经是这家有着几百人的木雕厂的副厂长。师兄很客气，但张了口的他已经不像砚村人了。他说，现在台屏做得好的多的是，凭一块台屏就要订业务很难。他又说，上海现在的量其实并不大，除非有让人眼前一亮的作品。

他絮絮叨叨地说了很多，我只记得我就是喝着茶一个劲地点头点头，然后嗯嗯地应着声。

在最后一趟厕所上完回来，师兄说要请我吃大餐。我不知道大餐有多大，后来发现，那顿饭比师傅家里的要好吃几百倍。因为上菜的时候，师兄端起酒杯，笑着跟我说，你回去告诉师傅，像这块一模一样的台屏，我要两万块。

十

接下来的两年会很忙，蔡厂长脸上的笑容像火焰，他说，两万块的业务量够我们砚村木雕厂做上一整年，大家要铆足劲地干。领导们都喜笑颜开。而我，高兴着他们的高兴，因为我的地位突然就变高了。而这时的晨阳还周旋在拉花机与打毛坯之间。

偶尔我也会看看报纸。但我不敢公然在车间里看，免得有人嚼舌头，说我倚功自恃。

报纸是晨阳递给我的。现在的他学聪明了，看见我拿起空杯子，他会马上拎起热水瓶。看见我打开饭盒，他会马上递过来新买的豆瓣酱。这次我上厕所，他又递了张报纸过来。

多年以后，晨阳一定为他这一次递报纸的行为而有过后悔。

报纸上的征文吸引了我。我知道我也可以写。

这句话被一个工友听见了，于是他点了把火，那一刻厂里的所有工友用内心囤积了几年的笑泼向我。只有晨阳没有明显的笑。但他也附和地动了一下脸部的肌肉。就是那一下，我再度无名火起。

半夜时分，二十多人的宿舍熄灯以后，我打开了手电筒和笔记簿，我的铅笔开始在簿子上滑行。

要知道这其实是我的梦想，如果不是家庭那么多的困苦遭际，如果不是父亲瘫痪，兴许此时的我还可以坐在明晃晃的教室里，不仅可以字正腔圆地朗读，还可以正儿八经地摊开纸，光明正大地写一篇稿子。当然，这些都是深埋在我心里的种子，它们还没有发芽的机会。就像现在，还没发芽，就被大家耻笑的唾沫压住了。但这个深夜，在被窝压制的手电筒的光亮里，我分明看见了一个个带着生命的汉字正从笔尖跑向粗糙的白纸，它们在纸上兴奋地站成一排又一排。

一个星期后，蔡厂长拿着这份省里最大的晚报说，咱们厂里出了个作家。

谁也不信，工友们的眼白更多于黑。他们把眼睛翻大，把嘴巴张大，戏谑着，不可能吧，重名的吧。但他们还是迫不及待地翻开了这份报纸，他们希望能找到他们想要的证据。只是，很可惜，报纸上，这个作者陈向前的名字前还加了一个砚村，铁板钉钉。所有人还是笑着，只是笑里，飘荡着一阵又一阵的阴阳怪气。只有晨阳，他走过来，把手搭在我的肩上，脸上的肌肉再次跳了跳，带着豪气说，再写！

师傅也很高兴，他前前后后把那张报纸的所有新闻和广告全看了个遍。他摸了摸胡须，颔首微笑，嗯嗯，他的笑里还噼里啪啦地多了一些语气词，这些语气词里有了很多不一样的味道，似乎他教出一个厉害木雕匠的同时也教出了一个作家。

建国知道这件事后，咋咋呼呼地给我来了电话，问我这个写了会有多少钱，我在电话这头笑了，说，不为钱。

十一

那一年前后，电话机慢慢开始出现在砚村。而建国的电话也像夏天的雨一样动不动会打过来。一般我们都要跑上一段路去村里或某户人家家里接。在跑来跑去的过程中我们都很享受,感觉自己是个有身份的人。

终于有一天,这个自我标榜为风一样的男子回来了。与电话里拿腔拿调的样子一样,他拿着外面翻天覆地五彩缤纷的东西开始纵横捭阖,天是灰的,地是白的,啤酒瓶插在路中间,踢倒是要赔一百块钱的……他一通天上地下,听得我们瞠目结舌,发现世界大得可以装得下很多很多的砚村。这次回来,建国的父亲果然践行诺言,他操起棍子就追着建国满村跑。建国龇牙咧嘴的叫声飘在空中让我们的荷尔蒙也四处乱撞。

这一次让我们发现,在建国的叫声之外,是一个特别远的远方,那个远方是一个无限大的神秘世界,就算是要赔一百块钱,就算是建国的叫唤很凄惨,我们仍然很激动,觉得有种未知的幸福在召唤我们。

于是,有些人懵懵懂懂地也出去了。

我们都是沙子,而建国这样的人带回来的信息全是大浪。一淘二淘,砚村周边的人都被淘了一遍。纸村与墨村的那些小木雕厂人数开始减少,大的那两家虽然没有明显变化,但人心的变化是在向往建国们的说法中跌宕开来的。笔村的木雕厂开始转型,在我们砚村要做大做强传统木雕,在"跨浮雕,接圆雕,做强透空雕"的口号下,我们都还在坚持,当然有两万块百鸟朝凤的台屏撑着,要散去还不容易。

清明上河图　287

事实上，散得快的都是业务量大幅减少的厂家。

这时，村子里带砖头的房子似乎到了比赛生长的阶段。一开始是青砖头，后来又冒出红砖头，此起彼伏。那时没有赤膊屋一说，就觉得有红砖头的房子是砚村最骄傲的人家了。偶尔再把红砖砌白，那简直就是要请大家喝三天酒的节奏。奇怪的是，那几年就是一种不可思议的状态，人呢似乎慢慢都想着要出去，而红瓦房呢却又慢慢多起来。只有木雕厂里的热闹和喧嚣却在渐渐消退。

这段时间，师傅已经不太在厂里待了。他的身子越来越佝偻，面色也越来越难看，脸上的褶皱似乎全是用凿子凿出来的，深深浅浅，每一道看上去都似沟似壑，让人心疼。晨阳说，师傅好像有点变了。我说哪里变了。他说，不太骂人了，话却越来越多。听晨阳这么一说，我才发现，师傅现在老喜欢跟我们说以前说当年，喜欢说木雕的故事，说他以前的故事。

十二

这一次故事的时间拉得很远。他吸着烟，烟头里明明灭灭地就扯上了唐朝。说砚村是从唐朝开始设村，后又设乡，在宋朝时还设过县。谁知道呢。太久远的事于我们而言，仅仅是故事而已。好听，落入心。不好听，左耳进右耳也便出了。听着听着，师傅却说到了木雕。他说，砚村的木雕比东阳木雕晚些，东阳木雕发于商周，长于秦汉，是以鲁班为先师的。

以鲁班为师？我们惊奇，鲁班不是木匠么？

是啊，木雕就是从木匠精化而来。向更精致的雕琢，向更细化的木工转变，慢慢就有了木雕。所以，咱们砚村的木雕在唐宋时形成，到明代时就大不一样了。说到这里，他眉毛一挑，声音扬起，说其实东阳木雕很多雕工就是从砚村输出的。又说，砚村到现在流传下来的几个堂和厅，都是木雕精华。但牛腿、花拱、刊头、琴枋和雀替上的木雕都有残缺。你们不知道，"文革"时都被人砍了削了。这样一说，我们才想起，附近的那些个院子或祠堂留存下来的牛腿雀替也是断头断身的。不过，就算是被破坏了，依然不能忘记咱砚村的木雕，在清朝，可算是咱的鼎盛时期啊。你们不知道，道光年间吧，皇上召了数百名东阳木雕的匠人去京城皇宫雕饰。宫中龙庭、家具很多出自东阳艺人之手，但这个东阳里面就有咱砚村，有好多咱砚村人，东阳木雕里咱砚村帮可是响当当的一支队伍。说到这些，师傅眼睛泛光满脸自豪，好在咱现在碰上了好时代，这是咱砚村木雕最辉煌的时光。

话停了，烟浓了，明亮的眼神又暗了下来。顿了顿，师傅又说，时代变了，似乎是变好了，可有时想想却是变坏了，再想想吧，又好像不是坏。

同一句话，师傅绕了半天。烟雾里，他重重地叹了一口

清明上河图　289

气，说，从咱砚村的那么多木匠不再做八仙桌，不再做橱柜开始，我就知道，世道变了。

木匠怎么不做八仙桌了？

师傅也不看我们，自言自语着，你们这几年有见过谁家的八仙桌是请木匠师傅上门做的？

那，咱村里那些木匠都干什么去了？晨阳这一问，我们还真发现了问题，可是谁也不知道。我望望晨阳，晨阳望望我，一头雾水。师傅说，现在有种木匠叫装潢木匠，这个赚钱，现在的木匠都不会用斧头，不会做家具。家具都是机器生产了。

这样一说，我想起之前是有几个儿时的玩伴由于进不了木雕行，转而去学了木匠。木匠的斧头与我们木雕的斧头不同，他们是用来劈木材，我们是用来当锤子。而当时，我看着那几个玩伴可真是苦，小小的身体细细的胳膊哪里拎得动大斧头啊。可是现在一想，好像他们老早就不用斧头了。

我心里一阵翻滚，一下子就明白师傅想说什么了。前面说的墨村与纸村的现状，以及木匠工种的大变化，让师傅开始忧虑。他看了看我，又看了看晨阳说，木雕估计以后也会有些需要机器生产，不过，好的作品总是要手工的。木雕啊，还是需要人，你们要好好干啊。

听师傅说了这些，我内心难以名状，满满的都是不安，于是在晨阳拼命打毛坯做修光时，我又打开了手电筒，写了几千字的关于砚村木雕的文章,呼吁新时代能有更多的人才加入传统木雕的队伍里来。

这一次我的文章发了省城晚报整整一个版面。

文章发出来后,师傅激动得差点要拥抱我,他的眼睛炯炯有神,瘦弱的人看着却有着一股使不完的劲儿。他逢人就发烟。感觉他不仅是我的老师,我也成了他的老师。而且为了尽兴,他还拎了一壶酒买了一些菜到我家里,要陪我爸喝,要感谢我爸生出我这样的好儿子,要跟我爸分享他爱徒的光荣事迹。

那天晚上,师傅不知道是怎么回去的。他先是喝酒喝出眼泪,后来又是喝酒喝出眼泪。他说,如果早知道你写了这篇文章后就不再做木雕的话,打死我也不会说的。

我说,我从小就有个梦想,就是当作家。

师傅愣在那里,当,当什么?

我说,当作家。

师傅就不说话了。他想笑,没笑出来。看他的样子是想哭,但也没哭出来。可是酒后的眼眶里却布满了眼屎。他说自己已被自己挡住,看不清路了。

看着师傅高一脚浅一脚的身影,我很难过,我赶上前去要扶他走,他却用力地把我的手甩开了。我想跟师傅求情,却又不知道该怎么样表达。我也是有梦想的人,这个梦想一直埋在心底深处。

那年去落鹤山太祖庙求签，解签的大师一看到我的手就问我是否还在读书。在得到否定的回答后，他大呼可惜。随后言之凿凿，这是一双握笔的手。旁人皆笑，只有我真真切切地信了。我不迷信，但我自己明白，我为什么辍学，我的内心埋着一颗怎样的种子。

我不知道解签人是否知道木雕的工具。因为修光的那些刀具跟笔几乎一样，长短一样，粗细一样，只是一个一端是刀片，要刮起木屑无数。而另一个一端是笔芯，流出的是墨水一片。一个刮出木屑成就木头艺术，一个留下墨迹成就纸上乾坤。笔杆与刀柄不仅形似，连手握的姿势都一样。所以，我一度认为这便是我的一生了。

可是现在呢，风水轮流转，我不能再失去了。

离开砚村木雕厂的那天，天气阴沉，就像师傅的脸。但师傅没有骂，甚至没有只言片语。事后晨阳跟我说过，他一度很害怕，因为师傅从来不这样。师傅越是骂，越是话多，越说明没事。但师傅突然不骂了，啥话也不说了，这让他很担心。

师母说，师傅独坐三日闭门谢客不吃不喝。

晨阳说，从那以后，师傅再也没有过笑脸，当然也再听不到他的骂声，哪怕是一丁点唾沫。

我很难过，但我仍然不想把我的后半生押在木雕上。我与建国开始各走各的路，与晨阳越走越远。

十三

  晨阳对我们抛家弃师的做法很不满，却又无可奈何。看着师傅重大的转折与变化，他忧心忡忡，对我们的不满渐渐变成了怨恨。我偶尔会给他电话，打到厂里，让他接，他接过几次，寥寥数语就挂了，再到后来，他就慢慢地不再接我的电话。

  他把所有的精力都放在木雕上。那个几年里，他不跟我们联系，我们也联系不上他。甚至那几年我们都不知道他在哪里，我们像空气一样地说这个人，偶尔也从一些人那里捕捉他的消息。

  自我离开后，他再也没有回过家。白天打毛坯，晚上修光。或者白天修光，晚上打毛坯。再后来，听说他开始主攻打毛坯。偶尔建国跟我联系时，我们还会说到以前，他嬉笑着再次说到晨阳笨时，我却再也接不上嘴。因为，我知道，晨阳的付出远不是为了他自己。

  晨阳光头最大的想法其实就是尽早离开师傅离开木雕离开砚村。而师傅的突然改变按说对他是天大的好事，这么多年骂下来，终于不骂了，这应该是求之不得的事。建国语重心长地在电话里吐出一口气，这木坨就是贱，被骂时接受不了，不骂了他又接受不了，天生的贱货。

  面对建国这个说法，我不置可否，无言以对。

为了让师傅能有个笑脸，或者，为了能让师傅骂他几句，晨阳动了很多心思。在浮雕上他开始研究散与紧、虚与实的关系，在镂空雕上研究不同图案的双面雕法，在半圆雕与圆雕上他着手全景呈现与半景呈现的和谐度。除了大件，晨阳还在一些细节上下功夫，比如在一些花式柜板的拼接榫头上，他会因榫而雕，进行类似蝴蝶或花卉的雕刻，让人完全看不出榫卯结构。或大或小，他都极力钻研。可是师傅却依然故我。在师傅一言不发越来越抑郁的情况下，他又将研究重心转移到将传统木雕靠近日产木雕的线路上。

日产木雕是笔村的主打产品，而砚村的主打则与东阳木雕一样，以打造传统的艺术木雕精品为主。日产作品讲究脆和利，用凿狠，用力猛，尤其是日梁，面板厚的可达二十多厘米，镂空却一镂到底，作品的纵深感强烈，深空间，深层次，条分缕析。花瓣在上，叶由中而上，花枝则透过底层一跃而起，层层上接。再或是，一鸟在上，一鸟在下，甚至一只鸟的双翅上下的幅度也呈现出距离上拉升的形象与抽象美。这种产品的初始观感很漂亮，但与传统木雕不同。传统木雕讲究的是柔韧性和饱和度，看起来既有线之薄，又有弧度之满，讲究的是虚与实、沉与浅的灵性与韵味。但日产不太在意这些。

而且，关键是当时的日产作品市场已明显大于传统木雕市场。在求新求变的时局下，晨阳觉得有必要适当改变。当然，他当初的目的只是希望能让师傅恢复骂人的精神和力道。我有时也会怀疑晨阳，这是建国说的贱么？

日产做了一年，订单量开始放大，最后大到让晨阳咋舌。晨阳怎么也没想到，日本人对于日产木雕的偏爱是如此凶猛。他一边做着，一边却有些犹豫。师傅一直没笑过，更没有骂过。师傅偶尔来，看看他，坐一会儿，然后随便看两眼他们在雕的产品，继而在烟雾中离开。晨阳开始担心，怕自己慢慢走进日产的死胡同，拔不出来，怕自己的眼珠子慢慢掉进日产的钱眼里。毕竟那不是真正的砚村木雕。

很难想象，在这样的时局中，他居然急流勇退，快刀斩麻，做了一段时间的日产后，晨阳说停就停了。

在停掉日产后的一两年时间里，晨阳就像消失了一样，我们完全失去了他的信息。直到好多年后，再次从远方点点滴滴地拼凑起砚村木雕的碎片。在碎片里，我们慢慢发现，沉寂了很久的传统木雕再度在砚村绽放。

十四

亭台楼阁、神话飞仙、花鸟虫鱼的雕刻再次出现在砚村木雕厂的车间里，从浮雕到圆雕，从镂空雕到阴雕，似乎又恢复到了以往。晨阳不会忘记那天的师傅，他突然出现，在磨刀间站了一会儿，然后摸摸三英战吕布，又摸摸哪吒闹海，继而转到圆雕车间，对着秦琼和关羽看了又一看，说，妈的，真是个关公战秦琼的时代。晨阳转过头，一下子惊住。他大叫一声，师傅，你回来了！

师傅笑了，我哪有离开过？可是整个人却明显瘦弱了许多，脸上的皱纹斧劈凿刻，眼珠子掉进了深深的眼眶里，脖子上的筋脉像粗粗的蚯蚓。而身上的衣服却晃着，空空荡荡。

晨阳的眼睛红了，说，师傅我就等着你骂呢，可是我做日产你不骂，不做日产也不骂，做家私你不说，不做家私你也不说，今天，你终于张口了。

骂什么？你一直在做着，我再骂你？连不做的都不能骂，在做的还能骂？嘴唇开合中晨阳看见，师傅的门牙只剩了一颗，笑容里阴云似乎散了。

接下来的个把月，师傅天天都来。

从浮雕的镂空技术到圆雕人物的点睛术，师傅在现场一一露手，并且叫晨阳一边看一边试。十八罗汉、四大美女、江湖好汉，不同神色不同姿态，不同的眉，不同的眼神。师傅开一对眼，晨阳开一对。偶尔师傅会在旁边的木料上坐下，指点着晨阳的手势和动作。那天他再一次点上烟，看着边上小心翼翼正给人物开眼的晨阳，说，晨阳，一定要记着，咱们是工匠，要耐得住心，沉得住气，稳得住劲，不能毛糙和心急。木雕啊，不嫌精不厌细，冷板凳上要坐得住，螺蛳壳里能琢出玉……话未说完，呛声四起，浊泪喷溅。他佝偻的身子向前倾，愈发显得矮小。晨阳有些心疼，歇下手赶紧去扶师傅，师傅却用手肘支开了他，去，龙凤点睛，人物开眼。剩下的都留给你了。

印象里，我那六年，还不曾接触过这些深奥的东西，尽管我的作品被送去了北京上海做样品。但那还只是木雕界的小巫罢了。木雕技艺深似海，高深的东西数不胜数。

我们不知道师傅点化晨阳的时间有多长，反正后来我与建国碰到砚村或邻近笔墨纸砚四村的人都发生了变化，一说到晨阳，他们的眼前总是一亮，脸上掠起一片白鹭飞过的神情，说，晨阳师啊？我认识我认识！话里话外，都以自己认识晨阳为荣。

那时候，我们才恍然大悟，晨阳已经从我们嘴里的晨阳光头到晨阳木坨，又到了晨阳师。要知道，在木雕界，叫师就意味着上了大师的线。新徒会尊称相对熟练的木雕师傅某某师，但如果所有人张嘴就是晨阳师的话，那就意味着晨阳已经站上了顶峰。这个曾经言辞木讷说迟早要离开木雕的人居然已经走在了砚村木雕工匠的前列，居然成为砚村木雕的代表人物了。当时最大的传言是省人民大会堂的大型壁挂《秀美山川》就是出自晨阳之手，而且，那时很多地方知名人士都以买到晨阳师的木雕作品为荣。

十五

作为砚村木雕的代表人物,晨阳有一样是完完全全胜过了我和建国的。

过了三十,我和建国依然在晃荡,我的名义是先立业后成家,建国的说法是多个女人多个牵绊。对于我们这样的说法,砚村人普遍嗤之以鼻。一开始,他们都认为我和建国是要求高,在外闯荡得有点样子了,所以不肯低就。后来,他们发现,不是我们不肯低就,而是猴子屁股坐不住,没人看得上。

那段时间的我颠沛流离,稿子写了一堆又一堆,发表的却是凤毛麟角。也就在那时,我才发现我的决定有点冲动了。生活远不是想象的样子。即便稿子写得再好,但从写好寄出,再到发表,最快也需要十天半个月的时间。到收到稿费单,却要两三个月那么久。有时久到让我一个包子需要掰开吃两顿。

很多人说你在老家也可以写,为什么要出来?可是囿于那个环境,我知道我写不久。我并不是要特意跑出来体验生活,我是怕再不出来,很可能就会永远被困死在山旮旯里。就像有些人从出生到老死都没有出过村一样。而我,怀里种子已经发芽,它正裹挟着强大的渴望破土而出。

苦难的时光是相似的,建国在火车上,在汽车站,在城郊村，走走停停。装袜子的包慢慢瘪了，腰里的包渐渐鼓了，佝偻的身子就直了。做木雕为了什么？还不就是这样的结果。偶尔他也笑，有时想想砚村也挺好，毕竟师傅最多是骂，我却要遭人打。不管袜子的质量有多好，城管却追过我三条街，地痞也白穿我几百双袜，记得我说的啤酒瓶插在路中间么？我踢倒的是矿泉水瓶，塑料的，却要赔两百。

我纳闷，那你为什么不回来？

建国说，做木雕有什么前途？

我无言以对。建国又说，要说木雕里雕出前途，只有你可以，可连你都放弃了还说啥。

现在我俩就听着晨阳的故事被砚村人笑。

父亲没想要我做成作家，因为那几年时间里他已经把我看透了。从不愿意做木雕开始，父亲就认定我这个人不会有什么出息。师傅喝酒喝出眼泪的晚上，父亲大骂着从床上滚下来，把陈家的祖宗骂了个遍，甚至他觉得我是阎王派来专门祸害陈家的，他把自己从山上滚下来摔断双腿的事也怪到我头上。那晚，他把师傅的酒喷到我脸上，喝酒的碗砸到我头上，他把报纸撕得粉碎，然后说要扒我的皮吃我的肉抽我的筋。师傅却抱住了他，用酒、眼泪和唾沫一起，结结巴巴地说，你已经哪儿都走不了了，就让他走吧。

在父亲看来，如果我当时学下去，现在出人头地扬眉吐气的就是我们陈家，而不是木坨。当然，最关键的是，他咬牙切齿地说，人家轻轻松松就都讨了老婆，孩子都有了，你看你，你的孩子还在鸟上晃。

晨阳的婚姻实在是来得太快，听说到他二十八岁时，上门提亲的已多得不行。一开始我们不信。那次回砚村，我去看晨阳，他不在，但我看见了厂里各个系列各个品种的木雕产品。简直不可思议。那个时候，脑子活络的人都在想出去或出去的路上，只有晨阳留了下来。于是他就成了砚村木雕工艺厂的主要人物，这个有着一手好手艺的主要人物成了砚村人茶余饭后的美谈。就我去的那天，我就见到了三户上门的人家。原以为他们只是来厂里看看，后来才明白，全是来拜见师傅的。这个师傅是晨阳，是晨阳师！

出了名的晨阳师大不同了。笔墨纸砚几个村的人如果没有好的路子不能出去，那都以自己的孩子能进晨阳的门下为荣。晨阳师似乎有大过师傅的趋势了。见过这一出，我还有什么理由不相信晨阳的呢。母亲说，你在外面不知道，想拜晨阳为师的人可以排长队，想嫁给晨阳的人也可以排长队。

十六

在订婚的前一天，晨阳带着三个徒弟上山。那时的晨阳已经有了徒弟，跟我们当时的拜师一样，虽没有名正，却是言顺的。大家都知道谁谁跟着谁学就行了。晨阳说，为什么拜师要弄得那么正儿八经，这样会给新人压力，觉得入了门就得尊师重道，得循规蹈矩，得唯唯诺诺。所以，他说，你们不需要正儿八经地拜师，只要好好学就可以。这样的话传出来，大家很意外也很高兴，可是已入晨阳门下的家长却又担心，怕毕竟没有正经拜师，他会不会视如己徒，把看家的手艺教给孩子。但后来大家发现，即便这样也没办法。于是大家就再轮番地给晨阳送礼，比赛着谁送得多谁就心安。建国知道这事后还真是后悔了，说，娘的，如果我在，有木坨啥事。

我笑他眼红晨阳。挂完电话，却发现自己也有些失落，这些年，为了实现所谓的梦想，我去了很多城市，越走越远。而建国已不卖袜子改卖胸罩，从布的卖到海绵的，从有钢圈的卖到无钢圈的，从布肩带卖到透明肩带……这一切都证明我们的梦想终究还是掉在了晨阳木坨的后面。

现在再也没人敢叫晨阳木坨，现在是晨阳师。晨阳带着三个孩子在那坐了半天，然后朝南望着东阳的方向，跟孩子们说，老辈人以前去一趟那边，得凌晨三点起来，走上五六个小时才能到。那儿应该是我们的归属，咱们砚村木雕也是东阳木雕的一支，我们的大本营在那儿。你们以后一定要去东阳看看，咱们要走到东阳木雕的核心里去，再闯荡到外面，去北京去上海去世界需要我们的地方。远山如黛，他的徒弟都很憧憬，沉浸在不可限量的前途中，晨阳却一下把他们扑倒了，大声说，今天我们来摔跤，看谁摔得过谁。

一个小时后，晨阳与三个徒弟气喘吁吁地坐起来。他拍了拍他们的肩，说，明天起，我就是师傅了。然后，他朝南又望了望东阳的方向，站起身头也不回地走了。

在我们砚村，结婚前都要有一次摔跤。这一摔就是告别孩子走向成人，这不算成人礼，却是走进婚姻前的一道仪式。从此之后，再不是孩子，再不能耍性子，再不可为所欲为。从此之后，人生所有的责任与道义都要扛起来。

这一跤，晨阳摔了徒弟，也把自己的前半生摔结束了。曾经梦里出现无数遍的女孩子就此彻底断了念想。这一直是藏在晨阳心里的秘密。他原本一心要离开，后来因为厂里多了个小女生，偶尔一张嘴，总是脸先红着。关键是她的修光做得非常好。那时的晨阳一直被师傅骂，骂得他抬不起头。偶尔抬头，会与她的目光相撞，那一刻，他也就被她的目光撞红。在被所有人叫木坨时，只有她，从来没有叫过。有时她还会走过来，教他用凿的劲要怎么把握，切边与剔地时应该注意什么。他听着，却会走神。也就是么几次，他动了心，七上八下的心跳声里，他听见自己的内心深处有了小小的梦想——总有一天要追她，等到自己出师的时候。那段时光，他甚至开始憧憬着后半生的木雕生活，自己打毛坯，女孩在边上修光。一件台屏或壁挂的问世，浸润着两个人的心血。一想起，他的脸就烫得火烧一般，心里甜得跟吃了蜜似的。直到抬起头，发现那个位置空了，他右手上的凿子一下就扎进了左手的虎口。可是即便这样，那位置还是空着，而且一直一直空了下去。在年纪跨到三十岁的边上时，他去打听了，却发现人家早在另一个城市为人妻为人母了。

十七

赵红梅在砚村的桥头开了个面条店。在所有人送礼送得不亦乐乎的时候，赵红梅用每晚一碗面条的方式，让晨阳心怀感激。在黑灯瞎火的夜晚，赵红梅用一瓶五十六度的砚山烧，敬我们砚村最好的木雕大师的方式，把晨阳与自己放倒在尚未雕刻的大块椴木上。

摔跤的第二天，全村人都知道晨阳与赵红梅订了婚。三个徒弟终于明白晨阳师的意思，从此以后师傅相将摆上桌面，吃与喝，站与坐，提斧握凿，一切的一切，都得有模有样。我们砚村人历来认为结了婚就是一个真正有规有矩的人了。

结婚的宴席很隆重，不仅砚村在家的人几乎全到场，笔村墨村纸村，以及东阳的好多木雕师傅都来了。晨阳没有登高呼就摆了几十桌，席面占据了砚村的整个祠堂。

这一天的晨阳不再是光头，他的头发梳得有模有样。据说在我们离开的时光里,他的头发开始蓬勃生长。之前的光头,是他图便宜特意叫人拿个推子推光了。而现在,头发四六分,一身的帅气,有着香港明星的范儿。

令人瞩目的帅气新郎官几十桌的酒敬下来,把自己敬晕了,最后在众目睽睽之下大哭着进了洞房。父老乡亲们知道,这个没爹没妈的孩子太苦了,苦到今天到头了。

只有晨阳自己明白,他是为了师傅一千块钱的红包哭,一见到人家转送的红包,晨阳的心里空落落的。那时砚村的份子钱一般是每人一百,冲破天也就是三百。而师傅的红包是一千块。晨阳不想要,他就没想过要师傅出红包,他希望师傅能来人,哪怕露个脸也好。但师傅终归没有出现。

赵红梅成了砚村所有未婚女人羡慕的对象,不仅是她们,还连同她们的父母和亲戚。她们与他们都有些后悔,后悔自己没有一个劲地粘上去,后悔自己上门的腿脚不够勤快,后悔让帮着提亲的力量太弱。他们的后悔如涓涓的砚溪水,虽然不猛却一直流个不停。一些有女儿的人家甚至意淫了无数次有这个女婿之后的日子,那该是如何的扬眉吐气!

眼下,能这般昂首挺胸的只有赵红梅一家。面对着附近大小村庄的孩子,赵红梅跟父亲说,老爹你就等着吧,以后你喝的抽的我们都包了,尽管吃尽管喝,有的是人提来。

夸了海口的赵红梅,真是得意了。上门的人是一茬又一茬，送礼的人是一拨又一拨，他们前赴后继，互相比拼。将赵红梅的脸都拼红了。赵红梅说，我得好好补补，养好身体给你生一个木雕小精灵出来，好壮大你的木雕事业。

晨阳有些小腼腆，脸上不自在，说，好好。不过，你要吃，最好咱自己买，爸妈要吃的，咱也自己买。赵红梅一听就不高兴了，样样都自己买得花多少钱？更何况乡里乡亲的你不收反而被人家骂。

赵红梅说得没错，都是熟人，哪怕是再远的村庄，中间只要攀个亲，也一定能连得上。但晨阳觉得，就是自己手艺再好，再需要人，也需要有个安排。最重要的是，晨阳的想法不是简单的招学徒，只会提斧握凿的学徒哪里不好找，随便一招手回头的就有十来个。可那不是他要的，他要的是师傅曾经寻找的人，真正有灵气的徒弟，愿意吃这碗饭到老的徒弟。而且，一定还不是单单为了吃饭。

赵红梅说，你这脑瓜子怎么到现在还不好用？以前人家说你是木坨，我还不信，到今天我才发现，原来你还真是木坨啊。人家做官是过期不用就作废，你要知道，你也要过气的，能招时赶紧招，招几个算几个。另外，拜师费也要好好算一算，就算一个徒弟两千块，那十个就是两万。到两年后，他们再给你创造利润，然后每年再招个二三十个，哎呀，咱家的日子不要太红火。

那天的晨阳第一次默默地点上了烟，抽了一口，呛了

清明上河图 305

好几声。赵红梅走过来用手指戳了戳他的脑袋,说,真是木坨,还抽起烟来了,跟你说,烟也是人家送来的。记住了,你一定要听我的。不然,谁让你抽啊。说着赵红梅就扭着屁股从院门挤了出去。

十八

世间的变化就如这天上的云,飘来荡去完全没有任何征兆。对于这说法,建国不承认,建国说怎么没有,是老早老早就有征兆的。

对于建国的话我不认同也不反对。但不得不承认这个时代的波谲云诡。

这四五年里,砚村发生了很大的变化。跳海声一浪高过一浪,呼声直冲云霄,把砚村冲击得体无完肤。

建国夹杂在第一拨人里回到砚村。他把头发梳得油光发亮,嘴里叼着三五牌香烟,脚上的皮鞋能映出人影。还有身上那套皮衣,又软又挺括。走在砚村的小路上,建国腆起肚子,给熟人递烟,一边递一边故意撩起衣服,别在腰间的BP机便露了出来。

每次回来建国都会带回爆炸式的新闻,说有个明星明明是男的却变性成了女的,就好比是把杭州的雷峰塔铲倒,又在西湖底下挖了条隧道。又说香港澳门要回归了,出境就是一脚油门的事。把我们听得一愣一愣的。与建国一起传递这些信息的是第一拨跳海的人，他们中大多数经过呛水后，已经度过了危险期。而度过危险期的建国们，这一去就不再回头，再回头都成了砚村的客人。

想到这些，晨阳说，赵红梅你说得好！过期不用要作废！

说完这句话，他就蹲在了墙角。仅仅是四五年啊，木雕厂里的业务一落千丈，这个几年似乎就是铆着劲为了把当时如山的业务搬空。现在，不仅业务空了，人也空了。到晨阳说出这句话时，他最得意的三个徒弟已经走了两个。而其他曾经乱哄哄地一心要上门拜师的这拨人，树还没倒，却早已做了鸟兽散。

邻村人见面会问，你家孩子有没有出去啊？

当得到答案是出去了，就微微点头，脸上溢出一堆笑，好啊好啊，有出息啊。

当得到的答案是还在木雕厂做木雕时，他们就会摸摸胡子或下巴说，哦，哦。然后回过头却让肩膀上的脑袋晃荡起来。这样的场景，不仅晨阳接受不了，只要还在做木雕的家庭似乎都觉得自己做了大逆不道的事了。

一开始晨阳并不在乎这些，徒弟不在多，在于精。直到陈家巧来辞别。陈家巧是几个徒弟里最有灵气的，晨阳怎么也没有想到，连他也对木雕失去了信心。

那天陈家巧来请晨阳到家里喝酒，晨阳不愿意去，都这年头了，谁还去喝酒啊。人家一出去回来就是盆满钵满，在木雕厂待了几年，还是几块钱的工资。而且，路上碰到有人问怎么办？到徒弟家里喝酒万一家长也说到这事怎么办？晨阳当然也想好了，如果家长也有怂恿孩子离开的心，自己应该怎么说。这不仅仅是一门手艺，更是非物质文化遗产。国家不是一直在做这些事嘛，他认定木雕这种工艺不是一般的木匠油漆，迟早会登上非物质文化遗产名录，迟早会被大众承认是真正的艺术的。有一段时间，他也曾去东阳，跟相关的木雕界人士一起奔波，但最后他还是守住了自己，他觉得自己最应该做的事是守住砚村木雕，坚持砚村木雕。

可是，这样的话自己信，别人能信么？赵红梅就不信，赵红梅说，你已经走火入魔了，再不拔出来，怕是一辈子都毁了。再说了，就算是入了你说的什么非物质文化遗产，那又怎么样？你身上的肉多了还是我身上的肉多了？还是咱家里一下子富得流油了？

连环炮打过来，晨阳根本没法挡，没法跟赵红梅辩。当然，他也没去吃饭，他托了病，说身体不舒服，什么也吃不进。

若放在以前，晨阳要这么说，那等于就是给江河堤坝开了口，上门送礼的人会络绎不绝。可是这一次，一个也没有。

直到第二天，徒弟陈家巧拎了箱八宝粥上门，说特地来看师傅。在得到肯定的回答后，陈家巧说，师傅身体好了我们就放心了，我妈让我今天来，就是要跟师傅您说下，从明天开始，我也不来了，我父母已帮我联系好了广州的老板，准备帮人看摊位去。

晨阳已经忘了自己当时是怎么说的，是答应了还是没答应，反正脑子里一直是那个一心想跟自己学木雕的陈家巧头也不回的背影。他多么希望像电视里一样，陈家巧走着走着突然就回了头，然后径直跑到自己面前，大声说，师傅，我还是决定留下来。

但晨阳想了半天，直到陈家巧的人影消失了五分钟，脑子里那幕场景也没有出现。

到这一天，他才突然明白了师傅，师傅当时在建国走时把天骂出了窟窿，在我走时闭门三日。而晨阳呢，真正在床上躺了三日。这一切来得太快，晨阳完全没有做好足够的心理准备。用晨阳的话说，建国的走与我的走还算是自己有梦想，可是现在徒弟们的走算什么呢？大潮狂奔而来，拍死在沙滩上的是恋旧的人还是坚持的人？谁是对的，谁又是错的？谁也不知道。

赵红梅忍了三日，最后看着晨阳的一张苦瓜脸说，三十年河东三十年河西，我不后悔嫁给你，但咱们不能再这样下去了。我联系了在杭州的表姐，她在那边开了家快餐店，生意特别好,旁边正好还有个店面,说可以帮我们盘下来,咱们可以去开家面店。你知道,我以前就是开面店的,咱有手艺,还怕没钱挣啊。对了,听说,表姐那么傻的丫头,那店随便弄弄都有十来万一年呢。

晨阳不置可否,赵红梅看着他,知道他在想什么,后边的话咽了回去。

一个月后,赵红梅怎么也坐不住了,村里留下来的人越来越少,大家都生怕被别人抢了先,这个时候,晨阳还坐着,赵红梅就恼了。你看看你,一天到晚在家里,或者去木雕厂,有什么用?看着人家吃肉,咱吃西北风?你以为木雕还是当年啊,要是早知道你是这种烂泥,我都不会嫁给你!

晨阳没有朝赵红梅发火,他将手上的烟摔到地上,用脚踩住,狠狠地碾了碾,然后抬起脚,一下就把眼前的小狗踢飞了。小狗的惨叫声在院外此起彼伏时,赵红梅的骂声也在院子里一下子蹿上了天!

晚上,晨阳没有回家,独自在木雕厂坐到了天亮。看着那么多凿具,那么多作品,他的心里波涛汹涌。他把一块块作品叠起来,把圆雕的十八罗汉一一放倒。那一刻,他惊觉,眼前的一切都成了木雕尸体。一股失落、害怕,以及如坠入深渊的失重感像水草般的烟雾一样缠绕着他,说不清道不明,却让他浑身发抖。在颤抖的间隙里,他摸了摸身子,绵软无力,他发现自己身上的骨头被抽掉了,身上膨胀的气也被慢慢地放掉了。

又到了选择的时候了。这已经不是第一次了。这一次比第一次还难，这一次是拖家带口，这一次是走到了一个行业的十字路口。

第一次想走没走成，这一次或许真该走了。

十九

建国走了，向前走了，自己其实也是一直想走的。哪个师傅会那样骂人，哪个师傅的眼里会那样没有人。从走近师傅走进木雕厂的第一天起，我就想着，总有一天要走。只是建国走得太早了，自己不好意思马上走。然后向前又走了，看着师傅整天抑郁的样子，把我要走的念头又给打消了。

晨阳这样说的时候，我想起来，晨阳确实一直以来都想走。只不过，他几乎不说。那次在磨刀，凿子把手指又磨掉了一层皮，晨阳用大拇指试刀锋时，师傅突然大吼一声，把晨阳吓了一跳，大拇指一下子就出了血。那是第一次，晨阳私下斩钉截铁地说，我迟早要走！

在我们离开后，晨阳一直拼命地研究和钻研不同的木雕。可是，那段时光并不美好，师傅的闷闷不乐让他一直心怀内疚，他感觉建国与我造成的后果毫无理由地让他承当，谁让他是大师兄呢。

可是，师傅却根本没有改变。于是他向师傅提出，要去外地了解其他的木雕。比如广东、温州的那些家私装饰型木雕。这种木雕之前建国是第一个接触的，但没有坚持。而师傅愿意派建国出去，一定是觉得木雕的改革势在必行。从他之前讲的故事，从他之前的种种忧心都可以佐证师傅对整个行业有着长远的忧虑和担心。于是，晨阳用了一两年的时间去了广东，又去了北京。因而，我们到后来才知道晨阳的经历有多丰富多离奇。

在广东，他带着几个人到了南海。那时中央电视台南海影视城基地刚刚开建，有一部分梁柱需要木雕装饰。在去之前，他通过师傅在东阳的熟人联系好，并与负责人搭上了线。包工头答应，只要牛腿的样品做好，这批活就定了。进了车间，满心欢喜地挥斧使凿，毛坯刚打到一半，外面乱哄哄地进来一帮人，叫嚣着让他滚出去。最要命的是所有的方言都是晨阳耳熟能详的，晨阳就听着东阳话，看着这一帮老乡在那里嘶吼。他拎起斧头，从车间里往外冲。这是晨阳人生里第一次手拿工具当凶器冲在前。事后我问他，为什么这一次会有这么大的勇气，他说谁的苦都能受，谁的骂都能忍，师傅可以打他，建国可以骂他，砚村人可以戏弄他，但在这里，不能无缘无故被外人欺负了。

晨阳高举着斧头要与人拼命时，几个熟悉的人影撞进眼帘，是砚村的老乡。他们在砚村木雕厂待过几个月。这几个月把他高举的手给掰了下来。谁都可以争,但他不想与砚村的老乡争。僵持着要撤退时,影视城的包工头站在高高的殿堂上用广东普通话高声骂了一句,你们这帮外地佬,全他妈给我滚蛋!

那一刻,晨阳第一次觉得没意思。这种活有什么干头,人家出门拧成绳,我们出门窝里横。这是晨阳第一次真真切切有了要离开这个行业的念头。

背上包,晨阳毅然到了广州。在广州,他坐上开了三个小时被收了两次费却还在原地的车。他也踢倒了人家的矿泉水瓶,人家要价一百。晨阳终于明白建国说的不是天方夜谭。火车站广场那么大,大到不断有人将手伸进他的口袋,被他抓住时,对方说我只是想抽根烟。晨阳说,那我把烟给你。不,对方说,我要自己买……

整个地球在他脑子里都是圆的,圆滚滚的让他有种随时要晕倒的感觉。

晨阳恨不得立马回砚村,或者去另一个地方改弦易辙。可是就这样走,又怎么跟师傅交代?第一个走时,师傅大骂。第二个走时师傅变哑,憋着一身的内伤至今未愈。第三个要是再走呢?晨阳不敢想。可以走,但不能这样走,不能一出来就把老家直接丢了。

在哪里丢的自己,就要在哪里找回来。心慢慢定下后,他开始继续联系砚村与东阳的老乡,去东莞去顺德去佛山,看这家家具厂是否要人,看那家木雕厂是否缺人。

在这个时候,晨阳才发现,广东的家私木雕与东阳木雕有很多不同,倒不是流派风格不同,而是最明显的工艺和用途不同。东阳木雕讲究实用与鉴赏于一体,对艺术的追求很苛刻,不管是哪方面,比如建筑和装潢雕饰的牛腿、雀替、花拱、琴枋;比如家具和日用品类的装饰木雕,千工床、花大橱、桌椅案几等;而更多的陈设性鉴赏品如台屏、壁挂这些。在艺术上的表现见一逐万,精益求精。想想东阳当年那只有名的满地花樟木箱就可以了。师傅曾经说过,满地花樟木箱曾是东阳木雕的极致。不仅在箱子四周和顶上五个面全部雕花,而且将所有图案全部雕得密不留地,以凤凰为中心,整个画面紧凑繁华。再在所有地上还以阴雕方式刻满各种花卉图案,层次丰富,构图饱满。百鸟朝凤,真正有了万鸟归宗百花齐放的魅力。只是现在人没有钻研的力道了。现在到了广东,看看眼前的这些,晨阳明白了,师傅说的就是这些罢了。在这里,几乎全是微型装饰性的木雕,晨阳也是第一次真正接触到红木榉木。木雕的产品是万千家具中的微小装饰品,仅为显得家具看起来更好看一些。在这里,基本就是浅浮雕、镂空雕或镶嵌式木雕贴片一统天下。而这些,与当时建国在温州乐清见到的又有多少区别呢?

在这里晨阳还见识了榉木的硬,水曲柳的拧,桧木的倔,更多的是尝到了红木的下马威。红木当然不是一种木材，紫檀、花梨、酸枝都有。晨阳磨得雪亮的刀口在花梨木下崩断了一把又一把，是硬生生地就断了一大块，或裂了一大口。红木之硬，堪比石材。可是，晨阳当时并不知晓。习惯了樟木与椴木的柔软和刀劲，一出手便栽了。看起来简单得只是砚村木雕牛腿上的皮毛之雕，却硬生生地吃了他一把又一把吹发即断的凿子。晨阳心疼得要命，却又无可奈何。不仅如此，两只手也肿成了馒头。这是他做木雕这么多年来从没有过的。这个时候，他才知道，木雕这一行里水深莫测，看着是粗枝大叶的雕刻，却依然有着不同的属性，需要不同专业度。

为了雕刻罗马柱和桌椅的狮子腿，晨阳换了一副凿子，磨透但凿锋略钝，有了前车之鉴，他明白，红木家具的雕刻要的是一种钝感力，是一种含着钝感的渗透和切入。既不能使刀锋钝口碎裂，又要刀刀扎进，入木三分。椴木木雕一刀的活，红木得七八刀。樟木一刀的劲，红木得五六刀。虎口隐隐作痛，吃饭的时候，他连饭盒都端不起来，打饭时，工友笑话他，说，两个馒头就够了。他想起建国以前坏坏地说着女人的米字旗和两个馒头的时候，泪水突然就糊了眼。当年成往昔，人非物也非。

当天晚上，晨阳做了个梦。梦见师傅过世了。他一下子从梦中惊醒，坐起时发现身边歪七竖八的工友们都比赛着打呼噜，而他心有戚戚再无睡意。师傅先是摸了摸边上的木雕，然后问了他一句，你还回来么？他不想回就没应声。一转眼，就换了个人，特地跑来叫他，说师傅被你气死了，你要下地狱。

大家惊愕晨阳突然要回老家，这里的收入不比砚村多么？

晨阳说，多很多。但是，这里的木雕不适合我，我怕做久了，就再也不会做砚村的传统木雕了。

大家又是一惊，一定要会做砚村的传统木雕干什么？咱们学做木雕不就是为了挣点苦钱，有口饭吃么？现在这饭不比砚村要吃得好啊？为什么要在一棵树上吊死呢？

谁说晨阳没想过这个问题。甚至他思想斗争过很久，为什么呢，人都是这样活，他又为什么要与众不同呢？就算是回去砚村做木雕，又能看得出自己有什么地方比人家更牛？什么也没有。可是晨阳就是想回砚村，因为想到砚村那些木雕作品时，他突然会怀疑起自己，自己的刀还能在椴木上雕出山水人物来么？看着眼前粗枝大叶的修饰木雕，看着桌椅上打磨过的完全没有技术含量的刮边剔地以及贴片式木雕，晨阳有了两个想法。一是回砚村，二是在精通了东阳木雕后，再来研究精致的红木家私的木雕。他想，即便是家具，即便在坚硬的红木上，仍然可以将木雕雕刻得更精致。艺术应该不分材料。这，应该成为木雕人的追求。

二十

可是，抱负有时却成了包袱。现在，似乎又到了离开的时候。

这一次的离开跟那时不一样了。师傅老了，他已经不在砚村，他被子女们接进了城，他们不允许他再关注木雕。他们要他安心养老。

晨阳结婚后，他回过一次砚村。师母搀扶着他，一脸的和气一脸的慈祥，身子板却如柴似棒。这令晨阳很难过。看晨阳还在做木雕，师傅不多说，褶皱的脸上还是努力地堆着笑。

等晨阳忙完，晚间买了东西过去时，黑灯瞎火的，敲了半天门也没动静，晨阳知道，师傅又走了。

赵红梅抽空去了一趟杭州。回来的时候，跟晨阳说，房租我已经交了，正让表姐帮着买餐桌，你跟我一起理一理，家里能带的尽量带去，省得买。

晨阳的眼神空洞，之前四六分的帅气发型也发疯似的长成了鸡窝，他看着赵红梅的嘴唇翻飞，却什么也没听进去。

赵红梅的动作很麻利，一天的时间她全都收拾好了。出门这个时髦的词马上就要降临到这一家人的头上。赵红梅很兴奋。她说，砚村处处是狗屎，杭州遍地是黄金，去迟了，满地捡也轮不到你了。她一边说一边把几只蛇皮袋塞到晨阳的手里,班车在路口停下时,他被赵红梅推上了车。

车上,人声鼎沸,此起彼伏,哎呀,晨阳师啊?这是去哪儿啊?

谁不认识大名鼎鼎的晨阳师啊。可是晨阳没有抬头,他的目光一直卡在两腿之间。后来他说,那天的他特别想拉开车窗,想回头看,但他的目光在晃荡的车厢中被打湿了,沉重的眼皮再也没能抬起来。

赵红梅说自己从来没想过要离婚,但她轻松地就解决了自己的人生大事。

在去杭州的第十个晚上,晨阳就抛弃杭州回到了砚村。表姐跑来跟晨阳说,有个电话非要让晨阳接。晨阳接了之后就蹲着起不来了。

一想到这事赵红梅就气不打一处来,骂庄守城自己进了城,临死还要把他老公给弄出城去。

电话不是师傅打的,是师傅的儿子,说,晨阳,我爸有一句话非要我说给你。晨阳一听就知道坏事了,他气都不敢出,就听着师傅的儿子说。咱砚村的木雕就靠你了,你得传下去。晨阳没有吱声,他没有点头也没有摇头。他望了眼十几米开外的面条店里,一排排的客人正坐着等面呢,赵红梅说,照现在这样下去,不用几年,我们也可以在城里买房。

师傅的儿子说,你应个声吧。晨阳还是没有吱声,自己没爹没娘，师傅其实就是自己的爹了，可是在结婚这么大的事情上，师傅居然不露面。一千块钱的红包是大，可那又算得了什么。这件事一直盘桓在晨阳心里，过不去，永远过不去。

电话里，师傅的儿子还在催，你哪怕应一下啊。

晨阳不语。

师傅的儿子急了，应一下应一下啊，老头子，老头子已经不行了。

晨阳又抬起头，望了一眼十来米外的面条店，店里人头攒动，正有人大声问着，我的面好了吗？晨阳的喉结动了动，口水在咽部打了个转又咽了下去。

最后师傅的儿子大发雷霆，你倒是让老头子走个痛快啊。你骗一下他也行啊！他把你们三个视为咱砚村木雕的传人，尽心尽力教你们做木雕，结果你们一个一个走，他的心结越来越重，最后到了你，帮着你想出去的愿望，让你去广东去北京，最后以为你也不回来了，老头子一口气闷着，积郁成疾，早就得了肝癌。知道你回来，还挣扎着非要回去教你一些狗屁的看家本领，就你们这样，有意思吗？你以为你结婚他为什么不去，他还去得了吗？

晨阳的鼻子塞住了，继而滚烫的东西一下子糊住了眼睛。话筒边却突然传来大声的咕噜咕噜声，他知道此刻的话筒正在师傅的嘴边，他用力擤了下鼻子，拼命地点着头，大叫着，师傅！你放心！你放心！话音刚落，呼喊声号嗨声从话筒里如长江狂浪直扑过来。

当晚，晨阳就离开了杭州。

师傅过世，我在北京，建国正出差缅甸，我们两个都没有到场。晨阳趴在师傅的灵堂前，哭得死去活来。并发誓，传人这件事到他这儿会逆转。有一段时间，他逢人就说师傅养了两只白眼狼，一只白眼狼当了狗屁作家，一只白眼狼成了狗屎老板。

二十一

木雕厂的蔡厂长早就去做了房地产，原来的木雕厂房子也已经被村里收回，需要租金才能出租，只有曾经香火旺盛如今已经蛛网相连的祠堂是免费的。晨阳大张旗鼓地买了一些木材。砚村人都以为他的回归是联系好了大业务，晨阳却说，没有好的作品怎么去拉业务呢。

那段时间的晨阳，天天潜在祠堂。也就是那时开始，我们才知道，晨阳居然还有一手画图纸的本领。

在木雕行业，分为三个工种。修光，打坯，设计。所谓设计就是画图纸。但随着社会的变化，这三个工种愈加独立化。造成的结果是，设计者对需要雕刻的技术不理解，图纸会脱离打毛坯的实际。打毛坯者不了解设计，就不知道人事物之间的联系。而修光工没有对前两者的把握，就只会按部就班，本该以修出灵气与韵味为主，却变成了修干净就好。而晨阳，从磨凿开始，经修光，拉花，打毛坯，眼下，已经会自己设计图纸了。

我看到过他设计的图纸，篇幅巨大，繁华有序，神韵非常。刘姥姥进大观园，三英战吕布，一帆风顺，国色天香。除了这些，还有四大美女、渔樵耕读等，数不胜数。

不仅这些，他还专门研究了木雕的一些规则，说是规则，实际却是传统文化在木雕里的运用。比如曹姓村落不雕华容道，吕姓人家不雕白门楼等。说得我们云里雾里，说清了一想，又觉得蛮有道理。而这些，都是这个只上过几年学的孩子后来看书看连环画时自己悟的。

可是，从设计到修光的作品诞生需要漫长的时间。山已经吃空了，与赵红梅离婚后，他净身出户，身上也就几千块钱。

我们不知道那段时间的晨阳是怎么过来的。听说，祠堂边一个姓陈的小寡妇一直在接济他。那段时间，他一开始睡在祠堂，吃在祠堂。渐渐地变成睡在祠堂，吃在小寡妇家。小寡妇看他可怜，曾经那么高大上的令人仰望的晨阳师一夜之间成了吃住在祠堂的落魄之人。谁都会心酸。而小寡妇的家就在祠堂边上，抬头不见低头见，送菜送饭送着送着，就把晨阳接进了门。

而此时的晨阳，最大的心事是寻徒。在砚村，已经没人有心思学木雕。但晨阳仍然记得最后离开自己的陈家巧，听说他去广东卖布没多长时间又回来了。所以，他得试试。这几年来，附近村落里，谁的悟性高谁的灵气长，他都知晓。甚至有些孩子只要看一眼，他就能洞察。左思右想，他仍然不愿意放弃陈家巧。

这是晨阳第九次上门了，陈母已经把天骂出了窟窿。窟窿里溅出的不是唾沫，是一把把利剑。但晨阳不在乎，他甚至跪了下来，跪在陈母面前，央求陈母能够让陈家巧跟他学木雕，他说这是他几十年来唯一见过的对木雕最有灵气最有悟性的孩子，如果他继续做木雕，不要说砚村，就是东阳木雕以后撑大梁的也可能是他。

在听说晨阳的目的后，陈家巧的母亲怒了，她与许多曾经跟着他学木雕的孩子的家人一起，说你自己的一生毁了，还要来毁我的孩子么？她们口诛手伐，完全忘却了当年站在村口樟树下，一心想着要是晨阳师能够收自家孩子为徒就是祖坟冒青烟的事了。

晨阳口不择言，好苗子啊好苗子啊。

陈母问好苗子能给多少钱，晨阳一时答不上来，憋了半天才说，只要他出师了，可以挣很多。陈母问很多是多少，晨阳又答不上来。半晌说，我挣的钱全给他。陈母眼白一翻，满脸鄙夷，你连自己都养不了，你都已经吃软饭了，你还会有钱？说着，便抬腿要走。晨阳一时性急，就抱住了陈母的腿，陈母唰一下就扬起了手。

这一记耳光不仅打肿了晨阳的脸，还把晨阳这段时间的幸福时光也打断了。

村里的风言风语从晨阳上门求徒变成了上门求偶。晨阳再解释也无法让小寡妇满意。那段时间的小寡妇非常生气，拒绝晨阳晚上再踏进门。

这样的日子持续了两个多月后，晨阳终于从远村找到了几个徒弟，在他手舞足蹈满腔热血地要重振河山时，在大家都以为晨阳的婚姻还会梅开二度时，小寡妇却完完全全断了自己的身体与粮食供应了。

原因是晨阳不仅不帮小寡妇家里干一点活，连小寡妇在早市上卖蔬菜和家中母鸡生蛋换来的钱，都被他偷来买木料和供徒弟吃饭了。

多年后晨阳都不知道自己是怎么过来的。这样的日子，谁能忍？那时砚村所有的人都在骂他，骂木雕，觉得他走火入魔，又觉得是木雕把好端端一个人给毁了。

二十二

熬过了那两年后，晨阳开始带着样品四处奔走。

他也来北京找过我。

开会中，手机响起，是陌生的老家的号。我摁了。这几年总是有这样那样的人来找，都是些乱七八糟的事。那段时间太忙太累，实在没有精力为别的事费神。到了晚上下班，大门口，保安说，陈老师，这个是你老家来的人，说找你，不肯走。灯光下，我半天没认出来，他开了口，这个曾经一直是光头的男人，完全换了一个人。头发长到了脸上，人却瘦得像猴。那一刻，我转过头，看见保安的眼神，心里突然有点慌，觉得晨阳给我丢面，也觉得我给老家丢脸。

那段时间，晨阳雕了一系列的牌匾、台屏、壁挂等，什么一帆风顺、百鸟朝凤、九龙戏珠等，却全部囤在仓库里。晨阳不善言辞，也不懂推销，但此时的他，再不懂也得上路，而我与建国对他来说，是两条宽大的马路。

在来找我之前他已经在北京待了一天，专门去了定福庄梆子井，那是在朝阳区与通县交界的地方。二十年前，我还没来北京的时候他就来过北京了。在通惠河边的一个木雕厂里待过一年，厂长是浙江东阳的老乡。他来找这个老乡厂长，希望在销路上有所合作，或者他再带队上北京，为的是给徒弟们安排出路。可是，这风尘仆仆的一天，他再也没找到这个木雕厂。原先脏乱差的梆子井成了互相攀比的高楼与车水马龙的世界。他甚至根本无从想象当年在通惠河边有过那么大的一家木雕厂，有近百号人曾在这里做木雕刷油漆。最后他确定自己没找错是找到了那座天桥与饭店，过了天桥左拐是内蒙古饭店，还是叫这个名，还是在这个地儿，店门上的LED广告印证了当年——三十年老店诚信经营。

当然，即便找到了，这家木雕厂也只能给予晨阳一小半的希望。通县的这个木雕厂当时我也有所耳闻。日产、木制玩偶、红木家具三大主打，传统木雕的戏份只有几分之一。而事实上，当时的木制玩偶，他们已全部采用机械化模式，甚至前期的打磨都与红木家具并在一起，机械化操作。而现在想来，那个东阳的老板是多么具有前瞻性的眼光啊，因为那时还是砚村木雕特别辉煌的时候，而他却已经开始谋求多元的发展。到今天，这个厂晨阳没有找到，但通州是开了不少的家具城和家具市场。这个老板在哪里，或许依然在通州哪个地方开着几百上千号人的工厂，或许已经摇身一变成了家具城的哪个老板，更或许老早转身去做了房地产。谁知道呢。

所以我也想过这事，跟他也聊过。咱们学的这一支木雕，不像日产木雕。笔村的木雕与日产木雕风格接近，所以，他们之前一直活跃着。做过日产的人都知道，雕梁画栋的精品日产，最后的归宿是烧为灰烬，送给亡人，与我们的骨灰盒类似。但比骨灰盒豪华，是幢木雕艺术的大楼和宫殿。而我们砚村的木雕呢，都是为了活人店堂或房子装饰所需，而现在稍过几年就是一种风格，且越来越简单，装潢性木雕作品已经不太有人需要。而原先师傅最早开始担心的房屋装饰木雕的市场则几乎全线沦落，钢筋水泥丛林的崛起将木雕原先的辉煌全部抹去，似乎那些木雕从来就不曾出现过。唯一可能出现的是在寺庙和道观，可是一个城市又能有几座呢。

在这样的大环境下，晨阳还养着好几个人。在晨阳看来，越是没有市场，越不能冷落了自己，他需要给自己信心，更需要给徒弟信心。晨阳给了徒弟们很大的慰藉，只要来学，第一天就有工资。虽然不高，但他竭尽可能地创造条件吸引更多的年轻人加入。

可想而知，这种情况下，没有经济来源的晨阳压力有多大。

我也联系了北京的一家公司，帮晨阳销掉了两万块钱的作品。五块"鹏程万里"的牌匾和五块"大观园"的落地屏。本来也就这样了，但那次那个蹲在单位门口的背影一直在我心里晃荡，所以，我自己也掏了两万，同样买了十块，送了五块给朋友，另五块就一直存在车库。再就是想着等那公司做大些，怂恿人家再买一批，结果去了几次，发现他只在办公室挂了一块牌匾，在玄关处放了一块落地屏，让我再也开不了口。

晨阳不知道，他觉得我与建国都是通天的人，所以，有了第一次就有第二次，他一直觉得我到北京了，官做大了，不肯帮忙了。

我跟晨阳说，还不如去联系几家火葬场，做骨灰盒最划算啊。一是对作品技术要求不高，方寸大小，面板超薄，不需要雕出栩栩如生的逼真效果。再者，纯是为了亡人，一买后就是入土，没人计较上面雕刻得是否精致。随着老龄化社会的来临，需求量很大。而且咱砚村也早已实行火葬。

晨阳对我的建议很是不满，甚至有些愠恼，说你说的是什么话，就是因为骨灰盒上雕的都是敷衍的东西，所以坚决不做。他认为，牌匾与壁挂挂在墙上，或台屏放在桌上，看的人就多。这样就会互相宣传，木雕的意义也就有了。有时候我也陷入怀疑，他真的只是活在砚村么，他到底有没有活在这个大浪淘沙的世界。

为了留存砚村木雕的精品，以及创造砚村木雕的辉煌，晨阳的野心是"清明上河图"，说要做一块一百米长、五十米宽、五十厘米厚的木雕作品。除了钱，他已经借了砚村的祠堂，他准备在祠堂里完成这块砚村史上最大的人物木雕。

本来是浮雕，但这几年的晨阳完全走火入魔，除了研究红木的精雕，他还开始专门研究大型的木雕如何体现艺术性与观赏性，简单的浮雕让他觉得一直在原地踏步，所以，他开始进行大胆的尝试。只是在我们看来，很多东西都是晨阳的一厢情愿，在很长一段时间里，我们甚至觉得这个人已经无可救药。婚姻没了，家庭没了，人生也已蹉跎，而实现他人生的大野心却是最需要钱的。而钱又在哪里？

二十三

出乎我的意料，建国轻描淡写地说，钱是小事。

更让我意外的是，建国居然主动到了砚村。面对晨阳泡出来的茶，面对晨阳唯唯诺诺的样子，建国很高兴，他说，师兄，在说话之前，我先给你五万。然后咱们再好好谈，我一定会全力支持你的木雕事业。我就佩服你这种精神，把我与向前干不下去的事干得这么漂亮。

晨阳被建国吓了一跳，那一刻，他是蒙的，他完全没有想到，幸福会来得这么突然。

晨阳带建国看了一系列的作品，桌上放的，墙上挂的，寺庙里供的，插笔的，托刀的，架玉石的，林林总总，如果不是厂里乱，这简直就是砚村的木雕博物馆了。建国走走停停看看摸摸，对眼前的一切表示出了极大的兴趣。站在四大美女的屏风雕像前，建国突然坏坏地笑了，说，师兄，我今天要请你吃点好的。

晨阳连衣服都没换，就被建国带到了市里，在吃晚饭前，建国的胡秘书拿了一套崭新的西服要晨阳换上。晨阳心里打了鼓，吃顿饭还得先花衣服的钱，这也太奢侈了。

建国叼着雪茄说，你现在是晨阳师啊，出来吃饭一定要体面嘛。

晨阳的脸都红了，建国说，放心，今天所有的一切都是我付钱，你只管享受，不要想太多。过了今天，你就只管想怎么雕好木雕。这么一说，晨阳忐忑的心才落了地。

晨阳印象里最好吃的菜是建国离开砚村后在师傅家吃的一顿。后来尽管自己成了晨阳师却没有像样地尝过什么，而结婚时光顾着敬酒更是不记得有什么菜。所以，大酒店里这般坐着，桌子大得跟巨型的木雕图一般，自己还是头一次见。面对着花团锦簇还自动旋转的大玻璃桌，晨阳转过头悄悄地跟建国说，建国，知道你一直嫌木雕的世界小，只要你喜欢，我改天就雕一块像这张桌子这么大的作品给你，图案你随便说。

建国笑了，兄弟啊，你现在手上的东西可值钱了，咱可不能随便出手。不过你放心，今天咱先好好吃好好喝，等到明天开始，一切鸟枪换炮，你不知道，当年我离开砚村木雕，到现在还在后悔，所以，支持你就是支持我自己。

晨阳被建国这么一说，酒不自觉就下去了，红的黄的白的啤的，晨阳从来没有喝过这么多，也从没觉得这么好喝过。面前的菜都是他叫不上名的，什么刺身什么大龙虾完全不懂，印象里他就记得长相甜美的服务员了。

还没吃完，晨阳就吐了。吐着吐着就涕泪横流，这几年太苦了。晨阳有时想想都不知道自己是怎么过来的，他拉着建国的手说，你为什么不做木雕了，为什么？想当年，我是想走的，从师傅不把我当人看时就要走的，可是你他妈的走

清明上河图　329

了，向前也走了，我想走都走不了了。你们知道，我这样的人留下来没用啊，需要的是你们的脑子，有你们的脑子才能使木雕一直红火下去啊。建国一边推他，一边说，我不是后悔了么，所以，现在回来帮你啊，咱以后就一起干。

晨阳还是吐，吐着吐着，脸上就被擦干净了。晨阳觉得奇怪，怎么擦脸的毛巾这么柔软，从脸上擦到胸口，从胸口一直擦到腿上。他要推开建国，说，建国，你同意了没？旁边的女生就吱了一声，只要你想要，什么都给你。晨阳一听声音吓了一跳，要推开，却推不开，再要推，却把自己推倒了。暗红色的灯光下，像大桌子一样的圆床，雪白雪白的，而眼前的姑娘，穿着一身的蕾丝，若隐若现，就跟木雕里的镂空雕一样。晨阳吓坏了，却怎么也站不起来，而镂空雕的仙女却像条蛇缠了过来。

是钱塘江的浪潮拍打，是曼陀罗的夜半开花。回味无穷，难以言说。不是赵红梅，更不是姓陈的小寡妇。面对着建国的合同，晨阳说，签！还有什么比这更美妙的事啊。买西服请吃饭安排美女，目的只是投资自己，这是自己前辈子修来的福。那一刻，晨阳狠狠地掐了自己一把，师兄弟的情谊胜过世上的一切。他跟建国说，只要做木雕，只要是合作木雕，你说朝东我绝不朝西。

马上，建国就打了二十万给晨阳。在晨阳正想着要拉业务时，建国安排人采购的花形雕刻机也到了。建国的人马来了就吩咐晨阳，清理场地，整装机器。

一个月下来，晨阳隐隐觉得不对劲，好像哪里出了点问题，但他又不知道该怎么说。

人马一批批进驻，机器一台台开动。一些小型中型的浅浮雕一律采用雕刻机，先是制模型，再是剔地，机器轰鸣过后，图案的雏形就显了形。取下板后，简单的流水工进行稍微加工，一块块所谓的木雕作品出炉了。看完整个流程，晨阳把电闸拉了。他挥了挥手，说你们走吧。可是，谁也不听他的。

这时，晨阳的手机响起，这个手机是建国刚刚给他配的，最新款的诺基亚。晨阳那一刻突然非常厌恶这只手机，但他仍然摁了下。建国的声音从手机里狂奔而出，如饿虎扑食。晨阳放在耳边听了一会儿，就松开了手，手机咕嘟咕嘟地在磨刀的水盆里冒了几个泡。

建国跟我说这事时，我很吃惊。一方面是意外晨阳的表现，在生存艰难的情况下，仍然坚持自己的木雕艺术观。一方面是意外建国的表现。而这件事后建国又有了第二次行动。

有了前车之鉴，建国再没有装出一副鸠占鹊巢的模样。当然，一开始他也没想过要占，只是想利用晨阳的这个木雕品牌，生产一些流水线的木雕产品。市场经济嘛，赚到钱才

清明上河图　331

是第一位。可是他没想到，享受过他一系列安排，并且让他做副总，啥事都不用管的晨阳居然把电闸拉了。

经历这一出，晨阳十分警惕建国的主意，但建国一再说自己想为木雕做点事的时候，晨阳的内心又摇摆了。

新时代了，再弄厂啊什么一听就太陈旧过气，要有大发展，必须注册一个像模像样的公司，可以取名叫晨阳工艺木雕公司。多好，晨阳的品牌直接就是公司名，一听大家都知道。关键是不改初衷，继续做咱们的传统木雕。

听到最后一句，晨阳同意了。这其实就是他一心想要做的事。而且有建国的加入，他不需要担心资金和业务问题，他只要负责雕刻就可以了。

很快，建国的资金到位了，晨阳全年的木雕工程安排也出炉了。台屏、壁挂、牌匾、屏风，以及大大小小的笔筒、玉石底座等，包括一些竹雕和根雕，晨阳全上了计划书。

工程启动后的一个月，晨阳才觉得人生的春天刚刚到来，尽管自己的年纪上去了，但师傅说的木雕要传承下去，总算有了一个好的景象，虽然没有太多太有灵气的孩子加入进来，但只要木雕的场面广、声势大、作品好，总会吸引有才识有远见的年轻人的。

晨阳跟建国说，你以前总说木雕的天地小，我现在就有想法要做一块全中国乃至全世界最大的木雕作品，内容我已经想好了，清明上河图。建国笑了，晨阳师，你又有什么大动静啊？我看你就算了，那样的大块头以后慢慢来。

晨阳说，我知道，但我一定要做。我跟向前也讲了，你一定要支持我。

建国说，好好好，晨阳师的事我都支持。我的事你也要支持嘛。

晨阳说，那还用说，你投资了这么多钱，怎么着我也要支持，只要是致力传统木雕，就是为这个行业做贡献啊。

这段时间晨阳的运气真好，自从建国加盟以后，他的业务量得到了迅速的拓展，建国从杭州上海温州几个地儿轮番进攻，而我也从北京天津的几个地方给他联系业务。

晨阳现在回想起那段时光仍然觉得不可思议。公司开业一个多月后，他被东阳木雕总公司选为入京修缮故宫的人才之一。在故宫里他真正如鱼得水，精致的牛腿、雀替，大型的壁挂，那里才是传统艺术木雕的精品海洋。在这里的几个月，是晨阳人生里最重要的木雕场景。一柱一梁，一凿一刀，小心翼翼，精益求精。

几个月后，当晨阳接受当地政府的授奖后回到砚村，他惊呆了。建国的欢迎队伍非常壮观。那一刻，晨阳再次觉得有这样的师弟是人生最大的福气。直到走过车间，他才发现，短短半年，晨阳工艺木雕公司再次沦为了电脑机械化批量生产木雕产品的快餐车间。

而且最令晨阳愤怒的是建国原先的秘书，现在的晨阳工艺木雕公司的副总胡总，居然接下了一大批业务，而业务的类型，全是某某市领导接见谁会见谁在哪里视察的壁挂。那一刻，晨阳不仅拉了电闸，还用斧子一下子就劈了那几块长四五米，宽三四米的大型壁挂。

胡总咬牙切齿，这是建国接来的业务！晨阳把斧头摔在壁挂上，是美国接来的也不行！一时群情哗然，几个小年轻要冲上来打晨阳。晨阳挥了挥手中的斧子，说是斧子，其实就是打毛坯用的没开过锋的用来当锤子的斧子。晨阳说，今天谁敢与我的传统木雕作对，我的斧头就随时开锋！话音一落，晨阳的斧子居然真的啪一下扎进了木板里，寒光一现，锋利无比。

二十四

二〇〇六年五月二十日，对于晨阳来说，是一个扬眉吐气的日子。东阳木雕经国务院批准，被列入第一批国家非物质文化遗产名录。那天的晨阳特意开了一瓶好酒，与几个徒弟一起，就着花生米，喝得酩酊大醉。酒后他却猛然想起了前妻赵红梅说过的一句话：砚村的木雕成为非遗了，你身上就多肉了么？他摸了摸腰，听到有笑声跑出了喉咙。

只是不等晨阳从酒里清醒过来，建国就开着宝马到了砚村。

这一次建国没有退步。你说缺钱,我打钱。你说要业务我给你拉业务,你说只要我投资木雕你都同意支持,可是你不能出尔反尔啊。跟政府合作怎么了,跟企业合作怎么了,你以前那些东西卖不掉,找我找向前,还不是我们给你去托人情,怎么现在就不一样了呢?你以为我的钱不是钱?我的钱是天上掉下来的?

我知道建国做了多少事,为了晨阳继续木雕的愿望,一开始没拉到业务他就以自己集团下某个公司的名义向晨阳订了一些台屏送人。而后来安排学生一拨拨到砚村参观木雕厂,要学生了解学习非物质文化遗产也是我出的点子。我和建国都希望晨阳的这条路能越走越宽。可是,由于当地政府提出来要晨阳雕刻一些城市形象壁挂,领导亲民或百姓尊重领导的牌匾时,晨阳全都拒绝了。最后建国忍无可忍说到了自己的投资和拉来的业务。

建国认为自己在砚村投资的公司不管怎么说也是东阳木雕的一种。晨阳却呸了一声,是东阳木雕,可你知道东阳木雕有多少呢。浮雕里有薄浮雕、浅浮雕、深浮雕、高浮雕,圆雕里有半圆雕,镂空雕里还有正反雕。同样的木雕,可以是半厘米的窗板,也可以是厚达几十厘米的台屏壁挂。就你那机器轰鸣的几块板,就你那某某政府某某领导的样子,谁稀罕?真正的木雕是不媚俗的,砚村木雕是东阳木雕,东阳木雕就是清清爽爽的白木雕!

话说成这样，建国这个杭州大公司的老总终于火了，这点钱不赚也罢，他收走了投资在砚村的晨阳工艺木雕公司的全部资金。

血被抽走，元气大伤。但好在，经过这两年的再次镀金，晨阳的知名度再度跃升，不要说在砚村在浙江，就是放眼全国，工艺木雕界，他都有了更大的知名度。在这期间，他还去了杭州灵隐、永康方岩、舟山南海观音庙……一家家尊贵高档的寺庙或修缮或是重建，晨阳是必请大师之一。这一年，他还专门受邀去了江南的一些古镇，专事修缮千工床、雕花橱等一些古典作品。这样一来，钱也就慢慢地聚了拢。晨阳说，有建国时我开始做木雕了，没有建国，我还是会继续做下去。

话这样说，骄傲的晨阳也有闷闷不乐的时候。我知道，那就是他曾经说过的"清明上河图"。

这是晨阳毕生的梦想，谁没有梦想呢？建国的梦想是做老板赚大钱，我的梦想是当作家，建国基本实现了，但他觉得永远没有尽头。他曾跟我说，有一段时间他的梦想是捡起斧子和凿具，在木雕里赚钱。而这个，他失败了。

晨阳呢，他光头时曾经说过，他对这个世界没有梦想，没有渴望。现在的他已经是披肩长发。等待长发及腰，他必须完成"清明上河图"。电话里，他笑声起伏，声音爽朗。

但怎么完成，是晨阳的一大难题。一百米长、五十米宽、五十厘米厚的板需要拼接，关键是祠堂里也放不下。我们砚村的祠堂是附近百里最大的，也只容得下纵深八十米。但这个作品，晨阳一定要完成。于是，除了去了解黄杨木雕、潮州木雕、龙眼木雕等外地木雕的形式，晨阳又开始进行设计，这次设计不仅仅是图纸，而是从木头的选择和拼接开始。突破原有的雕刻形式一定是这块"清明上河图"需要做的。最终，他开始研究东阳木雕史上的最新雕刻技艺——叠雕和潜雕。

当时还没有"叠雕"这个词。如何让木板拼接，使前后上下显得更有层次，显出更好的立体效果呢？晨阳选了几块木板进行叠加尝试，发现效果出奇的好。而且叠加形式的出现，解决了砚村木雕乃至东阳木雕史上大面积大块头浮雕的难题。而潜雕是介于深浮雕与叠雕之间的技法，使之可以无痕跨越，这样一来，既能雕出恢宏的史诗性作品，又能雕出更加立体的超越一般浮雕的多维效果。

有三年的时间，晨阳与我们没有联系。我写稿子办报刊，加上诸多繁杂事务，也疏于与他沟通。有一次问建国，近来可有联系？建国说，那木坨一直记着我的仇呢，手机关了，不知道是死是活。听他这么一说，我心里咯噔一下，赶忙拿起手机，却怎么也接不通。

二十五

在电视上再次看到晨阳收徒时,我发现晨阳的长发又没了。这个多变的男人再次变成了光头。不知道他是不是在完成了"清明上河图"之后剪了这齐腰的长发。

电视上,收徒仪式极其庄重,场面庄严肃穆,拜师礼三叩三拜。晨阳威严中带着慈祥。

看到这个,我很是感慨,为晨阳高兴的同时,也有淡淡的失落。

第二天上网时,发现网上全是关于晨阳收徒的消息,很多网友在网上骂晨阳,说这是炒作。我也在想,当年,晨阳那么低调,任何场面都不要露脸,甚至头都很少抬起来的人,怎么也爱曝光了呢。我不喜欢网友骂晨阳,但是我又不得不承认,我已成了远远地戴着眼镜看晨阳的那一众网友之一。

很快,晨阳再次接受了采访,说,大家骂他是炒作,他也认。因为即便是炒作收徒,也是为了让更多的人知道砚村木雕,让更多的人了解东阳木雕。木雕太沉闷太低调了,低调得说起来似乎都知道,却鲜有年轻人关注和加入。听到晨阳这么说,火一下子烧上了我的脸。我这个木雕的叛徒,我写了一篇文章号召大家加入,自己却堂而皇之地逃离了,这样的文章又有何用?

二十六

　　满屏金黄的落叶铺满时，我发现，深秋已至。看着微信里别人发来的这张图，我突然想起了多年前晨阳的一个作品叫《落叶归根》。不知为什么，心里莫名就觉得酸。我得回去一趟，我不止一次对自己说。

　　我联系了几次晨阳，都没联系上。电话打不通，多年不用的QQ是灰的，又听说，晨阳坚持不用微信，我知道，这个老头子其实是我们三个人中最倔的。

　　给他个惊喜吧。我打包，乘高铁南下，先是到了杭州，建国原先说要为我接风，临时却接到省里有个工商大会，说有大领导接见，碰不了面。于是，我就直接往砚村赶。

　　砚村，多的是这几年生长起来的陌生楼房。砚溪依然能照得出人影。只是路上的人却都不相识了。我拉着一个有些面熟的村民问，晨阳在哪儿做木雕？他摇摇头，说晨阳师早就不做木雕了。我心里一沉，生命不息，折腾不止啊。

　　木雕厂找到了，果然没有晨阳。倒是晨阳的几个徒弟正潜心雕刻着，打毛坯的打毛坯，修光的修光，也有的正在磨刀。我问，晨阳师呢？几个徒弟居然都摇了摇头。我说，我是你们师傅多年前的师弟，也是做木雕的。其中一个抬起头，一张嘴就让我瞠目结舌，师傅说有缘自会相见。

　　这个人是不是中邪了？给寺庙的木雕修缮得多了，说话方式也沾了佛性？怎么办？路长口里，人长口上，我赶往祠堂。

在砚村祠堂，我终于见到了传说中的那块"清明上河图"。

茶坊、酒肆、肉铺、庙宇、公廨……一户一柱一拱一梁，繁陋不一，形款多样；医药门诊，车辆修理，看相算命……各行各业，应有尽有；做生意的商贾，骑马的官吏，看街景的士绅，叫卖的小贩，背篓的行脚僧人，问路的外乡游客，听书的街巷小儿，行乞的残疾老人……男女老幼，三教九流，有哭有笑有烦有闹。轿子、骆驼、牛马人力，形形色色。不仅如此，在房、车、人的细节雕刻上，匠心独运，多种多样的花鸟走兽、凡人飞仙、山水舟楫如密林中的树叶，茂盛繁密却又片片展现，倒挂狮子、奔走麒麟、含草仙鹿等悬梁垂柱，连毛发鳞片文身都清晰可辨，所有木雕中可以表现的艺术手段或大或小全部嵌入其中。

那一刻，我发现自己已入宋朝京城的繁华之境，自身便是万千人物之一。我知道，我无以解说，我也终于相信之前有人说的晨阳未开锋的斧子瞬间开锋的道理了，这样的雕刻技术，才是真正的炉火纯青。

想当年，我为自己的技艺能做出样品而得意，觉得自己必是木雕界的奇才，可是看到眼前晨阳的"清明上河图"，我才知道什么叫精品，什么叫极品，这简直已经不是木雕，就是烟火丛生的市井，汁液丰满的生活。

我拿着放大镜，从祠堂这头往那头，整整走了两个多小时。这块倾注了晨阳三年心血的作品，其实早就种在了他的心里。从看到"清明上河图"那一刻起，我知道，他就是为木雕而生，他是木雕之子。

两个多小时的时光，我用放大镜一寸一寸地量过去，我多想找出一点瑕疵来，哪怕是指甲盖那么大，那样我就可以在晨阳面前说他几句，让我可以回味一下一起做学徒时的自得。可是没有。晨阳的极致是砚村木雕人的极致，更是东阳木雕人的极致。

椴木的清香入鼻，冷不防的喷嚏令手中的放大镜突然脱了手。我揉了揉眼睛鼻子，不想，眼神再次回到放大镜的瞬间，被雷击中。

放大镜下，极不起眼的角落。一人左手握凿右手敲斧，斧背正落在披头散发的凿子上，凿尖是威猛有力的龙爪。这是百鸟朝凤和九龙戏珠的合屏，凤凰位左临石而立，九龙居右潮火相生，百鸟羽翼丰满倚花栖枝神态各异，九龙张牙舞爪凶神恶煞逐球而行。精细如羽，细致如须。当我的放大镜哆哆嗦嗦地停留在这人的脸上、头上时，有热乎乎的液体前赴后继地涌上我的双眼。我抬起头，发现，墙上钟摆在走，时间却已戛然而止。